我们为什么分手

WOMEN WEI SHIME FENSHOU

马 季◎著

马季不是马季,不会说相声,但却会写小说,小说写的绵密细致,情深意长,失落与分手,爱恨交加集,读罢回味无穷。

敦煌文艺出版社

图书在版编目(CIP)数据

我们为什么分手 / 马季著. — 兰州：敦煌文艺出版社，2015.9

(鲁迅文学院精品文丛：恰同学芳华)

ISBN 978-7-5468-1015-7

Ⅰ. ①我… Ⅱ. ①马… Ⅲ. ①中国文学-当代文学-作品综合集 Ⅳ. ①I217.2

中国版本图书馆CIP数据核字(2015)第231240号

我们为什么分手
(鲁迅文学院精品文丛：恰同学芳华)
马　季著
出版人：吉西平
责任编辑：刘仕杰
封面设计：君阅书装
敦煌文艺出版社出版、发行
本社地址：(730030) 兰州市城关区读者大道568号
本社邮箱：dunhuangwenyi1958@163.com
本社博客(新浪) http://blog.sina.com.cn/lujiangsenlin
本社微博(新浪) http://weibo.com/1614982974
0931-8773084(编辑部) 0931-8773235(发行部)
北京兴星伟业印刷有限公司
开本 787毫米×1092毫米 1/16 印张 13 字数 210千
2016年1月第1版 2016年1月第1次印刷
印数：1~3 000

ISBN 978-7-5468-1015-7
定价：38.00元

如发现印装质量问题，影响阅读，请与出版社联系调换。
本书所有内容经作者同意授权，并许可使用。
未经同意，不得以任何形式复制转载。

目录 Contents

米色牙齿的女孩	1
没话可说	23
女朋友	45
爱在歧途	71
我们为什么分手	98
一根红头绳	106
凡　尘	113
被撤销的凶杀案	148
从灵魂里射出的子弹	169
跋	197

生命在鲁院

李一鸣

鲁院，一个神奇的所在。一个小院，隐在十里堡；一座小楼，藏于芍药居。居于大都市，却没有豪华，缺乏轩敞。但在多少作家心里，她却是殿堂般神圣，故乡般温暖。为她而来，跋涉千里；从此而去，频频回眸。一根肠子拴牢思念与向往。时间万水，空间千山，更使她成为记忆虚化、情感美化、想象幻化中的心灵憩园。鲁院，意味着单纯、纯粹、青春、美好，意味着心底最柔软的地方、文学栖居的远方。从与她结缘那天起，"鲁院"便凝为一个永不消逝的"情结"。回望，相忆，引颈，怅惘，成为离去学员定格的精神形象。

在鲁院，他们经历着思想性引领，底蕴性打造，研究性学习，创新性研讨；他们坚守着明净的价值自觉，明晰的精神秉持，滚烫的心灵追求，深沉的文学担当；他们发愤着，孜孜不倦、兀兀穷年地阅读，沉浸浓郁、含英咀华的涵泳，博考经籍、撷华摘艳的覃思，如切如磋、如琢如磨的交心，且行且思、且珍且惜的实践，投身生活、扎根实际的体验，吟安一字、拈断数须的磨练；他们享受着，思与思的碰撞、诗与诗的交融、传统与现代的对接、诊断性研究与方向性发展的融通，拒绝知识性傲慢，呈现平等性亲和，力行研究性对话，达致成长性提高。

在鲁院，他们阅读先人著作，聆听音色清晰的经典，追远溯源，捕捉远古的回音；披览当下文丛，沉潜涵泳，如鱼在水，探寻未知的秘境；清夜独坐，一桌、一椅、一笔、一纸、一键盘、一屏幕，一腔心绪，一幅剪影……

在鲁院，他们步入精神世界，感受读书写作的灵性之美。

美在品位。一个人抛却物欲，远离浮躁，沉下心，稳住神，坐得住，学得进，写得沉，不论是狂风暴雨、电闪雷鸣，还是烈焰炽炽、热风难耐，潜心攻读，养性修身，自是一种境界、一种修炼、一种品位。灯红酒绿，太醉；香车美女，太俗；追名逐利，太累；鸡毛蒜皮，太碎。只有读书写作，最好、最妙、最美！

美在享受。读书写作，拍案而起，击掌而坐，捧腹而笑，抚掌而哭，扪胸而问；为之歌、为之舞、为之泣、为之诉；找到自尊、自信、自强、自己；寻回真情、真意、真志、真理；使人生得其所、生活充实、生长快乐、生命美丽。书人默契，会心而悦，读书写作真好！

美在进向。书到用时方恨少，写到深处最有味。读自然，一朵花上见命运，蓬松白云有人生；读社会，红尘滚滚藏清明，关系交织蕴涵深；读人心，大海般喧腾，密根般纠结，一个针眼，穿过八级大风；读佳作，形象上入心，理论上入脑，全局上着眼，细微处体验，读出语言，读出情感，读出哲学，读出诗性。读书，可救急；写作，能救命！

于是，读书写作，成为他们的生存方式、生活追求、生命状态。

有一种力量，叫文学；

有一种美好，叫回忆；

有一种感动，叫青春；

有一种生命，在鲁院！

（作者为现鲁院常务副院长）

米色牙齿的女孩

一

炒地皮①正在热乎的当口,一个奇特的手机铃声响了,卢晓东专注地看着手中的牌,另一只手从口袋里掏出手机,打开翻盖,"喂喂"地应答着对方。他的下家费雯雯,此刻用双手捂住牌,盯住卢晓东,一脸不耐烦的表情。这一桌总共四个人,只有卢晓东一个男的,其他三位都是女的。从这个场面不难得出一个结论,卢晓东挺有女人缘,当然,女人一旦结成了帮,就有些不大好对付,尤其是在轻松娱乐的场合。

果然,卢晓东对面的秦颖以一个掼牌的动作首先发难了。"喂,搞什么搞,"秦颖说,"你约我们出来哪里是来玩的?明明是来看你表演打电话的嘛。"卢晓东没有理她,侧过身子,用松开牌的手捂住电话,茶社里还有另外几桌牌,嘈杂声一浪高过一浪,影响了他接听电话。秦颖显得无奈,重新从桌上摸起牌,又放下,用手指指卢晓东摊在桌上的牌,嬉笑着对费雯雯说:"雯雯,我可不可以看看?"坐在一旁一直没有动静的吴静忍不住"扑哧"笑出声来。这一笑,把费雯雯的脸笑红了,说:"问我做什么,想看你自己看,用不着问我的。"秦颖来了劲,

---

① 炒地皮,扑克游戏的一种玩法。

进一步说:"你不同意我哪敢看?你要告我状的。"吴静帮腔说:"他从来都不说你偷牌,就说我们两个。"费雯雯害怕惹祸上身,干脆不吱声,张着嘴微笑,头有点微微上扬。费雯雯一口米色牙齿,在茶社里不太明亮的灯光映照下,有些含糊不清,好像隐藏着什么。

这时候,卢晓东仍在听电话,人已经离开了桌子,走到了茶社的门口,他好像在和对方讨论着什么问题,说得挺起劲的样子。

费雯雯不得以说了一句,"真是烦死了,一天到晚电话不断,亏他有耐心的。"秦颖说:"才几天倒嫌烦啦,人家大记者嘛,平时沾光的时候怎么就忘掉了呢?"还要接着说的,看见卢晓东走了过来,才住了口,三个女孩似乎准备好一起向他发难。但是,卢晓东并没有坐下来,他站在桌边,电话还握在手中,表情有点怪异,充分说明他刚才接到的电话的重要性。

"什么事啊?什么事啊?"三个女孩鸟叫一般,叽叽喳喳发出了试探性的疑问。卢晓东说:"让我想想,你们别吵,让我好好想想,想好了再告诉你们。"卢晓东还是没坐下,好像生怕一坐下脑子不够用似的,就这么站着,脸上的表情由怪异转到了滑稽。三个女孩互相看了看,找不到一丁点儿答案,又一起看站在那儿的卢晓东,目光里生出期盼和焦虑的意思。卢晓东终于坐下来了,说:"一个陌生女孩的电话,告她老板的状。"秦颖立即抢嘴说:"是不是性骚扰,啊?是不是?"没等对方回答,又说:"这有什么稀奇,不稀奇的。"卢晓东脸上恢复了正常的表情,微笑着,不着急说话的样子。费雯雯埋怨了秦颖一句,"你听他说嘛,告她老板什么啊,卢晓东,是不是性骚扰?"卢晓东说:"她老板是个女的,怎么骚扰?不是骚扰,比这个复杂,我还没想好呢。"三个女孩只好眼巴巴地望着他。桌上的牌已经和成一团,看样子没有继续战斗的意思了。

卢晓东向窗外看了一眼,问道,"几点了?"费雯雯拿起挂在胸口的手机,看一眼,说:"哎呀,都十一点半啦。"卢晓东站起来,三个女孩也跟着站起来。卢晓东向服务员一招手,要她过来买单,又说:"走,我们去吃大排档。"卢晓东的口气是要她们等到吃夜宵时,再听他的下回分解，三个女孩什么也没说，跟着他出了茶社。

二

卢晓东是平洲晚报的群工部主任。半年前，报社决定开辟一条新闻110热线，专门报道发生在普通百姓身上的新闻，一方面体现舆论的社会监督功能，另一方面，也是为了办活报纸，让报纸成为大众关注的焦点。一家热衷于社会公益事业的房地产开发公司，主动为报社提供了一部尾号为110的手机，这部手机的号码每天刊登在报纸的头版上，以示读者。报社领导对手机的持有人卢晓东作出了如下规定：一、必须24小时待机；二、必须接听每一个电话，发现重要新闻，及时跟进采访；三、如遇出差等情况，应将电话交给部门其他在岗同志。

新闻110热线启动之后，卢晓东突然之间变成一个大忙人，光是每天五十到六十个热线电话就让他忙昏了头，关键的是，他要从这些电话中找出三四条有价值的新闻来，这就势必要接待五六批，甚至七八批人，在面对面的询问之后，新闻的脉络也就一目了然了。

这是有了经验之后的情况，一开始卢晓东在热情的驱使下，往往是一接到自认为有价值的电话就急忙去采访，结果到了现场才发现，事实并不像电话里说的那样，有的近乎是在和他开玩笑。于是卢晓东改变了策略，对于有价值的热线，首先尽可能在电话里了解事情的全过程（用来分析是否有破绽）。其次，要求对方来报社面谈。后一条，具有一定的限制作用，一个报假新闻的人怎么敢到报社来呢。当然，也有更加特殊的情况，有个别人，甚至连电话都不打，就直接到报社来找新闻110，遇到这类情况，报社是必须接待的，否则倒成了自己服务态度欠佳，不够敬业了。

三个女孩就是这样冒冒失失跑到报社里来，才认识卢晓东的。这是半年前的事。那天，卢晓东刚刚送走一批人，到厕所里大便，就听见有人叫他，"晓东，晓东，接客啦，接客啦。"平时有人来找热线，大伙总是这么和他开玩笑，弄惯了。卢晓东蹲在厕所里就有点不高兴，骂了句，他妈的，老子连出恭都不得宁安。匆匆解完手出来，看见三个女孩，情绪才稍稍好了点。

卢晓东问，"你们什么事啊？"并没有仔细打量她们，这样才有点严肃的意思。叫秦颖的女孩先做了自我介绍，然后又介绍了另外两个女孩，她们是同一个商场的营业员。说到正题时，秦颖指了指费雯雯，说："就是她的事情，××医院开辟了漂白牙齿的门诊，可是我们雯雯去做了一个疗程，收了三百多块钱，一点效果也没有。"

"雯雯，你张开嘴，让110先生看看。"秦颖用毋庸置疑的口吻说。

卢晓东直接想笑，这么屁大点的事也要找新闻热线，我迟早要他妈的给累死，心里这么想，嘴上却说："你们有没有去过消费者协会呀，这首先是个消费投诉问题，如果得不到解决，我们也可以介入的。"

费雯雯微微张开了嘴，两排牙齿整齐地暴露出来，呈米色，发出暗淡的光泽。卢晓东看了一眼，心里觉得咯噔了一下，突然就觉得有一种强烈的吸引力牵住了他，这种强烈的情绪，油然而生，难以解释，像烟雾一样笼罩下来，几乎让他感到尴尬。他发现女孩子的嘴唇是湿润的，光滑而且饱满，肉色口红几乎看不出痕迹，特别是两排米色的牙齿……怎么说呢，在卢晓东看来，洁白的牙齿固然漂亮，却有点大义凛然不容侵犯的意味，而暗色的，米色的牙齿，好像更令人容易产生非分之想，它本身就传达出含糊暧昧的信号。

就在卢晓东恍惚之间，三个女孩互相交换了一下眼神，她们对卢晓东所说的表示赞同，但仍然用热切的目光注视着卢晓东，仿佛他摇身一变，已经成了消费者协会的某个干部，卢晓东两手一翻，故意露出无能为力的表情。

秦颖说："110先生……"还想说什么的，先捂住嘴笑了起来。

"叫我卢晓东吧。"卢晓东说。

"噢，卢记者，"秦颖接着说："求你陪我们去一趟，你大记者总归是有熟人的，我们去了还要瞎跑瞎撞，说不定人家还不理我们，天下有几个像你这样的热心人呢。"

"不要架我，千万不要架我，"卢晓东说："我跟你们去一趟到是不要紧。"

三个女孩子一起笑起来，秦颖还吐了一下舌头。下了报社大楼，卢晓东暗自笑道，我还真是被架上去了，不过好像也挺愉快的。

后来，在消费者协会，卢晓东得以在更近的距离观察了费雯雯的牙齿，他决定晚上请三个女孩子吃顿饭，好为自己突如其来的念头理理头绪。卢小东对费雯雯那一口米色牙齿产生了兴趣。

三

卢晓东并没有隐瞒自己的情况，在单独约见费雯雯的时候，他告诉了对方，他有一个 5 岁的女儿；他今年已经 35 岁了，比对方整整大 14 岁。

"年龄不应该成为我们之间的障碍吧，"卢晓东说，"我第一次看见你，就觉得我们是可以成为朋友的。"

费雯雯说："我不知道，也许会的吧。"

卢晓东说："会就是会，不会就是不会，什么叫也许呀。"他有点着急的样子。

"会的吧。"费雯雯低声说，吃吃地笑起来。

卢晓东乘胜追击地说："我挺喜欢你的牙齿，干吗要漂白呢？不要的不要的，你再张嘴给我看看。"

"瞎说什么呀，"费雯雯说，"不跟你说了，真讨厌。"

卢晓东伸出手来，碰了碰对方的面颊，说："你怎么不相信，我说的是真的。我真的喜欢你的牙齿，自然的就是美的嘛。"

他们的关系后来有了一点发展，费雯雯才弄明白卢晓东所言不假，他正是因为她的一口牙才喜欢上她的，但是有一点她却弄不明白，卢晓东为什么会喜欢上她的缺陷呢？对于费雯雯来讲，这一口牙已经让她"痛苦"了十年之久，谁不喜欢拥有一口洁白光亮的牙齿呢，可偏偏就有人不一样，费雯雯有一种因祸得福的快感，这好像也是她逐渐对卢晓东产生依恋之情的基础和根源。

卢晓东一直是个很好玩的人，在繁忙的工作之余，总是要找理由约上几个朋友聚一聚，自从认识三个女孩之后，他的活动又多了一个项目——四个人在茶社打扑克。他们玩遍了扑克的各种游戏方式，之间的关系渐渐热乎起来，秦颖和另外一个女孩吴静，隐隐约约知道卢晓东对费雯雯有点意思，至于两人的关系究竟到了什么程度，不好问只能猜，反正这类事情也没有什么大不了的，好与不好，看怎么去对待了，总之，只要高兴就是好的，不用想得太多，想太多是自寻烦恼。

秦颖也曾旁敲侧击问过费雯雯，完全是好奇心在作怪，并没有其他的目的，她想借助费雯雯的回答探测卢晓东的心理，实际上她的潜意识，是想通过对卢晓东的了解，查看一下男人的内心世界。费雯雯的回答让秦颖有点摸不着头脑，费雯雯说卢晓东对她的米色牙齿很感兴趣，让她不要做漂白。费雯雯的态度基本上是诚实的，尽管她也掩藏了进一步的细节，却向秦颖提供了至关重要的一个环节。据此，秦颖得出这样一个结论果，男人总是喜欢追求一些与众不同的东西，独特的在他们眼中就是好的，这个不需要理由。

在卢晓东的努力帮助之下，费雯雯讨回了××医院的退赔，作为一种回报，她试图漂白牙齿的念头也从此消失了，她认为卢晓东的观点有一定的道理，本来就是嘛，自然的才是美的，何况这是卢晓东喜欢她的原因。

反对意见也是有的，比如吴静就是认为卢晓东是顾左右而言他，她说："我们雯雯要脸蛋有脸蛋，要身材有身材，他凭什么舍不得说：偏偏说喜欢上了米色的牙齿，这究竟是什么意思呢？我看他是故意击中雯雯的要害，这样一来雯雯就跑不掉啦。"

费雯雯也拿这个话追问过卢晓东，卢晓东给她弄得实在没办法，想了半天，想出了"缺陷美"这个词，才算把费雯雯搪塞过去。费雯雯满心欢喜地接受了卢晓东的这一答案。

四

那天晚上从茶社出来吃大排档的时候，卢晓东作出了一个决定，他打算帮一帮打电话来的女孩。这是一件很棘手的事，搞不好会给自己添不少麻烦，若是想要推掉对方，也不难，可以直接告诉她，这类事情很难处理，希望她谅解。但是仔细一想，卢晓东就觉得这是一件颇具挑战性的事情，很难得一遇，抓不一定能抓好，放弃了实在是可惜的。

三个女孩叽叽喳喳要求卢晓东说说这件事情的详细情况。卢晓东原本不想多说：他已经与女孩约好明天上午见面，如果事情真的像她说的那样，他当然不会坐视不管。不过，讲给三个女孩听听，看看她们对这件事的态度，也算是一种民意调查。

卢晓东讲述了和女孩通电话的经过。事情很简单，女孩叫黄月，一家保险公司的业务员。保险公司每天开晨会，由部门经理讲一讲大家的业绩情况和公司的理念，目的是为了在业务员的头脑里绷紧一根弦，不断强化竞争意识。而黄月恰恰在今天的晨会上松了弦，她的手机响了，犯了忌，正在台上讲话的总经理感到很没面子，她一个月只参加一次这样的会议，偏偏有人无视公司的规章制度。黄月居然没注意到响声出自她的包里，她和其他人一样左顾右盼。总经理的判断十分准确，她走到黄月面前，不由分说：打开坤包的拉链，从里面取出仍在响着的手机……

"就这么一件事，够简单的吧，要是放在你们身上，你们会怎么办？"卢晓东说。

秦颖眉毛一横，说："去他妈的，不干，走人，有什么好说的。"

费雯雯想说什么，又有点拿不准，皱着眉头说："我看不这么简单，这么一走了之不是便宜了她的老板……"

"真是的，这个你都不懂啊，"秦颖火急火燎地说："雯雯，上次那个不三不四的男人嫌你服务态度不好，去经理那里告你一状，你忘了啦。"

费雯雯说："那个臭男人故意找茬，我能怎么样。"

"是啊，你还不是被经理臭骂了一顿，还扣了五十块钱奖金，是吧？"秦颖说，"跟那些人，你没得说的，说也说不清。"

吴静插了一句，说："我觉得雯雯的话有道理，不能便宜了她的老板，应该想个办法对付她。"

费雯雯用关注的眼神望着卢晓东，等着他开口。

卢晓东突然笑了起来，说："看你们，一个个傻了吧，不神气了吧。这种事看起来简单，不比杀人放火，没什么悬念，在我们看却是真正有价值的新闻。"

"为什么？"三个女孩一起瞪大眼睛。

"为什么！不为什么呀，事情虽小但内涵深刻啊。"卢晓东笑嘻嘻地说："好比你们的心眼儿似的。"

"什么呀，你说什么呀。"三个女孩纷纷上手来掐卢晓东的膀子，形成围攻之势。

卢晓东左右躲闪，连声说："你们还想不想知道结果，啊，你们这样让我怎么说呀，我不说了不说了。"

秦颖说："雯雯，他不说就死劲掐，看他说不说。"

费雯雯用打圆场的口吻说："好了好了，看他怎么说：说不出子丑寅卯，饶不了他。"

秦颖说："对了，要是说不出名堂来，罚他停赛一个月。"

"停赛？"费雯雯一脸不解。

"啊呀，就是不让他进你的场嘛！"秦颖眨着眼睛说。

"好啊！你又取笑我。"费雯雯转过身来掐秦颖。

三个女孩嘻嘻哈哈笑成一团。

卢晓东用手在费雯雯的头上亲昵地拍了下，说："你们先停赛，要不我怎么说呀。"

费雯雯在桌肚下面踢了卢晓东腿上一脚。

三个女孩安静下来，卢晓东有些自得的样子，不紧不慢地说："菜都上来了,还是先喝点酒再说,来,一个人一瓶啤酒,包干啊。"

几个女孩各自干了杯中的啤酒,胡乱地吃了两口菜,都在等着听卢晓东的下文。卢晓东点燃一根烟,刚要说,口袋里的手机又响了。

卢晓东看了一眼号码,说:"又是那个女孩。"

卢晓东接通电话,听了一会,说:"什么?你现在要见我,不是说好明天早上在报社见吗?"支吾了一阵,卢晓东又说,"这样吧,你先把事情的经过写下来,明天一早送到报社,好不好?"

对方在电话里磨蹭了半天,总算收了线。

秦颖有点幸灾乐祸地说:"让人家缠上了吧,你打算怎么交代啊,没招了吧?"

"没招?真是笨啊,我刚才不是说了嘛,让他把经过写下来。"卢晓东一脸不屑地说,"你们想啊,一篇读者来信引起广大读者讨论,保险公司老板的脸还搁得住吗?要不了多久,她不来求我才怪,这种事讨论开来她还怎么混呢?"

三个女孩面面相觑,一个也说不出话来。

五

费雯雯没想过要拆散卢晓东现有的家庭,她所要的就是卢晓东对她的关心,比如偶尔送她一件衣服、一套化妆品,请她吃吃饭,跳跳舞什么的,她不需要卢晓东任何承诺,自己也没打算对他死心塌地。两个人的关系相处得轻松自如,几乎让人看不出什么痕迹和破绽。不管工作多忙,卢晓东每天总要给费雯雯打一两个电话,时间允许就多说上几句,甚至讲一两个笑话给她听,时间不够就会说过一天请你吃饭啊,费雯雯后来掌握了规律,一接到他的电话就知道他是忙着还是闲着。

卢晓东在需要费雯雯的时候,就会到宾馆去开半天房间,两人从未在一起共度过良宵,都是在大白天匆匆完事。卢晓东戏称费雯雯是他的"阳光"老婆,他强调说:两人之间和露水不搭界,总是在阳光下行周公之礼，因此不能算做"露水"夫妻。

有一回，费雯雯主动给卢晓东打电话，想见面，卢晓东不知道她的意思，就试探着问，去茶社还是宾馆。费雯雯说："你看着办吧，哪儿都行。"卢晓东就明白了她的意思。卢晓东到宾馆开完房给费雯雯打电话，响了很长时间铃声，对方一直没接。过了几分钟，卢晓东又拨了一遍，等了足足有五分钟，电话接通了，却听见费雯雯跟身边什么人吵架，费雯雯气咻咻地对着话筒说了一句："等会儿我打给你！"就把电话挂断了。

卢晓东一个人躺在宾馆的床上无聊得很，只好打开电视消磨时光，等了近一个小时，才接到费雯雯的电话。卢晓东没有问她刚才和谁吵架，他下意识中感觉有些不大对劲，因此口吻夹着一丝顾虑。

卢晓东说："你要有事就先忙着，迟点来也可以，我等着就是了。"

费雯雯说："没事了，我这就过来。"

卢晓东于是告诉了她房间号。丁香宾馆是卢晓东常去的点，在那里看到他出入，谁也不会感到奇怪，丁香老板是他的铁杆哥们。

费雯雯赶到丁香时，脸上红扑扑的，额头上挂着一层细密的汗珠，看得出来，她今天是经过精雕细琢的，从穿着到化妆，原本透着一股子欢天喜地的味道，脸上的表情却敷着淡淡的愁绪。

卢晓东说："你先到卫生间洗一洗，脸上出汗了。"

费雯雯用手抹一把额头，窘迫地笑了，进了卫生间。

卢晓东趁费雯雯在卫生间，隔着门平淡地问了一句："刚才和谁吵架啊，是不是又和顾客干仗啦。"

费雯雯在里面没出声，洗脸池龙头哗哗地淌着水。

卢晓东又说了一句，"没什么事吧，我以为你不来了。"

费雯雯还是没作声，卢晓东心里已经猜出了一半，他不想再问了，省得两个人都尴尬。

卢晓东曾经在秦颖口中隐隐约约得知费雯雯的一些情况：父母离异，家境不好，幼年时还得过一场挺吓人的病。所有这些都加强了卢晓东对费雯雯的怜爱之情。他和秦颖闲聊当然还有另一层意思，他不说秦颖也能意会到。秦颖在说到这事的时候，态度有点举棋不定，她只是说经常看到一个男孩子到商场里来找费雯雯，她问过雯雯来者的身份，雯雯说是高中同学，对她有那个意思，追好几年了。雯雯一直没答应他，但也没回绝，两个人的关系拖拖拉拉地讲不明白。

卢晓东只知道这些，他并没有阻止费雯雯交男朋友的意思，因此从未当面问过她，他担心要是问了，反而会有干涉对方私生活的嫌疑，弄得双方都不太愉快。他们之间一向是给对方自由空间的。但今天卢晓东却觉得心里不大是滋味，他很想问一问费雯雯那个男孩的情况，和一个二十一二岁的男孩相比，他身上毕竟有许多不尽如人意之处。这一点让卢晓东很是烦闷。

费雯雯在卫生间磨蹭了很长一段时间才出来。她重新化了妆，表情也跟被刷新过似的，显出一股媚态。

"其实你不用着急过来的。"卢晓东说，他仰面倒在床上，口气中透出懒散的情绪。

费雯雯走到另一张床边，坐下来，没有答理卢晓东，两眼无神地望着电视荧屏。

两个人都沉默着。

"我不是那个意思，你不要误会……"过了一会卢晓东解释道。

"嗯。"

"我一直想找个机会问你的，其实也没什么，你也不用告诉我的……只要你高兴，我不会干涉你的。"卢晓东说：很不满意自己的语无伦次，两只手不停地搓着脑门。他在等着对方的辩解。

"你们男人都是自私的，"费雯雯说，"只想自己高兴的事，从来不为别人想想。"

"你这是误会我了。"

"我知道你的心思。"

"什么心思？"卢晓东一骨碌爬起来。

"你自己说。"

这时候的费雯雯，因为生气略微涨红了脸，嘴唇红润鲜亮，目光里交织着凄楚与愤懑。

"你这口红嘴黄牙倒不饶人……"卢晓东有点挺不住了,试探着用打趣的口吻解围。说着,下了自己的床,坐到费雯雯的身边。

"不要碰我,"费雯雯说,扭动着身躯,不肯就范,"有什么话,你先说掉,不要事后再费话啰嗦的。"

"哪有什么话呀,都让你给说完啦。"卢晓东一脸无奈,装做垂头丧气的样子。

"让我看看你的牙齿。"卢晓东说。

"真是讨厌。"费雯雯说,脸上憋不住露出了笑容。

"我爱你的米色牙齿,"卢晓东低语,两手捧着对方的脸,"它总是让我浮想联翩……"

费雯雯实在忍不住了,两只手紧紧捂住嘴,尽量不让笑声从指缝里漏出来。

"没劲。"卢晓东说。突然一把拉倒费雯雯,扑上去用力去掰她捂嘴的手,"让我看看,让我看看……"

六

寿险业务员黄月是个小巧玲珑的女孩,看上去二十刚出头,染了一头棕色的头发。她坐在卢晓东的对面,平静但节奏很快地诉说着自己的经历,眼睛忽闪忽闪地,流露出淡淡的忧伤。

卢晓东在她刚刚走进办公室时,立即就作出了判断,一定是昨晚打电话的女孩黄月。果然女孩提到他的名字,她要找的正是卢晓东。黄月在他办公桌边的一把椅子上坐下来,卢晓东为她倒了一杯白开水,女孩露齿微微一笑,表示了谢意。卢晓东惊奇地发现,黄月的一口牙齿竟然也是米色的,一笑,如同在他胸口挠了一把似的。

卢晓东听黄月诉说时有点心不在焉,目光总是不由自主停留在对方的双唇之间。卢晓东并不想这样,他好几次故意将目光转移到别的地方

——比如打开抽屉，从里面拿出一本笔记本，装着记录的样子——可是一抬头，他的目光仍然准确地锁定在那个地方。

为了表示主动，卢晓东说："你想要我帮你做些什么呢？"他的语气是积极的，很像是跟一个朋友谈话。

"想要她对我赔礼道歉，"黄月说：她迅速接收到卢晓东的善意，立即拨开层层迷雾，说出了自己真实的来意，"你们出面一定很有作用，我们公司要求每个员工每天必须看晚报的……"

"如果你们老板不同意道歉，你打算怎么办呢？"卢晓东故意在为她设置障碍。

"你们能不能刊登这件事？"黄月抱着疑惑，忽然问道。

"不那么简单。"卢晓东说：面无表情。

"她污辱了我的人格，"黄月说："我一定要她向我道歉，我一定……"

卢晓东没想到眼前这个瘦小的女孩会如此地坚定，他以为她也许会流泪，会感到委屈，会悲伤得手足无措，会求得他的同情……这样的话，他再伸出援助之手，这只手就充满了力量，充满了阳刚之气，然而情况和卢晓东设想的完全不同，这使得他不免进退两难。

"这样吧，让我考虑考虑，下午再给你回答，"卢晓东说："这件事我还要请示一下领导。"

黄月没有再说什么，灵活地站起身笑了笑。卢晓东起身将她送到楼梯口，说："下午我会给你打电话的。"

卢晓东知道，这件事根本不能去请示老总，如果请示的话，百分之百枪毙。不请示，捅出点漏子来，顶多是批评两句。黄月米色的牙齿忽然在卢晓东脑子里闪了一下，像是在催促他作出决定。

回到办公室，卢晓东开始给人寿保险公司总经理室打电话，他打算主动和总经理聊聊这件事，一方面是核实一下黄月所说的情况是否属实，另一方面也想摸摸对方对这件事的基本态度。总经理室没人接，卢晓东给总经理办公室打，刚拨通就传来一个青年男子很职业化的腔调，卢晓东报出身份，表示想找总经理说话。对方说："我们总经理从不接受采访，宣传上的事是由总助负责的。"卢晓东说："我不是采访她，是想和她谈点私事。"对方的口气立即就由机警转为了松弛，说："我也不知道总经理现在在哪，反正不在公司里，这样吧，你还是给总助打个电话，他一定知道的。"然后给了卢晓东一个电话号码。

接电话的总助是个娘娘腔的男子，说话不紧不慢，细声细语的。他的回答和前者一样，总经理不接受采访；不知道她现在在哪。

卢晓东有点不高兴了，说："麻烦你见到总经理后转告她，晚报群工部记者卢晓东要同她核实一个小事，请她务必慎重对待。"

娘娘腔好像也有点着急了，连忙问："什么事啊，什么重要事情啊，你能不能告诉我啊？"

卢晓东说："今天上午，贵公司一名女职员到报社来投诉……我想和总经理核实一下。这件事和她私人有关。"

出乎卢晓东意料的是，娘娘腔在听了卢晓东的陈述之后，露出了不屑一顾的口气。

他说："啊，你是说这事啊，这有什么奇怪的，我们这儿常有的，昨天上午我是不在场，要是在场的话，我也会严肃处理这名员工的。"

卢晓东不耐烦了，说："怎么处理她是你们的权利，你们有规章制度，我现在不是和你讨论这个，人家来报社投诉，认为总经理的做法污辱了她的人格，要求总经理针对此事向她赔礼道歉……"

"什么？"娘娘腔几乎是尖叫了起来，"赔礼道歉？她是不是神经有毛病啊，公司没有开除她，就算是客气的啦！"

"你们可以开除她，"卢晓东说：提高了嗓门，两个人有点像吵架似的，"这和赔礼道歉是两回事，你连这个道理都不懂吗？"

"我不懂哎，向你请教喔。"娘娘腔阴阳怪气地说。

"不懂就不要说：告诉你们总经理，约个时间我去见她。"卢晓东气势汹汹。

"要是不见呢？"娘娘腔顶了一句。

"那就见报！"卢晓东嚷道，啪嗒挂了电话。电话刚搁掉不到一分钟，娘娘腔又回过来了，有点挽回局面的意思，说："卢记者，你不要发火嘛，有话……"

卢晓东没好气地说："我不跟你说，我要见你们总经理，你到底给不给约？我等你回音。"

娘娘腔婉转地说："总经理最近很忙的，恐怕抽不出时间。"

卢晓东说："最迟明天，我必须见到她，这事你们看着办。"

卢晓东口气很硬。对于领导门前的"拦路狗"他一向是这个态度，这是多年跑新闻总结出的经验，屡试不爽。当然，今天的情况有些特殊的地方，他很想把这件事做得漂亮点，他对这次挑战充满了兴趣。

七

为了全力处理好保险公司事件，中午下班前，卢晓东将新闻110电话移交给了部里另外一名记者。"去他妈的，"卢晓东在心里对自己说："捅一下这个马蜂窝，看能把我怎么样。"

午饭时，卢晓东给费雯雯打了个电话，两个人都没什么事，随便闲聊了几句。费雯雯突然想起来，问道，"保险公司的小姑娘找到你了吗？怎么样？"卢晓东说："现在只是她的一面之词，要等见到那个总经理才好下结论。"费雯雯说："有什么情况别忘了告诉我一声。"卢晓东说："这样吧，明天晚上约上秦颖和吴静再玩两把牌，还在老地方。"费雯雯埋怨道，"到了一起你的电话就响个不停，人家都对你有意见呢，没劲。"卢晓东打着哈哈说："好了好了，明天不带手机行了吧。"约定之后，两人又说了一通费话，才挂了电话。

下午的等待，令卢晓东有几分焦虑和不安，他清理着思路，认为最可能出现的麻烦无非是寿险公司拒不理睬，总经理暂时消失。如果真是这样的话，就要费些周折，才能达到预期目的。那么，所谓的周折第一步该怎么走呢？反正这件事容不得绕圈子，必须简捷明了、立竿见影，因此，第一步是至关重要的。

卢晓东在一张纸上画着事件的示意图，矛盾的主体很明确，一旦他介入，对抗的双方将是报社和寿险公司，黄月将退居次要位置。而寿险公司和报社之间一直有着良好的业务关系……

正谋划着，电话响了，是分管他们部门的尤副总编打来的，点明要卢晓东到他办公室去一趟。总编们占了一层办公楼，就上面一层，卢晓东三步并两步上了楼。

卢晓东进门之后，尤副总编让他把门关上，然后用手指了指隔壁，轻声说："来找你的，在那边呢。"

"找我？谁啊？"卢晓东说，一时摸不着头脑。

"你还装蒜，人寿保险公司的人，你上午找人家的嘛，人家害怕了啦，直接上门来拜会你了。"尤副总编说："现在人在童总那边呢，你看怎么办，过去见见吧。"

卢晓东笑了，脸色尴尬地说："这帮人来得到快，我还没来得及向尤总汇报呢。"

尤副总编说："你小子也学会这一套啦。"

卢晓东连忙解释说："不是不是，今天上午的事，我还没弄清楚哩，他们是不是恶人先告状啊。"

尤副总编说："人家很诚恳的，说是来向你赔礼道歉，童总呢也很为难，他分管广告经营，人寿保险公司可是咱们的财神爷啊，你必须把这件事情处理好。"

"寿险那边来的是什么人？"卢晓东问。

尤副总编捡起桌上的两张名片，看了看，说："总经理助理和办公室主任。"

"是他们啊。"卢晓东自语道。

尤副总编说："怎么，嫌人家级别低啊？"

卢晓东摇了摇头，说："不是。上午我为了见寿险的总经理和那个助理吵了一架。"

"人家不是来赔礼道歉了吗？"

"他赔什么礼道什么歉，这事根本与他无关。"

"好了好了，我不管那么多，你先去跟人家见见面，人家好赖是客人嘛。"尤副总编站起身，轻轻推了一把卢晓东。

卢晓东只好硬着头皮进了童副总编办公室。一个四十出头，一个年近三十，两个西装革履的男人正坐在办公室一侧的长沙发上。童副总编站了起来，说："晓东来啦，来来，坐这边。"他绕过宽大的办公桌站在面对面的沙发之间。

童副总编介绍说："这位就是群工部的卢主任，这两位……"

卢晓东说："童总，我上午和他们通过电话，也算认识了，是不是？"他给对面二人递去了个积极的眼神。

那位娘娘腔总助立刻眉开眼笑地答道，"是的是的，我们上午通过电话的，不到之处，希望卢主任不要放在心上。"

卢晓东面朝着童总，说："我倒是无所谓，总得给人家投诉人一个答复吧。"

总助接过话头喋喋不休地说："啊呀，这事儿我立即跟总经理汇报了，总经理严厉地批评了我一顿，要求我主动上门赔礼道歉，总经理已经跟那个业务员联系过了，要她下午到公司去，总经理决定当面向她赔礼道歉，这事你看……"

卢晓东没想到事情一下子变得如此简单，戏还没开场好像就要落幕了，他望着对面的两个人，不知道说些什么是好。

童副总编似乎是从卢晓东的脸上看出了什么奥秘，他走过去，坐在卢晓东的身边，说："晓东，这事我看就大事化小了吧，人家内部的事自己处理好了，我们该监督的监督，也不要过于苛求，毕竟两家是关系单位。"

听童副总编这么一说：寿险公司来的两个人立即附和道，"我们回去一定把这件事情处理好，不让你们为难，我们对问题已经有了深刻的认识，请你们放心好了。"

卢晓东想了想，真没什么好说的了，于是起身告辞，出门时童副总编捏了捏他的肩膀说："晓东，过一天我请你吃饭啊。"

"事情就这样解决了？"卢晓东下楼的时候想，觉得有些意犹未尽。黄月小巧玲珑的身影在他脑子里晃了一下，突然不见了，卢晓东竭力想捕捉住她上午诉说时的表情，但是，除了她一口米色牙齿，他几乎无法完整地记住她的模样。

自从开办新闻110以来，卢晓东接受读者的各类投诉应该以千为单位计算，产生一定社会影响的也有二十多起，不知为什么他对这一起投入了最大的兴趣，他甚至已经在心里策划好了如何去炒作这件事，他觉得这件事很有可能成为年度最佳新闻之一，关键是看题外功夫做得如何。

窗外秋色正浓。下午三点一过，就渐渐有了点凉意，卢晓东却感到浑身一阵阵燥热，办公室里的窗户紧闭着，有点让人透不过气来，他一人来到小会议室，用手机给黄月拨电话。对方关机了。"一定是正在和总经理谈着话呢。"卢晓东想。又拨了两遍还是不通。

卢晓东走过去打开窗户，望着窗外，头脑里一片空白。

卢晓东燃起一根香烟，马上就想到了费雯雯，但这个时候她正在柜台上班，手机肯定关着。卢晓东试了一下，果然是关机。卢晓东在会议室里接连着抽了三四根香烟，断断续续听到有人大声说着话往外走，他知道下班的时间临近了。

卢晓东回到办公室，无聊地翻着当日的报纸。一直到五点半钟，黄月的电话终于打过来了。

卢晓东显得比对方还要着急，先是责备她把手机关了，这么长时间也不来电话，然后又迫不及待地追问道："你们老板都跟你说了些什么？她的态度怎么样啊？"

黄月在电话那头迟迟不说话，过了好一阵才说："我没有接受她的道歉……"

"什么？"卢晓东说，差点跳起来，"你这话是什么意思？"

黄月说："我要她在晨会上公开道歉，然后怎么处理我都行……"

这个结果是卢晓东无论如何都想不到的，他像是被对方的话噎住了，愣在那里。

黄月说："你是不是觉得我这样做过分了？"

"倒不是过分，"卢晓东说，搜罗着适合的话来回答对方，"没想到会是这样。她这么爽快答应,你却不肯接受,那么,她的态度是什么?"

卢晓东担心她说出更离谱的事情来,他忽然觉得这个小巧玲珑的女孩不一般,像个人精似的。

"她说让她考虑一下。"黄月说。

卢晓东想,这把火恐怕明天一早就会烧到他头上来。

"如果她不愿意那么做,你一定坚持吗?我看你也不要得理不饶人……"卢晓东说:很奇怪自己内心想的和说的竟然不一样,其实他很想看看火势究竟会蔓延到什么地步。

"不行,"黄月态度坚决地说,"如果她不同意在同样的场合道歉,收回影响的话,我就是跟她上法庭也绝不让步!"

卢晓东仿佛感到黄月的米色牙齿之间闪过了一道寒光,通过声音直接灌到他的耳朵里,令他为之一颤。

"那,那样的话,"卢晓东斟酌着语句说,"我可能就帮不上你什么忙了。"

"你害怕了?"黄月说,"正是这样才需要你的支持呢,你不是说这是最有价值的新闻吗?"

卢晓东从黄月的说话方式中感到了从未有过的被动,他试图回避过于敏感的话题,却找不到搪塞的字眼,只好敷衍道:"先看她怎么答复,再考虑对策吧。"

八

第二天一早,卢晓东突然决定到河东县去做一次采访。上个月,河东县信访局专门派人来找过他,请他去采访一下县信访局近两年来所取得的成绩。卢晓东一向对这类采访不感兴趣,认为那不过是做官样文章,替一帮无所事事的人脸上贴金。卢晓东当时假模假式地向来人询问了一些情况,实际上他已经让对方意识到了他对采访的婉言拒绝。

卢晓东给河东县信访局打了一个电话,表明意图之后,立即得到对方热情回应。

卢晓东说:"我还想到基层看一看,多了解些情况,恐怕今晚就要住在河东了,不知道是不是给你们添麻烦……"

对方马上就接住了他的话头,说他们正是求之不得,不要说住一晚,只要他愿意,不耽误繁忙的工作,住十天也行。然后又主动提出派车来接他,并且打算把他的家属和孩子一起接到河东玩两天。由于当初婉言拒绝过对方,卢晓东没好意思接受对方的盛邀,表示就由他一个人代表全家了。

安排好去河东县的工作之后,卢晓东主动给人寿保险公司的总经理助理打了电话。他装着若无其事的样子,问对方:"怎么样了啊,一切都顺利吧?"

"卢主任哎,真不知道怎么跟你说。"对方一副哭腔,说,"黄月这个小丫头,得寸进尺,你知道她怎么说:竟然要老总公开道歉……把老总气病啦,喏,今天都没来上班。"

"真的?"卢晓东表示自己吃了一惊。

"我骗你干吗呀,火烧眉毛了,请你帮我们想想法子吧。"

"这是她和公司之间的事,我们不好干涉的,"卢晓东说,"你懂我的意思吧,报社已经从这件事情中退出来了,我本人现在只是个旁观者,今天上午我就要出差,还有一大堆工作等着我去完成呢。"

这个电话打完以后,卢晓东一下子感到轻松了许多,他简单收拾了一下东西,便直奔长途汽车站而去。

汽车开了一阵,已经出了市区,卢晓东突然想起,他约了费雯雯她们晚上炒地皮的,她们又要指责他说话不算话了。于是急急忙忙给费雯雯拨电话,对方关机。

卢晓东知道费雯雯一定会问人寿保险公司的事,如何向对方解释他已经想好了。他打算这样告诉费雯雯:他对黄月这个女孩印象不太好,不想管她的事了,尽管他已经帮了她很大忙,但这个女孩不是个省油的灯,不懂得见好就收,他挺讨厌这样的人……还有,他还想告诉费雯雯,黄月也有一副米色的牙齿,但却引不起他的兴趣。

卢晓东很满意自己酝酿好的解释，他相信费雯雯也会赞同他的说法，并且不会在意他的爽约。

汽车驶入河东县车站，卢晓东老远就看见上次到报社找他的那个小青年，正伸长脖子望着这辆汽车。卢晓东刚想下车，手机响了，一看是新闻110的号码。

"卢主任啊，告诉你一个好消息。"对方说，也不知110此刻在谁的手上，反正是部里的记者，"人寿保险公司的老总，是个女的，刚才来电话找你，知道你出差了，让我务必转告你，她已经答应了那个叫黄月的业务员的要求，好像是准备在明天的晨会上向她道歉……"

卢晓东有点不相信自己的耳朵，明明白白听清了，却又让对方重复一遍，然后一迭声说："知道了，知道了。"其他话什么也没说。卢晓东脑子晕晕乎乎地下了车，又跟着那个小青年上了一部小车，糊里糊涂地问了一句，"几点了？"小青年告诉他已经十一点了，他们现在就去酒店，局长在那里等着他呢。

中午十一点通常是费雯雯换班吃饭的时间，卢晓东还记挂着晚上的约会，赶忙又给费雯雯拨电话，这次一拨就通。

费雯雯说："我正想给你打电话呢，你的电话就来了。"

卢晓东说："心有灵犀一点通嘛！说，找我什么事。"

"今天晚上……"费雯雯说话吞吞吐吐，"我有事，恐怕……"

"正好正好，我正要和你请假呢，我到河东县采访，可能赶不回去。"卢晓东说，"不过我要告诉你一个好消息。就是那个人寿保险公司的事，轻轻松松搞定啦，他们一开始不买账，我就告诉他们，不买账不要紧，可以把这件事拿来供平洲市民讨论嘛。他们一下子就傻眼了，那个总经理啊，这回老实了，决定在明天的晨会上向黄月公开道歉……"

费雯雯那头没吱声。

卢晓东觉得有点奇怪，问她是不是在听，费雯雯"嗯"了一声。

卢晓东问，"是不是有什么事啊？"

费雯雯说："也没什么事，就是想告诉你，我们的事，我们好聚好散吧，我不想再这样下去……"

卢晓东感觉自己的心被什么东西猛地咬了一下，他忽然就想到了费雯雯的米色牙齿。

"你不是开玩笑吧？"卢晓东说，知道这是自我安慰。

"这件事我想好久了，真的不能再这样下去了……"

费雯雯的声音越来越轻，慢慢地，卢晓东什么也听不见了……小汽车一个缓缓地刹车，停在了一座金碧辉煌的酒店门口。

没话可说

一

陈俊男教授这几天心情不大好。好在他平时一贯不苟言笑，周围的人一时还无法从他的表情上观察到什么。这是在高等学府共事多年锻炼出来的功夫。如今，这并不能够让陈俊男感到愉悦，他甚至想在适当的时机，在适当的人面前透露一下自己的苦闷；好比给你弥漫烟尘的屋子打开一扇窗户，陈俊男想给自己一个透气的机会。但他知道这样的机会可遇不可求。作为北方大学财经学院教授，博士生导师的陈俊男，早已发现很难在自己的同辈人中找到知音。六七年前，刚刚四十岁的时候，他便隐隐约约感到了一股不可言说的压力。他的同辈人之间竞争十分激烈，他们的嗅觉十分灵敏，难免为某个位置明争暗斗，大家都处在人生的十字路口，必须把自己的真实面目掩藏起来。绷不住的人有的下了海，有的被外资机构挖走，剩下的都做高高挂起状，同事之间的交流简直比清水还要淡。

令人高兴的是陈俊男教授接到了"女朋友"林卫的电话。

需要解释的是，陈俊男数年前，就已经将交友的目标指向了他的学生，当然是研究生一档的学生。在陈俊男眼中，本科生还是些孩子，他们从一个学校的大门出来，跨进了另一个学校的大门，几乎没有经历社会，而研究生的来源则要相对庞杂些，这里面自然也就潜藏着值得挖掘寻找的东西。因此，陈俊男带的十来个研究生，自然就被分成了两类；一类是学生，另一类则是朋友，女学生当中的朋友自然就成了他的"女朋友"，其中并不存在暧昧的成分。比方说：陈教授对他的某个女弟子说："你现在就是我的朋友了"。这位女弟子不免会有点脸红，眼睛会放出点异样的光彩，但她心里是明白的，先生的意思除了探讨学问之外，他们还可以谈些其他的东西，可以像朋友一样交流。陈教授的学生和朋友都知道，他们的先生是一位正人君子。

　　林卫在电话里说想请先生吃饭，问他晚上有没有空。

　　陈俊男答应了她；他不想放弃这次"说话"的机会。

　　读到硕士的学生喜欢称自己的导师为先生，一方面是对导师的尊重，另一方面也体现出自己已经成年，不再是"女生"和"男生"了。导师们呢，则称自己的研究生为弟子，以此将他们和本科生区别开来。

　　林卫请先生吃饭并不是头一回，不过通常到最后都是先生坚持买单，两个人在小饭店吃个便饭，喝两瓶啤酒，也就花个四五十块钱，先生要面子，林卫自然不好过于拉扯，只好嗔怪一句"下次不请你吃饭"算是对先生的回报。说归说：请还是要请的，因为吃饭只是个形式，是表示想占有先生一点时间的委婉的说法。

　　但今天的情况似乎与往日不同，林卫并没有和先生约定吃饭的地点（以往通常是某个偏僻的小饭店），只是说让先生五点半在学校大门口等她，到时候再决定去哪里，这表示今晚的吃饭与往常不太一样。陈俊男教授的心情因此出现了阴转多云，下午去学校参加教务会议时，特意换了一件休闲西服，人看上去精神多了。会议结束时已经快五点钟了，陈俊男便在校园的林荫道上晃悠着步子，顺便用手机给老婆打了个电话请假。陈俊男的老婆伏丽是北方大学开办成人函授教育的首届学员，当时还是光棍一条的陈俊男，受校方聘任利用业余时间给他们讲课。当时陈俊男刚刚留校当老师才是个助教，而伏丽是本市一家百货公司的小会计，一个28岁，一个23岁，师生两人相差并不大，课余交流完全是同辈人的言谈。他们很快就搞得熟透了，跨越了师生之间的界限。伏丽毕业的第二年,他们就结婚了。接下来的十几年时间里,伏丽成就显赫,不仅生了个儿子,读了专升本,年近 40 时还拿了硕士的红本本。这些东西在身处高校的陈俊男眼中并不算稀奇,但在社会上就不一样了,伏丽在商贸系统成了名人,社会角色一路攀升,去年已经坐到了本市贸易局总会计师的交椅上,上班有公车接送,比陈俊男教授更像知识分子。

二

  林卫站在学校大门马路对面,向陈俊男招了招手,然后又向一辆奔驰而来的出租车招了招手。在出租车上陈俊男很随便地问了林卫一句,今天是不是有什么重要的事请啊,好像挺神秘的嘛。林卫笑起来,说:今儿打算正儿八经请先生一次,这个面子你总要给吧。陈俊男说:哪里话,我是把你当朋友看的,不要搞那么复杂,越简单越好。林卫撅起嘴,装着生气的样子,说:每次请先生,你都跟我客气,先生毕竟是先生嘛,讲究个尊严,哎,今儿可不行,今儿得听我的,咱先约法三章,好不好……

  两人上车前,林卫已经和司机说好了地点,出租车一路跑了十来分钟,陈俊男还不知道目标在哪,想开口问,话到嘴边又咽回去了,想了一会说:好,听你的,今天一切都听你的行了吧。林卫脸上露出得意的笑容。

  出租车缓缓停在金碧辉煌的明珠大酒店门口,陈俊男知道这是一家四星级酒店,他望了一眼正欲下车的林卫,林卫嫣然一笑,并不言语,两个人先后下了车。包厢是事先定好了的。星月厅。陈俊男刚坐定就和林卫打趣道,今晚谁是星星,谁是月亮啊?林卫说:先生当然是月亮啦,不过嘛,星星就我这么一颗,你不会嫌少吧。陈俊男笑呵呵说道,不少不少,你这一颗就够亮的啦。酒菜点毕,陈俊男问起林卫毕业后的去向问题。一般情况,研究生读到二年级的时候最关心的便是将来的落脚地,这就好比人生的再次投胎,落到了一处好地儿,一辈子说不上级级高升，至少也是平平安安、一劳永逸。如今林卫正处在这个当口——二年级下学期，还有半年时间，她将要告别莘莘校园，奔赴人生新的起点。

林卫说：我正是为这事请先生来帮忙拿主意的。

陈俊男拿出教授派头，用手指了指林卫的脑袋，说：我说今天这么隆重呢，原来是别有用心，说说你的情况。

林卫嘴角一瞥，眉头结成两个小疙瘩，有点犯难的样子。

陈俊男说：不想说就别说了，省得我操心。

酒菜陆陆续续上着，林卫并不十分着急，她翘着兰花指给先生斟满一杯干红，口中轻轻吐出一句话来，倒是让陈俊男为之一怔。

先生怕是比我心思还重呢。林卫说得漫不经心、轻轻巧巧。

陈俊男端着杯子的手僵在空中，有些局促，她不知道林卫何以揣摩出他的心思。

你说什么呢？陈俊男瞪大了眼睛。

让我猜猜看，林卫用右手的食指抵住面颊说：不是得罪了领导就是触犯了师母，我猜得对不对，啊？

陈俊男独自喝了一口酒，咂咂嘴说：还是先说说你的心事吧。

林卫诡秘一笑，说：你先答应我，我再跟你说。

答应什么？

告诉我你的秘密啊。

行行行。陈俊男敷衍道。

林卫说：我现在有两个去处，一个是去银行，另一个是去外企，家里人给我联系好了银行，他们坚持认为银行是保险箱；我自己联系了一家外企，高薪，工作具有挑战性……你说我去哪里呢？

我看你哪儿也别去。陈俊男一边夹菜一边说。

哪儿也别去？林卫呆呆望着先生。

你就该考博。陈俊男埋头吃菜。

我才不呢，林卫说：又是博士又是大龄的，谁还要啊，没劲。

陈俊男自顾吃菜，兀自摇了摇头。

我还是去外企，先挣钱再说。林卫喝了一口酒，向先生晃了晃手中的杯子，然后做妩媚笑状。

陈俊男突然失去了和对方交流的欲望。

三

陈俊男的苦恼能够说出来的只是表层的部分，更多的东西无法诉诸语言，那是多年沉积在内心的痼疾，一时半会难以倾吐，自去年申请到博士点，他的这种感觉更为具体化了，成为横在眼前的屏障。一直以来，陈俊男生活在矛盾之中，一方面他在认认真真地做学问，一方面他又发现学问这玩艺儿，在人们的心目中分量越来越轻。那些所谓的成功人士，无非是透过学问看到了一张金灿灿的文凭，他们可以借此更上一层楼，而所谓的学问在他们看来不过是一堆碍事的垃圾。

陈俊男第一年带的三个博士，的确是令他大开了眼界。一位厅局级干部，一位千万富翁，还有一位四十出头还打扮得像坐台小姐似的古怪女人。陈俊男觉得他这个导师做得窝囊，哪里是带博士嘛，简直他妈的是学校兑换人民币的肮脏工具。

前几天，学校领导和他商量第二批博士人员名单，一看几个人的简历，陈俊男顿时心头火窜窜的，气不打一处来，脸上的颜色就有点不大对劲。领导清了一下喉咙，说陈教授啊，这都是集体研究的嘛，都是为咱们学校考虑的嘛，你不要有什么想法嘛。陈俊男说：我能不能说点自己的想法啊。领导说：可以的，你说嘛，你可以保留意见嘛。

陈俊男教授还真说了，说得铿锵而无奈，把个领导听得愣在那儿。

陈俊男说：领导啊，社会上传言很厉害的，你听说过没有？说这一帮大官、款爷和富婆，宠物玩够了，小姐玩腻了，现在来玩博士了，博士是个新鲜玩意儿，时髦着呢！

这完全是一派胡言。领导很气愤地说：我看你是受了社会上流言蜚语的影响，这可不好哇。

谢谢您的关心，我不过是说说；就算没说吧，我操那个穷心干吗呢？陈俊男赌气似的说。

好了好了，这事就这么定啦。领导并不十分满意的样子，说：还有件事，你们那届毕业的同学，有好几个打来电话，希望学校组织一次毕业二十周年的同学聚会，我看这事挺好的，他们当中有不少人已经跻身领导岗位，都是些人才嘛，对学校将来的发展是可以发挥作用的，我看这事就由你牵个头，张罗一下，怎么样？你就不要推辞啦。

我操！陈俊男在心里咒骂了一句。

其实，陈俊男早就接到了好几个老同学的电话，问他有关同学聚会的事情，目前只有他一个人留在北方大学任教，不问他问谁呢。二十年弹指一挥间，当年的同学最小的也四十出头，年纪大些的已经快五十了，陈俊男很想有机会和大家聚一聚，可说说容易办起来并不简单，关键问题还是个"钱"字。财经系那届有一百三十多名校友，如果来一半的话也有六七十人，安排两天的吃住，每人500元的标准，也得要三四万块钱。陈俊男探过分管财务的校领导的口风，一句话就给顶回去了，说是让财经学院自己想办法，这句话等于没说。财经学院是绝对不可能把钱用在这方面的，那一点可怜的费用或许有更大的用场呢，鬼才知道。

陈俊男教授后来干脆跟几个总是来电话的同学摊牌了。欢迎光临，费用自理。陈俊男教授如是说。教授夫人伏丽在家里接过教授老同学的几个电话，立刻就发出了总会计师特有的笑声。她对丈夫说：你也是，就不能和这帮同学张张口呀，他们会有办法的，哪像你这个教授，表面光滑内里空虚，几万块钱对他们来说算个啥呀。陈俊男并不是不明白这个道理，但他就是不愿意说出口，或许是根本说不出口。他希望有人主动提出来，你情我愿，两全其美。

这个人一直到林卫宴请陈俊男一周后才终于出现。电话打过来的时候，陈俊男教授不在家，是教授夫人接的电话。这个叫刘明辉的男人，十分潇洒地让教授夫人转告教授，他说他在另一位同学哪里得知了同学聚会的消息，表示他所在的公司愿意拿出五万元赞助这次活动。随后，刘明辉留下了家里的电话号码和手机号码。

当夫人欢天喜地地将这个消息转告给陈教授时,陈教授愣了一下,脸上露出一副不屑一顾的神情。陈教授说:这个人,当年他爷爷是个当大官的,后来他爸爸当的官也不小,现在轮到他啰,中了一句老话,老子英雄儿好汉嘛!夫人皱着眉头说:你讲话怎么阴阳怪气的,人家主动资助,你还摆什么知识分子的臭架子,一文不值的臭架子,哼!

陈教授嘴上说不出什么,只是嘀咕了一句,你知道什么。

犹豫了两天,陈教授还是给刘明辉家中打了个电话。陈教授心中早有准备,他知道电话十有八九会是女主人接听,而女主人邢爱梅的模样他可是记忆犹新,二十年前的往事也仍然历历在目。

话筒里传来婉约的南方女人的口音,陈俊男缓了缓说道,是小邢吧,我是陈俊男。

哎哟,是大教授呀,我正等着你的电话呢。邢爱梅的声音听上去很活泼。

老刘不在家吗?他前天给我打了个电话……陈俊男不想提钱的事。

刘明辉啊,整天忙得脚打屁股响,不是飞东就是飞西的,连我都不知道他的行踪。他给你家打了个电话,是你夫人接的,我让他再给你办公室打,他连这个空都没有,你说说看,好像天底下的生意都给他一个人做了。邢爱梅语气中的成分比较复杂,有点骄傲,也有点无奈。陈俊男一时捉摸不定。

那,孩子呢?陈俊男迂回着问道。

今年春天就去了澳洲,准备直接在外面上大学。孩子一走整天就剩我一个人在家了。邢爱梅好像叹了一口气。

那正好,你们两口子不是可以一起来参加校友会嘛。陈俊男用试探的口吻说。

他呀,难说:谁管他去不去,反正我是要去的,日子定了没有?邢爱梅心情很迫切的样子。

经费没有定下来,日期也不好定,想嘛,是放在元旦前后,不知道……陈俊男有点支支吾吾。

呃，不是已经说好了么，刘明辉公司里出五万块钱，怎么还不够啊。邢爱梅快语道。

够了够了，我是想再确认一下，不要通知发出去了再有什么变卦……陈俊男语气很含糊地说。

变卦？不会不会，刘明辉要变卦，我就拿他的存折交给你。邢爱梅的态度很坚定。

接着，两个人商量起聚会的日期及行程。现在离元旦还有一个半月，发通知出去正是时候，元旦大家也都有假期，估计走得开的同学一定会参加。邢爱梅表示，她打算提前两三天到学校来，一是将经费随身带来，二是可以协助陈俊男做好聚会前的准备工作。好像共同完成了一件作品似的，两人几乎是同时向对方道谢。这样美好的事情，或许在两个人的日常生活中并不多见。

四

陈俊男将有关78届财经专业校友聚会的情况，向学院和学校两级主要领导作了汇报，结果当然是皆大欢喜。校领导在听完汇报后拍了拍陈俊男的肩膀，表示了对他的赞赏，说只要开动脑筋，就没有战胜不了的困难，还说将来的校友会都可以效仿这一模式。这就叫做依靠群众、群策群力，十分符合我党的群众路线，很值得推广嘛。领导最后补充道。

校友会的方案很快就定了下来。一百多份信函又像二十多年前一样飘向了四面八方。陈俊男和邢爱梅之间陆陆续续通过几次电话，无非是通报一下信函的回执情况，捎带回忆一下某个同学当年的趣闻，却始终未曾触及两人之间的往事，有一回在议论别人的时候，眼看无法绕过自己了，干脆跳跃一下，又扯到了另一桩事情上。这样一来，两个人都觉得有点疲乏，却仍然装着兴趣盎然的样子，好像一对情窦初开的少男少女做捉迷藏的游戏。但是他们似乎很乐意这样，觉得这样也不错。

后来邢爱梅稍稍改变了一下主意,她征求陈俊男的意见,打算提前一周而不是提前三天过来,她问陈俊男有没有时间陪她。陈俊男有点犹豫,说你在这儿也没有亲戚朋友陪,为了聚会我已经将一些课程往前安排了,恐怕……

那就提前五天吧,我还准备到沈阳去看一位老朋友,帮你安排妥当了,我也好离开学校两天。

邢爱梅这么一说:陈俊男似乎找不到推辞的理由,便一口答应下来。

邢爱梅是带着现金过来的。在飞机场,她将装着五万元现金的小拎包塞给了陈俊男,后者没有立即认出对方,傻愣在那里,手里攥着张写有"邢爱梅"三个字的稿纸。邢爱梅保养得不错,真的不错,比陈俊男想象的要年轻好几岁。她今年也该有四十三四岁了,看上去顶多四十岁的样子吧。陈俊男拿她和自己的老婆伏丽一比,就琢磨出了南方女人的长处,人家会穿衣服会打扮嘛。人是衣裳马是鞍,人到了一定年龄,尤其是女人,装束是十分重要的。

北方大学有两家设施不错的内部宾馆,专门用来接待来学校办公差的人,收费并不低廉,就是图个方便。邢爱梅在陈俊男的安排下,住进了其中条件较好的一处宾馆。

学校整个变了样子,邢爱梅下车的时候,甚至连东西南北都分不清了。当天晚上,陈俊男在宾馆餐厅请邢爱梅简单吃了点东西,算是为邢爱梅接风,吃饭的时候并没有喝酒,两个人都显得彬彬有礼的,讲了不少客套话,陈俊男说得多些,无非是对刘明辉、邢爱梅主动资助校友会表示感激。陈俊男还说:学校的分管领导和财经学院的院长,打算明天请邢爱梅吃顿饭,他们要亲自感激慷慨解囊的校友。

邢爱梅连忙摆手说:不用了,明天我还要上沈阳去呢,你陪我一起去吧。

陈俊男用手捂住嘴巴,露出为难的神色,不置可否。

邢爱梅说:你是不是有事?我不过是去看望一个老朋友,待一天就回来,这边不是还要做些准备工作吗?

他们在餐厅讲话的时候，那个装有五万元现金的小拎包一直搁在饭桌上，陈俊男时不时下意识地拿目光瞄一眼，它似乎分散了陈俊男的注意力。

邢爱梅等了一会儿，看陈俊男仍然举棋不定，便站了起来，说了几句不痛不痒的话，意思是如果陈教授公务缠身那就不打搅了，明天她可以自己一个人去，不过现在还早，她想请陈教授去环境优雅的酒吧坐一坐。

拒绝这样的邀请似乎有些不近人情，陈俊男一把抓起桌上的小拎包，痛痛快快领着邢爱梅出了宾馆。学校附近有好几家酒吧，陈俊男担心太碍眼，没敢去，两人打的直奔繁华市区的酒吧一条街。

在酒吧坐定后，陈俊男问邢爱梅这里环境怎么样，邢爱梅表示一切听他安排，还用开玩笑的口吻说：今天就是把我拐卖了也只好由你了。陈俊男听她这么讲，不由开怀大笑了几声，心情好像也不像刚开始那样紧绷了，有了一种放松下来的舒适感。

酒吧里低声回旋的音乐，使人不由想起美好的东西来，同样也使人心甘情愿地一杯杯往肚里灌酒。当《莫斯科郊外的晚上》一曲响起时，两个人的脸上竟有了一种抑制不住的兴奋。二十多年前，他们就对这首曲子烂熟于胸，而且跟一位俄文老师学会了俄语唱法，真是美极了，两人一起哼唱起来。

邢爱梅用不同寻常的眼神望着陈俊男，她希望对方能够敞开心怀谈谈往事。怎么说呢，当初陈俊男和刘明辉都对她有那么一点意思，当然除此而外还有其他人，不过她却在暗中决定在他们两人中选一个做男朋友。陈俊男的性格比较内向，不善言辞，但颇有北方汉子的气息，而且成绩在全系名列前茅，一直被老师视为得意门生；刘明辉却是另一番姿态，出生在江汉平原的高官家庭，总有压人一头的气势，唯有对邢爱梅百般依顺、言听计从，一门心思追逐这位江南姑娘。足足有两年时间，邢爱梅在两人之间游离不定，态度暧昧，结果还是北方汉子绷不住脸，摊了牌，意思是大家好聚好散，不要黏黏糊糊、心猿意马的。邢爱梅那时候娇气着呢，怎么听得见别人的呵斥呢？当即反驳对方，何谓聚何谓散啊，大家不过是同学，顶多算要好一点的同学吧，谁也不欠谁的，愿意在一起说话就多说两句，不愿意说别说：拉倒呗。这就拉倒了。一拉倒，邢爱梅就一个趔趄跌到了刘明辉怀中，刘明辉可不是张省油的灯，看准机会就下手，一锤定音，生米煮成了熟饭，嘿嘿，这回没什么好商量的了。

后来，陈俊男凭着出色的成绩留校当老师，紧接着又读了在职硕士，坐稳了知识分子的位置，而刘明辉和邢爱梅双双回了武汉，第二年完婚。青春故事到此告一段落。

难道你就不想知道当年我为什么选择刘明辉吗？在酒精的作用下，邢爱梅的问话很大胆，很有挑战性。

这有什么呢，各人的缘分罢了。陈俊男的倔脾气依旧，就差重复一句"好聚好散"。

你不知道，那天你骂我一顿之后，我有多气，回寝舍哭了一宿。邢爱梅说完喝干了杯中酒。

我骂你了？我什么时候骂过你？你别胡扯，话说重了点，那也不能叫骂嘛。陈俊男有点气咻咻的。

从来没有人那么和我说过话，就你，你表面上和善，骨子里大男子主义得很呢！邢爱梅愤愤不平。

不谈这些，我们谈点别的好不好？陈俊男试图转移方向，他觉得有点拿捏不准对方的情绪。

难得我们两人在一起，同学都来了，我们哪有机会谈这些事呢？邢爱梅咬住了不放。

你要听我说真话吗？陈俊男心头一横，借着酒劲冒了一句。

当然。邢爱梅点点头，目光充满了期待。

陈俊男喝下一大口酒，将杯子磴在桌上，赌气似的说：刘明辉他爷爷、他老子都是当大官的，他当然比我强啦，我家里可是平头百姓，你跟了我还不遭罪。

啊？邢爱梅发出了一声轻声的叫唤，说：你真这么看？

那我怎么看？我只能这么看。陈俊男微笑着，有点幸灾乐祸的样子。

好啊，陈俊男你真是一点良心都没有，你把我看成什么人了。邢爱梅目光凶狠起来。

我哪知道你怎么想的，你非要问，我怎么想的就怎么说嘛。陈俊男躲避着对方的目光，低下头，双手插在稀疏的头发里。

陈俊男听见邢爱梅咕咚咕咚地喝酒，一下子喝下去好几杯，好像是在向他示威，等着他赔礼道歉。

好长一段时间，陈俊男艰难地抬起头，却发现邢爱梅已是泪流满面。陈俊男嗫嚅着嘴唇，一句话也说不出来，只是哎哎哎地叫着，然后过去抢夺对方抱在怀里的酒瓶。邢爱梅死死抱住酒瓶不松，陈俊男忙活了半天也没得手。

陈俊男吸了一口气，说：你是怎么了，不过说了几句，何必要这样呢，是我不对，我刚才都是胡说的，好不好？

邢爱梅抹了一把眼泪，颤抖着嗓音说：你别管我，你又不是我老公，我老公都不管我，你管我干吗？

那你要我怎么样呢？陈俊男不知所措地问。

你不要管我，邢爱梅说着站起来，叫人结账，身体晃了晃又瘫坐下来，嘴里不停嘀咕着，我要去沈阳，我要去沈阳，你别管我，我要去沈阳。

陈俊男跑到吧台结了账，架起邢爱梅出了酒吧，一边走一边用嘴贴在邢爱梅耳边说：你别闹了乖乖地和我回宾馆，明天我陪你去沈阳好了吧。

五

陈俊男晚上回去和伏丽扯了个谎，说沈阳有个弟子要他明天务必去帮个忙，他实在推不掉就答应了，因此明天一早就要出门，后天下午回来。

第二天早晨,陈俊男一边步行穿过校园往宾馆走,一边给沈阳弟子打电话。听说先生要来沈阳,那位弟子高兴得要命,一个劲地问乘哪班车,几点到,表示要去车站接。陈俊男告诉他,自己是和另外一位同事一道去的,办完公事再和他联系,就不要他去接站了。

到了宾馆,发现邢爱梅已经换了一身装扮,正坐在门厅里等着呢。两人在餐厅简单吃了点东西,打的去往车站,一路上谁也没有言语。在东北境内,发往沈阳的火车很多,个把小时就有一班。陈俊男买了车票,一看时间,还剩下十五分钟,急匆匆买了两份报纸和几只苹果,拉起邢爱梅往月台上赶。

上车不一会,车子就启动了。邢爱梅低头看报纸,陈俊男没话找话地问她,昨天晚上休息得怎么样?邢爱梅头也不抬地说:托你的福,睡得还不错。陈俊男又问,你沈阳的朋友是做什么的,你和他(她)约好了吗?邢爱梅仍不抬头,说:上大学前认识的,插队时的朋友。陈俊男说:是个老朋友啊。说着从邢爱梅手中扯过另一份报纸,读了起来。

正在阅读体育版的时候,陈俊男突然听见身旁的邢爱梅笑出声来,禁不住望她一眼,邢爱梅捂住嘴,笑声被抑制住了,浑身却不停地颤动着。陈俊男用手肘轻轻碰碰她,问道,笑什么啊,什么事这么好笑?邢爱梅一边用手捂着胸口,一边再次忍不住笑出声来,并且飞快地瞟了陈俊男一眼。陈俊男侧过头来看邢爱梅手中的报纸,发现一叠报纸中夹着一张简易小报。一个夸张的标题:男人的武器。是一张介绍男性壮阳药品的小报。

陈俊男把报纸往地板上一扔,说:都是什么乱七八糟的。不由偷偷瞥一眼伏在小餐桌上的邢爱梅,发现她的身体还在不时颤动着。她到现在还没忍住呢,女人就是这样的。陈俊男想。同时他也觉得挺好笑的,在列车上,和一个二十年前的异性同学,读这样一张小报,不失为生活中的一种调味。陈俊男用手拍了拍邢爱梅的肩膀,小声问道,吃不吃苹果,我帮你削一个?邢爱梅伏在桌上脑袋晃了晃,意思是不需要。陈俊男于是继续看他的报纸。

这趟旅程很短暂,大约四个小时就可以到达目的地。陈俊男打算先将邢爱梅送去她的朋友处，约好第二天在火车站的见面时间，然后去见他的那位弟子。陈俊男的这位沈阳弟子，去年刚毕业，目前在一家著名的民营企业任财务总监助理，是个头脑活络、思想开放的年轻人。读书的时候，陈俊男一直比较喜欢他，还带他回家吃过饭，这种待遇在他的弟子中是不多见的。弟子心里当然有数，总觉得欠先生一份情，毕业回到沈阳后，一直联络先生来沈阳散散心，他还说了包先生高兴而来满意而归之类的话，陈俊男当然是很开心的。

　　浏览了一遍报纸，陈俊男觉得有点无聊，想和邢爱梅说几句话，却发现她正注目窗外，一付陷入冥想的样子。陈俊男叫了她一声，问她在想什么。邢爱梅淡淡一笑，说人真是怪啊，在家的时候，恨不得早点出门，哪怕早一天也是好的，出来了呢，又有点想家了，其实家里还有什么呢？女儿出国了，单位也不需要我干什么具体的事，一天到晚闲得慌，但就是有点……唉，说不清。陈俊男脸上就露出了坏笑，很不正经的样子，说你莫不是惦着刘明辉吧，才出来两天，也太过分了吧。邢爱梅脸上不觉闪过一些凉意，神情有几分落寞。她告诉陈俊男说：现在的刘明辉可不是当初的刘明辉啦，他此刻还不知道在那堆花丛中前呼后拥呢，你呀，没法跟人家比，人家当面称他刘总，背后叫他"种牛"，你知道是怎么回事了吧。陈俊男听得愣住了神，不知道该说点什么。邢爱梅接着告诉他说：刘明辉给她的钱大概她两辈子也花不完，他认为这样待她也够意思了，要她识相点，面对现实生活……你能给我谈谈你的现实生活吗？邢爱梅追问了陈俊男一句。陈俊男看邢爱梅一脸沧桑的劲儿，话头不禁支吾起来，生怕说到她的痛处，便不咸不淡说了几句。陈俊男解释道，家庭矛盾是必然的，像我们家吧，孩子刚读高中，学习又不太令人满意，这就够人头疼的了，为了读个好高中花掉四五万，考大学还不知道是什么情况。早几年也不好过，伏丽一动就说我穷酸，说人家的丈夫怎么怎么了，房子住多大了，又买了私家车了，这几年日子稍微宽松了些，自己也算是有点身份地位了吧，唠叨也就少了点，但要说什么夫妻感情吧，也就那么回事，得过且过，想不到太多的。邢爱梅眉头渐渐舒展开来，脸上的神色也温和了许多，说我原以为你这个大教授不食人间烟火呢，也为生存烦恼？也为孩子焦心？不过总比我强多了，一家三口人其乐融融的，这就行啦！陈俊男笑着点点头。邢爱梅这会站了起来，用手拢了拢头发，说：不说这些了，我去洗苹果。说完，拿起两只苹果离开座位。

陈俊男望着邢爱梅离去的背影，心头不知为何冒出这么一句话：这娘们活着也不容易。

不一会，邢爱梅拿着两只削好皮的苹果走过来，陈俊男好奇地望着她，刚想问，她却开了口，说道，和列车乘务员借了把水果刀，我知道你不会带这玩意儿的。

陈俊男点点头，接过苹果啃了起来。

车到沈阳时已经是下午一点钟，两人打车找了家看上去挺干净的饭店。吃饭的时候，邢爱梅的神色发生了变化，她一会儿看着陈俊男，一会儿看着店堂，有点发愣。陈俊男问她要不要跟她的朋友联络一下，邢爱梅连连摆手说不用了不用了，陈俊男觉察到有些不对劲儿，就问她，你不跟人家联络，等一会儿我把你送到哪里去呢？正说着，自己的手机响了起来，是他的弟子打来的，问先生现在在哪。陈俊男告诉他人已经到了沈阳，办完事就打他的手机。然后挂了机，双目注视着邢爱梅。

邢爱梅说：你这么看着我干吗？挺吓人的样子。

陈俊男说：你说我们现在上哪儿去呢？

邢爱梅用纸巾擦擦嘴，起身出门，陈俊男傻乎乎地跟着她，重复着刚才的问话。邢爱梅招手拦住一辆的士，上了车，坐在副驾驶位置上，陈俊男也只好跟着上车。

邢爱梅对司机说：师傅，请沿着街道绕一圈，我想找个店买点东西。

陈俊男坐在后面不吱声。

车子开了一段路，邢爱梅突然说了一句，就这儿停吧。司机停了车，邢爱梅也不搭理陈俊男，独自下车，陈俊男只好跟着下车。

在沈阳的一条繁华却不知道名称的大街上，两个人闷不吭声走了有二三十米，邢爱梅忽然站住，陈俊男也停住了。邢爱梅很突兀地说了一句，我们开个房间吧。陈俊男怔了一下，注意到他们正站在一座宾馆的大门口。

陈俊男说：你不是要去见朋友的吗？

邢爱梅说：我改主意了。

陈俊男说：我还要去见一位学生呢。

邢爱梅说：总不能站在这儿说话吧。

陈俊男不语。两人一前一后进了宾馆大门。

情况的突然变化令陈俊男多少有点不太适应，他现在完全失去了方位感，时间概念也成了模糊不清的东西。一切来得太突然了，让人猝不及防。

房间里是奢靡的，散发着淡淡的茉莉花香，仿佛一块与世隔绝的净土，窗帘拉开了一半，阳光折射进来，半明半暗的一隅，便有点进入天堂的味道了。

邢爱梅脱了外套，对傻站在一旁的陈俊男说：你先洗个澡吧。

陈俊男似欲解脱般地连说不不不，说一会儿还要出去呢。

邢爱梅坐在沙发上，目光盯着陈俊男，像一个面对嫌疑犯的法官。后者只好脱了外套坐在另一张沙发上。

邢爱梅说：你是不是以为我很开放？想说什么你就说。

陈俊男说：我没有那个意思。

邢爱梅说：我可以告诉你，我今年也四十几岁的人了，好日子没几天了。

陈俊男说：你这是什么话。

邢爱梅说：我还可以告诉你，刘明辉一年跟我没几次的……我都告诉你了，行了吧。

陈俊男觉得身上慢慢燥热起来，好像有了一种向外突出的冲动，他回避着邢爱梅盯住不放的目光，神思开始游离不定。

邢爱梅站起来，走到陈俊男身旁，蹲下身子，两只手放在后者的大腿上，轻轻抚摸两下，然后又站起来。邢爱梅说：你先去见你的学生，我在这等你，行吗？

陈俊男说：这样也好，但我不知道他会不会放我回来。

邢爱梅说：你自己看着办吧。

陈俊男穿上外套，向外走，步子有点拖泥带水地，邢爱梅旋即跟出来，将一样东西塞进他的口袋。陈俊男一边走一边掏出口袋里的东西，是一张挂着钥匙的塑料门牌，一面写着"某某宾馆"，一面写着房间号。

六

陈俊男给弟子打了个电话，告诉对方自己所在的位置，他没有说某某宾馆，说了宾馆对面一家超市的名称。陈俊男不想让弟子猜测他此行的目的，他觉得这趟沈阳之行一定会发生些事情。

时间过得飞快。当陈俊男搭上弟子接他的车时，已经是下午四点钟了。一路上，弟子向陈俊男介绍了他的一些个人情况。他告诉导师，他现在每月薪水不薄，年底还有一笔丰厚的奖金，因此，他的生活过得有滋有味，大学里交的那个女朋友，断了，回到沈阳又谈过两个，暂时不打算结婚，多玩玩，这样没有风险没有负担。先生你说是不是？弟子说。

车子停在了城市的另一家宾馆门口。弟子说：先生就住在这儿，怎么样？

陈俊男有些结巴，说不不不用了吧，我晚上有地方住的。

弟子说：先生，没事的，我这点权还有，你就放心吧。

陈俊男不便过于拉扯，就由着弟子开了个单间。洗把脸，喝两口茶的功夫，窗外的天色已渐渐暗下来。

弟子早已将吃饭地点安排好了。陈俊男跟着他一路下楼打车，随意说道，今天一天都在路上跑了，晚上不要弄得太迟。

弟子说：先生累了一天了，喝点酒解解乏，然后洗个澡，反正你一个人，迟点早点无所谓的嘛。

陈俊男说太迟了不行，明天一早我还要赶回学校，一堆事等在那没办呢。

弟子说：这么着急啊，明天一早我来送你吧。

陈俊男说，再说吧。

席间，师生两人叙得十分畅快，不知不觉就下去了一瓶五粮液，再要白酒时，陈俊男制止住了，表示不能再喝了。弟子不从。两人推来推去一番，又上了四瓶啤酒，一人两瓶"漱漱口"。

陈教授问弟子将来有什么打算。弟子告诉他，一开始刚到民营企业上班时很不适应，老板生意做得挺火，可是人没什么文化；自己一度想去考博士，后来被老板找去谈了一次话，人家说得也有些道理，说理论要和实践联系起来，读书本来是为了挣钱，光读书越读越穷有啥意思呢。陈教授就说：我也想推荐你去读博士的，现在看来就没那个必要了，你这样也不错嘛。弟子便笑了，说哪天失意了，再去读你的博士，你不会将我拒之门外吧。陈教授说：不会的不会的。两个人会意一笑，也没深究陈教授所说的"不会"指的是"不会失意"还是"不会去考博士"。酒毕，陈教授已有点迷糊，但不知为何，觉得今晚心情特别舒畅，口中不知不觉哼起小调，脚下晃晃悠悠地，眼前飞花流逝，脑中一片空白。

稀里糊涂的陈俊男教授和弟子一起进了一家洗浴中心，舒舒服服洗了把澡，然后就进了一个单间，不一会儿进来一位小姐。小姐先帮他按头，然后是肩膀和后背，再是大腿、小腿和足部，整个过程，陈教授没和小姐说一句话，倒是看了她几眼，发现长得并不好看，干脆闭上了眼睛。按完一遍，小姐问他，先生加几个点呀？陈俊男问她，什么叫加点？小姐说：加一个点四十五分钟，加五十元。陈俊男说：不用加了。小姐说：不对呀，刚才送你来的那位先生说好了替你加点的嘛。陈俊男说：他说归他说，我不用加。说完站起身来要出去。小姐拉住他膀子不让走。陈俊男有点不高兴了，酒劲直往上冲，不由嚷道，你拉我干吗？快松开！叫你们经理来，你们这里搞什么名堂嘛。小姐出去了，没叫来经理，却把陈俊男的弟子叫来了。弟子让小姐先出去，问先生道，刚刚是那个小姐替你按的吗？陈俊男说是，又说：她要我加点，我不想加她还不让我走。弟子笑了，说：这儿有个规矩，正常点小姐等于白干，老板一个子儿也不给，加点呢，老板小姐各人一半，这是老板的经营招数，就是想要小姐留住客人。不过我看刚才那位小姐太次了点，我帮你换一个，保证先生满意。没等陈俊男表态，弟子已经出了门，好像是和管事的人交涉去了。

弟子再来时，带进来一个模样挺清纯的小姐。弟子对小姐说：这是我大哥，北京来的，你好好伺候，我不会亏待你，懂吗？小姐点点头。

陈俊男看新来的小姐顺眼多了，就让她坐了下来。

小姐轻语道，先生是加点的吗？

陈俊男说：是啊，怎么啦？

小姐于是躺在了陈俊男身边。

陈俊男说：这是什么意思？

小姐说：先生加了点就可以随意了。

陈俊男并不碰她，问道，小姐今年多大啦？

小姐说：二十。

陈俊男说：怎么不去读书，来干这个呢？

小姐说：能读书就好了，不是那块料，没办法的，总不能赖在家里吃父母一辈子。

陈俊男拿起小姐的手看了看，纤纤细细的，心中不由产生了几分怜惜。

小姐说：看先生的样子，像个知识分子。

陈俊男道，你猜我是干什么的？

小姐侧过身子，用一只胳膊支住头，看着陈俊男，说：先生像个大学教授。

陈俊男吓了一跳。

小姐接着说：我很羡慕读书人的，我有一个小姐妹，跟一个有钱的读书人相好，后来就不干这行了，听说到一所大学去读书了，我们都说她命好。我要是命好碰到这样的机会多好啊。

陈俊男说：我是没什么钱，但是我可以给你介绍几个有钱的读书人，读博士的。

真的？小姐呼啦一下抱住陈俊男，用身体抚摸起对方，说：先生不是骗我的吧？博士？博士都是些什么样的人呢，我真是想都不敢想，这辈子如果能够认识这样一个人，就算没白活一回。

陈俊男说：博士不就和你我一样吗？长着两只眼睛一个鼻子，也用嘴吃饭，没什么特别的。

小姐说：先生又拿我开玩笑了，博士怎么会和我一样呢，他们一定长了个大脑袋，满脑袋学问，你说是不是？

陈俊男说：你看到就知道了，没什么稀奇的。

小姐还是不信，用手捧住陈俊男的脸，想看个究竟。

陈俊男不想再让小姐瞧自己，用一只手去勾住小姐的头，小姐顺势就躺在了陈俊男的怀里。

小姐的手在陈俊男身上缓缓移动着，陈俊男也索性在小姐身上抚摸起来。两人缠绵了一会，小姐突然停住了，微喘着气，说：先生，我有点受不了。

陈俊男说：那样的话，小费是多少？

小姐说：是我要的，小费你看着办吧，我看你是个好人。

陈俊男不作声，由着小姐摆布。

事毕，小姐先出去了，走出两步又回头，吻了陈俊男一下。陈俊男一下子回过味来，怔怔地看着小姐离去，然后又去浴池冲了一把。上岸更衣后，看见一群穿浴衣的小姐坐在大厅里闲聊，刚才那位小姐向他笑了笑，招招手。陈俊男走过去，将事先准备好的两张钞票塞进了小姐的浴衣口袋。

小姐微微一笑，说：谢谢，欢迎先生常来。

陈俊男在大厅里等了一会儿，才见弟子从更衣室出来，像他一样，过去和众多小姐中的一位说了几句话，

出门的时候，陈俊男扭头看了一眼洗浴中心挂在墙上的石英钟，已经是十一点钟了。

弟子将陈俊男送到宾馆门口，要求先生明天一定等他来了再走。陈俊男说不用了。弟子还在坚持。陈俊男就装着生气的样子，说你是不是让我以后别再找你了。弟子连连说不敢不敢，说先生既然这么说了，我明天就不过来了，回去代我向师母问声好，以后方便的话，欢迎全家一起过来。然后两人说了再见。

七

回到弟子安排的宾馆，陈俊男困兽似的在屋里走了几个来回，想来想去，还是决定回到邢爱梅身边去。陈俊男有点担心邢爱梅，怕她出意外，她一个人只身从南方过来，是他带着她来到沈阳来的，怎么可以扔下她一个人不管呢？

主意拿定了，刚要出门时，突然感到腹中一阵躁动，知道是便意来凑热闹了，只好退回脚步进了洗手间。

解决完问题，陈俊男总算有了轻装上阵的感觉，他想好回去一定要好好劝劝邢爱梅，一定要让她高兴起来。陈俊男下楼退了房间，总台小姐退给他五百块钱，说是房间的押金。陈俊男望着手中的五百块钱嘀咕道，这真有点不好意思了。总台小姐不解地望着他，陈俊男歉意一笑，转身而去。

出租车司机根据门牌上的名称，将他送到了另一家宾馆门口，就在途中短暂的十几分钟时间里，天空飘起了雪花。下车的瞬间，陈俊男有点恍惚，好像是回到了自己家一样，等他抬起头看到宾馆闪烁的霓虹灯，才醒悟过来。今晚酒是喝多了，还做了那件事，陈俊男此刻忽然产生了愧疚，不是对自己的妻子，而是对邢爱梅。凛冽的寒风猛烈刮过来，从陈俊男的领窝钻进脊背，他不禁打了个寒战。

蹑手蹑脚打开房门，听见里屋传来低微的电视声。这套房间是个套间，走进房间陈俊男发现卧室的门虚掩着。在客厅里站了一会儿，没有听见卧室有其他动静，陈俊男就轻轻推开了卧室的门。穿着睡衣的邢爱梅突然从床上一跃而起，吓了来者一跳。

我以为你不会回来了。邢爱梅脸上毫无睡意。

陈俊男略显尴尬地说：酒喝多了，又去澡堂泡了一会儿……

我知道你一定会回来的。邢爱梅的第二句话推翻了第一句话。

陈俊男说：我不放心你一个人，才回来的，我怕你……

好了，别说了。邢爱梅转身上了床，说：快上床吧。

陈俊男坐在床边打量着邢爱梅，尽量放松着口气问，你的睡裙哪来的？

下午我上街上溜了一圈，也替你买了一套睡衣。说着自个笑了起来，又说不知道你穿着是不是合适。

陈俊男愣在床前，无言以对。

邢爱梅说：快点换上让我看看。

陈俊男手脚僵硬地脱下衣服，随地扔着，只剩下汗衫裤衩时，拿起了睡衣。

全脱了。邢爱梅说着，跪在床上帮助陈俊男脱汗衫，汗衫翻上去遮住了陈俊男的脸。

邢爱梅拦腰抱住了陈俊男。

陈俊男低声说道，别这样。

陈俊男的身体是松软的，体温很正常，邢爱梅的努力并没有见到明显的效果。折腾了一阵子，邢爱梅身上竟出了些汗，她下了床，走到窗口，看着窗外漫天大雪纷纷扬扬。

我不想再这样下去了，邢爱梅对着窗外说。

陈俊男在床上向外挪了挪身体，昂起头说：实在闲得无聊就来读博士吧。

邢爱梅转过身去说：你不怕我天天缠着你？

陈俊男笑了笑，想说一句安慰她的话，没有说出口。

陈俊男觉得实在没话可说。

女朋友

一

对于余丽毫不吝啬的给予,周坚陷入了不可自拔的境地。余丽的男朋友仲磊是周坚的好朋友,这一点让周坚的心里充满了愧疚与矛盾。但是一挨着余丽诱人的身体,周坚就顾不上这些了,他会找出各种理由开脱,甚至自欺欺人地安慰自己,"这次"幽会可能是最后一次。为了告别的欢宴难道不应该尽情享用吗?

当然,余丽也曾经严肃地提醒过他:"只要你谈了女朋友,咱们立马就断。"周坚认为这不公平,为什么她可以有男朋友,而自己却不可以有女朋友呢?对于这个问题,余丽的回答毫不掩饰。她说:你和仲磊不就像一个人似的吗?又说:你明知我和仲磊的关系你还是做了,做了就不要后悔。余丽的口气夹带着一丝令周坚不甚愉快的嘲讽,而且说话的时候眼睛一眨不眨地盯着对方。

两个人这种理不出头绪来的关系,已经拖拖拉拉维持了半年。

如果那天晚上没有突如其来的停电,那一幕是不可能发生的。在回忆往事的时候周坚不止一次地这样想。

那天晚上,是余丽第三次到周坚家里来玩(前两次都是和仲磊一同来的),因为天气很热,余丽穿了一件淡紫色的无袖真丝衬衫,下身穿一条白色一步裙。她造访周坚的理由是归还上次借走的一张影碟。不知道为什么两个人不约而同都没有提到仲磊。他们东拉西扯谈得又说又笑，很是轻松愉快，不知不觉扯到了服装。

余丽问周坚，我这件衬衫怎么样？她从椅子站起来摆出模特的姿势。

周坚未加考虑，说：你皮肤又不白，穿紫色衣服不好看。

余丽并没有不高兴，她揶揄道，当然没你白啦，你是小白脸嘛！

周坚很得意地将自己的一条臂膀举平了横在余丽的一侧，做出要和她比较的架势，他只穿了一件汗衫。他说：当然比你白啦。

余丽说：我看看，我看看。说着一只手捉住周坚的手臂，另一只手由拇指和食指组成"钳子"迅速上去掐了一把。

周坚的喉咙里发出一声低沉的呻吟，他的脸歪扭着，嘴在不停地吸着气。他之所以没敢大声叫出来，是因为父母在另一间屋子里看电视。他们现在肯定在竖着耳朵聆听儿子房间里的动静呢。

周坚一边搓揉着刚才受伤的地方，一边小声嘀咕着，这个死丫头下手这么狠啊，不就说你皮肤黑嘛，黑是健康的标志……

你还说：还说人家黑……余丽的两只手形成瓜子状，分两路向周坚的肋部包抄。

余丽的两只手刚到达目的地，就被周坚一闪身摆脱了，当她准备再次发动进攻的时候，已经被周坚类似钳子一样的手捉住了。当然，周坚并没有使劲，他捉得很温柔。余丽的两条臂膀在对方的控制下欢快地扭动着，但他们似乎粘在了周坚的手中而无法摆脱。余丽加大了挣脱的力度前推后拉，整个上身迎面向周坚倾过去。周坚不得已双手使上了劲，他借助余丽的双臂支撑自己身体的平衡。

就在这时突然停电了。

周坚像是被黑暗敲打了一记，他在没有提醒对方的前提下忽然松开了双手。可怜余丽仿佛脱缰之兽一头栽进了周坚怀里。周坚听到胸膛嘭地发出一声闷响，这一回他没有退让，他像一个真正的男子汉承受着胸口麻麻酥酥的疼痛，这种疼痛迅速漾出了甜蜜的涟漪，并不断向周身扩散。

余丽贴在周坚胸口的脸有点迟疑不决,黑暗掩盖了她慌乱的表情,这时候她的两只手支棱着像雏鸟一般悬挂在半空中,她打算用它们扶住对方的腰,然后再直起弯曲的身子。她的动作很缓慢,她听见了对方和自己一样怦怦而响的心跳。

周坚再也按捺不住了,余丽扶住他腰部的两只柔弱的手,仿佛向他的肌体里推进了一股强大的气流——他的胸口膨胀得快要炸开了。他坚定而粗暴地搂住了余丽的头。他觉得有点喘不上气来,张大了嘴,急促地呼吸着。

余丽在下面拱了几下脑袋,就温顺地一动不动了,她的双臂蛇一般缠住了对方的腰部。

黑暗之中,两颗心加倍起劲地跳动着,有点互相迎合、竞赛频率的味道。

余丽在周坚怀里撒娇般地呻吟了一声。只一声。她的嘴唇很快被另一只慌乱的嘴唇逮着啦。

他们安静地度过了这个晚上。在送走余丽后,周坚想:这事也许就这样过去了吧,不然的话麻烦可就大了。但是第二天他还是没有能够说服自己,他给余丽打了个电话。通话的时候他有点结巴,支支吾吾地询问对方今天在忙些什么吃了些什么东西穿了件什么衣服……余丽说:我晚上过来。

挂了电话,周坚才弄明白,余丽说的正是他想要说的。事情其实很简单。

二

周坚无法不为自己和余丽之间的关系而苦恼。开始时盲目狂热的劲头,如今像潮水一样正在不知不觉缓缓地撤离最初的堤岸,激情的浪花仍在欢娱跳跃,却有点可望而不可即。

他想起儿时常常独自一人玩耍的一种游戏。每当逮到一只爬行的昆虫，他就会端着一大杯水，把昆虫放在泥土地上。在昆虫的前方用砖头设置一个屏障，在昆虫的后方挖一个"凹"字形的沟壑，然后将水灌进槽子里。昆虫向前爬无法攀越障碍物，向后退或向侧面逃则被水而困，昆虫只好在仅存的一小片空地里来来回回地徘徊。昆虫迷失了方向。幼年周坚因此获得了一份快乐。

如今，自己不就像那只可怜的昆虫一样吗？

周坚努力想使自己振作起来，哪怕是碰得头破血流，但他不知道该如何迈出第一步，对他来讲，第一步意味着没有回头路可走，在这个意义上，他甚至觉得自己连那只昆虫都不如了。他所面对的似乎只有等待，消极地等待，等待一个意外的事件梦境般地降临，他因此而得救。

抱着这样灰溜溜的情绪，他接到了一个由北京打来的电话。

打电话的人是他大学时的同班同学金子祥，毕业分手三年，他们只见过一面。那是一年前周坚出差去北京的时候。两个人在周坚留宿的宾馆里见面，金子祥的变化令周坚暗暗吃惊。他原本留给周坚的印象是一个木讷的学生形象，这才隔了多久？才两年工夫，他已经变成了一个滔滔不绝的角色。真是令人刮目相看。金子祥言谈之间流露出的自信，几乎可以用夸张来形容，一身名牌装束显示出他优雅的身份。他递给周坚一张金灿灿的名片。是一家比名片的色彩还要响亮的外资企业，他在公关部谋到了一个类似科长的职位。

周坚以半开玩笑的口气打探金子祥的成功之道，言下之意对后者如此之大的变化表示不解。"为什么我总是死气沉沉一成不变的呢？"这似乎是周坚真正的疑虑之处，但他不能像个五岁小孩一样向别人寻求答案。

金子祥那天说得很多，可以说是毫无保留地向远道而来的同学讲述了他的成长历程。而周坚却没有从他的话中理出头绪来，不知道他所表述的核心内容是什么。金子祥提及自己与上司之间的关系，并且颇为得意，他着重强调了这层关系的微妙之处。周坚并不是不懂对方的意思，而是希望能够获得更直接的体会和经验，以便和自己的日常行为进行一番横向比较。"这个嘛,只能意会,无法言传。"金子祥说到关键时刻突然变得吝啬起来。

周坚对金子祥的洋洋自得失去了兴趣,他把话题引到了感情问题上。他问金子祥"谈过几个女朋友"。

金子祥呵呵一笑,竖起三根指头说:不多,才三个,都是实打实的噢,最近刚认识一个,今天本来说好了见面的……

周坚说:干吗不把她一起带过来,让我见识见识。

行啊,明天带她过来,我请你吃饭。

可是,太遗憾啦,我明天就要回去了。

周坚是在办完公事之后才跟金子祥联络的,事先他并没有和他见面的打算,要是订上当天的返程票,他也许已经在火车站里打盹了。

你怎么样?也没闲着吧。金子祥嘴角含着一丝不易觉察的笑意。

周坚无奈地摇头。

不会吧,真的假的?金子祥顿了一会说:对付女孩,怎么说来着,该出手时就出手嘛,你太客气了吧。

不是不是。周坚不知道如何表述。

金子祥第二天按说好的时间来宾馆送周坚,他告诉周坚,汪洁(他的女朋友)正在楼下大厅等着他们呢。

周坚说:怎么不让她上来,把她一个人丢在下面多不好啊。

金子祥说:你就别管啦,走的时候叫她一声就行了。

周坚依稀记得,上火车站前,金子祥右手握着他的手,左手搂着女朋友的肩膀,开玩笑地说了一句,"我们结婚的时候到江南(我居住的城市)去旅游一趟怎么样?"这句话的指向包含了我和汪洁两个人,汪洁当然是他结婚的对象,而我则是他们结婚旅游地的接待者。金子祥这么一说:汪洁扭了扭身子,微微垂下了泛起红晕的脸,我当然表示出极大的诚意,"欢迎欢迎热烈欢迎!"我记得当时我是这么说的。

时隔一年,金子祥看样子并没有忘记当初随口说过的一句话。他的开场白是:烟花三月下扬州,欢迎我到江南来吗?

周坚说:那还用说:是两个人一起来吗?

这次只能过去一个人。

怎么不带上你的——女朋友呢？

不是不带上她，而是她一个人去，没带上我。

那，你们？周坚有点吃不透金子祥的意思。

我分不开身，金子祥说：你陪她好好玩两天，就当是陪我吧。

周坚坚持询问金子祥不能来的原因，后者迟疑了一会，表示在电话里一句两句说不清，"汪洁会告诉你的"，他留给了周坚一个悬念。

周坚估计金子祥肯定是还没有结婚，他总不至于让新婚妻子一个人出门旅游吧，但是汪洁为何会做出一个人出来的决定呢？这个好像也有点说不通。周坚在尽量回忆汪洁留给他的十分淡薄的印象，他不记得自己和她有没有讲过话，也许只是相互打了个招呼，但是三天之后他却要陪她"好好玩玩"，这个即将到来的事实让周坚颇感意外。

三

余丽出现在周坚办公室的举动让后者大吃一惊。这是前所未有过的事情，一时间令周坚有点不知所措。周坚一边给余丽让座，一边用眼睛的余光扫视几位同事，他发觉几位同事和他作出相仿的反应——都在拿眼睛的余光似有若无地注视着余丽。

周坚觉得自己的脸有点发烫，他决定不向同事们介绍来访者的身份，实际上他根本不知道如何介绍。他原想责备余丽为何不事先打个电话过来，说出口的却是"你怎么知道我会在办公室？"余丽显得很大方（似乎是早有准备），她用轻松的口气说：快一年不跟你联系了，我想来个突然袭击。这句话等于是帮助周坚解了围，在别人听来他们似乎是很久未见面的老朋友。

周坚顿时就觉得舒畅多了，他干脆顺着余丽的话往前推道，那你一定是无事不登三宝殿。

有点小事和你商量一下。余丽语气平淡，眼睛里却写满了内容。

是不是要请我吃喜酒？周坚故意调侃，顺便点燃了一支烟，摆出一副无拘无束的样子。

余丽说：差不多了，到时候请你，你不会摆架子吧？

周坚觉得余丽的眼神怪怪地，甚至有点忧伤和悲戚，和她一贯的性格不大相符。周坚的心里不觉有点慌乱。他站起身来说：你第一次上楼来吧，我带你看看街景，我们这层楼有个不错的观光平台。

余丽跟随周坚出了办公室，这回他们目不斜视，没有去关注别人的神色。

平台上风不小。周坚拽了一下余丽的肩膀，还是没敢抱住她，他口气温柔地试探着问余丽，这么急着来，一定有事吧。余丽不作声，望着远处的街景发呆，眼睛里的东西一下子跑得无影无踪。

周坚回头望了一眼，向余丽凑近了点，鼻尖微微碰着了对方的面颊，口气依然温柔，却多了几分焦急。他说：怎么啦，好像不高兴嘛？你快说话呀！

余丽忽然转过身来，面对着周坚，她的眼睛里多了一点晶莹的东西。周坚迅速咽了口唾沫。

余丽说：我怀孕了……

啊！周坚情不自禁双手扶住了对方的肩膀，嘴里嘟噜了一句，连他自己也不明白说的是什么。他原本是想把同学的女朋友要来游玩的事告诉余丽的，他还打算约余丽一起陪客人玩两天，这样他不也轻松一点吗？最关键的是，他还可以在同学那里争得一点面子。他相信，同学的女朋友回去后一定会告诉同学，周坚的女朋友是个很漂亮的姑娘；不仅漂亮而且很温柔……但是，看上去很好的一个计划，一眨眼就被无情的现实打碎了。好像老天爷不太情愿给他哪怕一丁点自欺欺人的真实，甚至产生这样的念头也要他付出一定的代价。

周坚焦虑地望着余丽，害怕说错了话再次伤害对方，他嗫嚅着嘴唇，说不出话来。

余丽挪开了正视着周坚的视线，朱唇未启，轻轻说道，医生让我后天下午去做手术。

你决定啦？话一出口周坚就有点后悔了，好像他要阻止对方似的。

还能怎么样？总不能马上就结婚吧，再说跟谁结婚呢？余丽的话中透出一股凄凉的味道，并无责怪周坚的意思。

周坚被余丽软弱无助的神情打动了，他克制着蠢蠢欲动的念头，替对方抚去了溢出眼眶的泪水。周坚诚恳地说了一句，对不起。但他觉得这句话很苍白，像远处飘过的一阵风，无依无靠。

余丽抓住了周坚潮湿的手，说：这两天我想安静下来好好想想，后天下午2点钟，你在金山区妇幼保健所对面的小超市等我……

送走了余丽，重新回到办公室的周坚，像被抽了几根肋骨似的瘫在座位上。有一个同事过来和他打趣，好像是说刚才来的小姐如何如何。周坚没听进去，他的脑子变成了一只养蜂的箱子，一片轰鸣。但他坚持镇定说了一句：人家马上都要结婚了。

他万万没有想到，用来搪塞别人的话很快就得到验证。

到了下午，周坚实在熬不住了，便给仲磊打了个电话，希望从他那里获得一点关于余丽的信息。

周坚和仲磊上小学时同时入选过市少年乒乓球集训队，有三个寒暑假是在一起度过的。升入中学以后，周坚远离了球台，直至后来考取大学；而仲磊却一直未放下球拍，他15岁时还一度被选进了省集训队，但最终未能"浮出水面"。仲磊很快便被热衷体育运动的市邮电系统吸收为职工，充当起了业余杀手的角色。有一次周坚在商场里邂逅多年未见的仲磊，那时他大学毕业还不到一年，两人谈起往事来却有不堪回首的感觉。后来仲磊没事总爱约周坚到他那里玩几把，他在邮电局工会负责职工业余体育活动，电视上见过的运动机械，他们那里一应俱全。

接到周坚的电话，仲磊十分高兴，他没有理会周坚的扯东拉西，而是要求周坚立马就过去，到他们单位去。你直接到棋牌活动室找我。仲磊对周坚说。

周坚还想在电话里多说两句，那边等不及了，一个劲地催他快过去，没等周坚再说什么，电话已经挂断了。

周坚在邮电局工会的走廊上碰到了几张熟脸，他们热情地和他打着招呼，告诉他仲磊在哪间屋里。他于是在那间屋子门口叫了一声"仲磊"。仲磊从人群中出来一把把他拉了进去。

周坚不解地问仲磊说：你们单位不上班吗？这儿这么多人。

仲磊说：过两天不是要放"五一"长假了吗？工会和团委提前两天庆祝"五一"、"五四"，举办扑克牌有奖大赛。

周坚失望地点点头，他期望获得意外收获的念头被眼前的繁忙景象驱赶得丝毫不剩。

仲磊特意要留周坚玩两局，终于被后者婉言拒绝了。仲磊问他假期有什么行动，"青春年华似水流啊！"仲磊拍着周坚的肩膀，以过来人的口吻启发对方。周坚摆摆手，算是对仲磊的回答，然后，无精打采地走开了。他一个人在街边犹豫了很久，不知道向何处去，来来往往的汽车玻璃折射的光线，让他觉得有点恍惚。他莫名其妙地产生了梦幻般的感觉。

四

周坚在金山区妇幼保健站对面的小超市里买了盒烟，他估计抽完一支烟，余丽也该到了。他出了店门刚点上烟，就看见余丽从一辆的士上下来，他左右望了望，朝走过来的余丽举起了手臂。

刚刚纳入市区范围的金山区过去是郊区的一部分，近两年被一些房地产开发商盯牢了，大片的旷野不知不觉中竖起了数十幢商品房。从城市拥挤的角落迁来的各色人等，似乎形成了一个共识：交通工具将他们与城市中心进行了有机的联结，他们的一切消费仍然留在了那里，与居住地毫不相干。因此，在这个区域里很少看见行人，更不用说碰上什么熟人了。

保健站下午2点上班。他们是第一对前来就诊的预约者。

大夫面无表情地对余丽进行了一番例行检查，然后就给她开了手术单，整个过程十分简单，没有出现周坚事先预想的令人尴尬的提问。

交完费，余丽就独自进了手术室。进去之前，周坚情不自禁地拉了一下余丽的手，发觉对方的手冰凉潮湿，刚到嘴边的话又咽了回去。

余丽说：我进去了。

周坚说：我在外面等你。

出了保健站，周坚立即掏出烟来点燃一支，重重地吸了两口。他一路溜达着，逢店便进，走马观花似的转一圈再出来。

大约走了有二三百米的样子，周坚看到了一家书店。他想，这地方倒可以消磨掉时间。书店不大，也就十五六平方米，收拾得干干净净的，大概很少有人光顾这里。

周坚从书架上取下一本翻译小说《我挡不住我》，他前阵子听一位同事说，这是一本挺野的自传体长篇小说：是一位具有犹太血统的美国女作家的力作。

周坚近来很渴望阅读和性有关的书籍，如果是女性的作品那就更好了。他希望能够借助女性的视角来客观地剖析一下余丽的心态，包括他所处的位置在余丽心目中的真实形象，这是因为他对自己目前的处境感到困惑与无助。他无法拿出一套让三个当事人都能够接受的方案出来。

书中多次提到了"意淫"这个词，那是指一种心理需求，似乎是和人"性"的开放程度没有比例关系；既不成正比也不成反比。它显示了精神生活的某个侧面，是更富有个性色彩的原始动力。

这让周坚想起了余丽对他的几次拒绝。"女人有时候只需要你抱着她。"

余丽的声音在周坚耳畔响起。但有时余丽又几近疯狂，像燃烧的火焰一样，令人窒息。她曾经以开玩笑的口吻对周坚说：假如在草地上，我可以抱着你打滚，打几十个滚，你信不信？周坚认为，这样的想象有好处，可以激发人对美好生活的向往，至于实践嘛，还是谨慎为妙，生活和电影毕竟是两码事。

她会不会渴望获得一次受孕呢？

周坚被自己的胡思乱想吓了一跳。

刚放下书，手机突然响了起来。一看号码，是北京打来的。

一个京味女孩的声音传进了周坚的耳朵。

您是周坚吗？我是汪洁。

周坚"噢噢"地边答应着，边走出书店。他没有忘记询问对方的车次和接站时间。

汪洁告诉他，她今天晚上上车，根据她查询的时间，预计第二天下午三点左右到达。

我穿一件红色的风衣。汪洁说。她显然认为周坚记不住她的模样了。

周坚忍不住问了一句，金子祥怎么不陪你一道来呢？他觉得这么问有点欠妥又连忙补充道，明天不是开始放"五一"长假了吗，他忙个啥呀！

汪洁说：他有事，走不开，您是不是也挺忙的，我不会打搅您吧？……

没等对方把话说完，周坚立即表态说：没有的事，我早就准备好等你来了，我是说金子祥如果能陪你一起来不是更好吗？

电话那头停顿住了，周坚以为她有话要说：结果过了好一会儿汪洁才说：

我无所谓，他倒是想陪我来……也许过一阵子他还会来的吧。

汪洁的回答语焉不详，似乎是故意不想表述清楚。既然这样，周坚就不便深究。

欢迎你来做客。挂电话前周坚夹塞似的说了一句，好像需要解除疑虑的不是自己而是对方。

在保健站门口的最后15分钟，周坚一刻不停地抽了三支烟，当脸色蜡黄的余丽出现的时候，他正不停地咳嗽着，随即一边捂着嘴一边跑了过去。走近余丽身旁的一瞬，周坚从对方的眼神里看到了一丝冷漠和孤寂。他慌乱地避开目光，身体僵硬地搀扶着余丽。

在回去的的士上两个人缄默不语。周坚一条臂膀绕过余丽的身体托着她，另一只手在余丽的膝盖上轻轻抚摩着。周坚的眉头紧锁着，心里却比刚来时轻松了一百倍，他两次重复过一句话，都是对司机说的，"师傅，请开慢一点"。

五

在接站口接到汪洁的周坚心里暗暗有点吃惊，他的确是记不住汪洁的模样了，至少，眼前这位青春亮丽的女孩和他印象中的汪洁对不上号。岂止是对不上号，简直是相差太远了。

但是，汪洁却一下子认出了他。她刚一出来就向周坚招了招手，嘴里还反复叫着他的名字。

去往金江宾馆的途中，周坚问汪洁要不要给金子祥打个电话，他把手机递给对方。

汪洁说：不打了，他现在正忙着呢。

周坚没有多问，说：那等你住下再说吧。

住进周坚事前安排好的612房之后，汪洁在洗手间忙着收拾，周坚在外面看起了电视。电视里的一场足球赛吸引了周坚，尽管是场重播，但直播时他没能赶上收看，他的兴趣仍然是高涨的。

中场休息的时候，汪洁正好收拾停当，从洗手间出来，比周坚刚才见到时又多了几分妩媚。周坚不由地对金子祥生出一点点妒意，他想不通金子祥居然会让这样可人的女朋友单独出来旅游。为了尊重对方，周坚忍痛关闭了电视。

汪洁笑道，没事的，您看吧，我正好好整理一下行李。

周坚说：那也不需要45分钟呀。看看时间不早了，又说：先下去吃饭吧，待会再来整理。

两人乘电梯下到二楼餐厅，挑选了一张靠边的小桌子相对坐下。

点完菜，周坚抽空向汪洁介绍了本市的一些旅游景点。他说话的时候，汪洁很认真地注视着他，没有插一句话，等到周坚征求她的意见，"想去哪里看看"，她却莫名其妙地问了一句，"刚才您说什么？"周坚没想到她竟然走神了。她在想什么呢？

周坚只好再复述一遍，这次没等他说完，汪洁就表态了。汪洁的意思是，她只打算在这里待几天，不用他陪着，她一个人随便走走就行了。

周坚说：这怎么行，回头金子祥还不骂死我呀！你既然来了就听我的，既来之则安之嘛。

汪洁说：他（指金子祥）都能放心我一个人来，你还不放心？我不会丢掉的，假如有什么情况我会给你打电话。

汪洁的口气一点也不像开玩笑，挺认真的。这就使周坚感到一种无名的恼怒，好像有人合伙欺骗了他，还把他蒙在鼓里，但又不让他找到发作的理由。

周坚只好一个劲自顾自地说"不行、不行"，却不知道为什么不行。

菜上来了。汪洁主动换了话题。

怎么没把您女朋友带来。汪洁问。

她病了。

哦。

我原来打算让她一起来陪你玩几天的。

不用不用。汪洁连忙推托，表情闪过一丝慌乱。

两人再一次转移了话题。这次中心移到了北京。

周坚表示他很羡慕北京人。

他说：同样是学习、工作，北京人选择的机会比其他城市的人多多了，眼界也开阔，见多识广，说起话来一套一套的。比如金子祥吧，在北京待了几年，好像变了一个人似的。

汪洁笑了，说：您是说北京人爱吹牛吧？

是啊，人家也的确是牛嘛！周坚憋着一口夹生普通话。

汪洁说：下次再去北京我给您介绍几个正宗的北京朋友。

周坚对她再次无视金子祥的存在感到惊讶。如果说一开始他还有点疑惑的话，那么现在他已确信，金子祥和汪洁之间出现了裂痕。

这本来和我没有什么关系，我不过是尽一个朋友的义务罢了。周坚这么想，便对探询金子祥的近况失去了兴趣。

不过，他口头仍然没有放松。他对汪洁说：你来之前，金子祥跟我交代好的，要我好好陪你玩两天，我答应了，你不能让我失信于人吧。

汪洁说：是我出来玩又不是他出来玩，他管不了那么多。

最终，双方达成了妥协。头两天由汪洁"自由行动"，第三天开始由周坚陪同游玩。

吃完饭，周坚把汪洁送到房间，然后就离开了宾馆。

在回家的路上，他突然产生了去看看余丽的念头，欲望一经点燃，顷刻就炽烈起来，他于是加快了步伐，追赶着自己的念头。周坚觉得自己犯了一个错误，一直以来，他从未要求余丽离开仲磊，甚至连类似的建议都没提过。他们互相之间没有承诺。退一步讲，他们可以互不尽责任；进一步讲，他们也没有权利更多地要求对方。这种关系如同风中旋转的树叶，无法找到维系自己生命的泥土。

周坚忽然有了倾吐衷肠的冲动，他一路小跑了起来……

但是，令人沮丧的是，仲磊的那辆红色摩托车此刻正停在余丽家的楼下，它像一柄寒光四射的利剑，拦腰截断了周坚踉跄的步履。

六

第二天早晨，周坚一睁眼就给余丽家拨电话，听筒里传来仲磊的声音，周坚赶忙挂了电话。不安和焦虑笼罩了周坚的心头，他无法给自己混乱的思绪找到合适的名称，但这的确是个不良的征兆。

周坚很想找一个人听听他发自内心的倾诉，在诉说的过程中，他也许会找到一个答案，而苦思冥想只会使他越陷越深，远离真相。

出了家门，周坚不由自主地走向了金江宾馆。他忽然就明白了，汪洁正是他要找的听众，没有谁会是比她更合适的人选。如果汪洁还算聪明的话，或许发挥的作用会更大一些。

这一发现像春风扑面一样，给周坚带来了说不出的爽快，心情也就随着步伐一同畅快、轻捷起来。

宾馆总服务台墙壁上的北京时间刚过8点。周坚在大厅里犹豫了好一会儿，决定过半个小时再来找他的听众，自己也好利用这段时间去吃个早饭。

吃完早饭回来，正好8点30分，周坚就在总服务台往汪洁的房间里打电话，振铃响了几分钟却无人接听，按了弹簧叉重拨，还是没人接。于是，周坚拨通了宾馆总机，询问话务小姐612房的电话是不是坏了，怎么拨不通。话务小姐告诉他，总机根据客人的要求关闭了612房间的电话。周坚问为什么？话务小姐说：对不起我们不好向客人提问，我们只管服务；不过这类情况一般说明客人需要安静休息，以免外人打扰。

周坚乘电梯上了六楼。

层楼服务小姐告诉周坚，她8点钟来接班后没有看见612房间有人进出。周坚像个间谍似的将耳朵贴在612的房门上，他听见了房间里电视机发出的低微声响，好像正在演一部动画片。

周坚轻轻敲了几下门，没有反应；又敲了几下（力气比刚才稍大），还是没反应。周坚跟服务小姐商量，希望她能够帮助叫门。里面的客人是位小姐，周坚向对方解释说：我怕她……

那你干脆迟点再来。服务小姐头也不抬地说。很显然不大愿意帮他这个忙。

周坚说：也好，我就在这儿等一会儿。

服务小姐看周坚赖着不走，斜了他一眼，慢吞吞地走向了612房间。她叫了半天，依然毫无动静。

周坚说：不会出什么事吧？我听见里面电视机开着呢。

服务小姐被他一吓，拿了钥匙去开门。

屋里的情况果然不大对劲。汪洁衣服未脱俯卧在床上，小圆桌上有半瓶干红葡萄酒，地毯上还有一只空酒瓶，是同样牌子的。

服务小姐胆怯地望着周坚，不知如何是好，又不敢马上离开。

周坚上前拍了拍汪洁的肩膀，嘴里不停地"嘿嘿嘿"叫唤着。汪洁埋在褥单里的脸左右动了动，还是没出声。

在服务小姐的帮助下，周坚艰难地将汪洁翻过身来。但是，他打算扶汪洁坐起来的努力没有获得成功，因为汪洁的身体就像一坨稀泥似的，失去了支撑的能力。

汪洁是在被送到医院后才从半昏迷状态中醒过来的。醒来后她看见了立在床边的输液架和站在架子后面的周坚，周坚向她笑笑，她也报以微笑，两个人都没有说什么。

回到宾馆已经是中午，汪洁表示她什么也不想吃，因为头晕乎乎地，胃也有点不舒服。不过令周坚放心的是，她看上去已经得到了基本恢复，再休息一下将会完好如初。

肯德基快餐店正好开在宾馆的马路对面，周坚很快就买回了两只汉堡、两杯牛奶和两袋薯条，他希望能够唤醒汪洁的食欲，哪怕是让她吃一袋薯条。

汪洁只要了热牛奶。后来听周坚说空腹喝牛奶容易发胖，才一根半根地吃起了薯条。周坚也不劝她吃，自顾狼吞虎咽地吃着汉堡，分两次喝完牛奶。汪洁竟然不知不觉地吃完了一袋薯条，周坚鼓励她把另一袋也消灭掉。

汪洁说：那样可真要发胖了。

吃完简易午餐，两个人各自靠在床上看电视，也不知什么时候，汪洁悄然进入了梦乡。周坚关掉电视，为她拉好被子盖上，自己也和衣在另一张床上躺了下来。

尽管早晨起得早，后来又折腾汪洁到医院，身心都有了倦意，但周坚仍无法静下心来入睡。他惦挂着手术后的余丽，却无法见到她。他相信这件事正在潜移默化地改变着两个人对生活的态度，却不知道自己该怎么做。眼下又多了一个借酒浇愁的汪洁。这两个女人，两个别人的女朋友，正占据着他的生活空间，让他品尝生活的多姿多彩与不尽烦恼。

周坚下床，蹑手蹑脚走进洗手间，他看见镜子里一张毫无生气的脸，冲着自己龇牙咧嘴，他言语粗鲁地骂了一句。仿佛是对他言语的回敬，里面响起了手机的鸣叫。周坚听见的是陌生的音乐，因此没有离开洗手间。

音乐响了好一会儿才停顿下来，周坚听见汪洁有气无力的声音。

汪洁说：你正风流快活呢，怎么会想到我？……什么别这么说：许你做还不许我说？回去干吗？说不定就不回去了！

周坚觉得再不出去的话，好像他是存心在偷听，为了找到合理的理由，他轰隆一声放掉了抽水马桶里的水，然后假模假样地洗了手才出来。

周坚出来的时候，汪洁的电话已经挂断了，手中拿着电视机的遥控器。

周坚问她现在怎样，头还痛不痛？

汪洁说：您别管我了，您回去吧。我只想一个人待着，哪儿也不想去，什么也不想吃。

周坚向床边走了两步，一屁股坐在汪洁的床上，迅速从汪洁手中夺过遥控器。他说：如果你把我当朋友看，为什么不说说你们的事？

汪洁说：您让我说什么，我到这儿来就是想忘掉一些事的，我不想说……

周坚说：好，你不想说：让我来说：你知道我的女朋友为什么不能来吗？她因为我刚刚做了人流手术，可是现在我不能陪着她，我并不是她正式的男朋友。

汪洁惊愕地望着周坚，眼睛里缓缓溢出两串泪珠。

七

晚上，周坚在家里接到了仲磊打来的电话。仲磊说：我马上就过来。

周坚拿着听筒的手没有放下，立即给余丽拨电话。是余丽接的电话。

周坚说：你怎么样，我给你打过电话，可是……

余丽没有吱声。

周坚说：你说话呀，刚才仲磊打电话过来，说马上到我这里来，是不是有什么事？

余丽说：手术那天上午我和仲磊办了登记手续。

周坚愣住了，说：什么？什么登记手续？登记什么……

余丽说：还能是什么登记。

周坚说：你怎么能这样，你为什么不和我商量一下！

余丽说：我和你商量什么，这是我和他的事，也是迟早一天的事。

没我的事吗？

你从来没说过要和我结婚的话呀。

……

敲门声响起，周坚悻悻地挂断了电话。

仲磊带了七八听啤酒过来，他脸上的兴奋就像刚开罐的啤酒沫一样往外溢着。

周坚递给他一支香烟，先为他点燃，然后再为自己点燃。

仲磊喷出一口烟，笑嘻嘻地说：告诉你一件喜事，不，你先猜猜看。

你要结婚了？周坚淡淡说了一句。

不对。仲磊抑制不住情绪，端着刚开启的啤酒站起来说：我刚接到通知，到国外当一年乒乓球辅导教练，这是省里一个对外文化交流项目。

我以为你要结婚了呢？周坚又说了一句。

仲磊说：前天和余丽领了证，一想到结婚挺没劲的，这下好了，可以轻松一年。

周坚问，你出去了余丽怎么办？

仲磊说：什么怎么办，她有手有脚的，又不要我服侍她，女人呢，你越宠她她越娇气，你冷落她一点她反而敬重你。仲磊自以为是地做了个乒乓球反手推挡动作。

出去能挣点钱吗？周坚转移了话题。

五六万块钱吧，单位上工资照开，也算开一回洋荤嘛。仲磊洋洋自得。

什么时候动身？

半个月时间做准备、办手续，"六一"儿童节之前就要进人家的训练场，我的任务是教孩子打球。

周坚打开一听啤酒，举起来，和仲磊手中的罐子碰了一下，什么也没说：仰头喝了一大口。

仲磊离开周坚家的时候，周坚表示过几天要为他饯行，让他把余丽带上。仲磊打着哈哈，连说不用不用，就咱哥们聚聚。周坚问他什么意思。仲磊这才告诉周坚，他今天中午得到消息后，蛮高兴地去告诉汪洁，但余丽却闷闷不乐，对他说：有本事你去了就不要回来。这算什么话。仲磊不平地指出，这是我的事业嘛，男人都想要自己的事业，她们女人只知道过日子，过日子的时间往后长着呢，想想都害怕。

周坚想问他既然这样想，为什么还要同意领证，他的话迟了一步，仲磊已经突突突地发动起摩托车，他只好把话头咽了回去。

周坚上了楼再一次给余丽打电话。

周坚说：他要扔下你去国外了。

余丽说：这是我和他的事。

你刚才怎么不告诉我？

他会告诉你的，要我说做什么。

他走了你怎么办？

没有他我还不活了？

你们不是领了证了吗？

我打算和他重新开始。

那我们……

迟早要分手，就趁这次机会吧。

双方沉默了好长一段时间。

周坚说：我想见你，我马上过去。

女朋友 | 063

余丽说：你神经啊，现在几点了。

周坚说：我不管，我现在就过去。

周坚胸里好像憋足了一股气，他下楼打了辆的，直奔余丽家。

余丽也下了楼，她看见周坚下车过来，就径直往另一幢楼的阴影下走去。

周坚疾走过去，一把就抱住余丽，疯狂地亲吻起对方。

余丽没有反抗，两条胳膊松软地围着周坚的腰，手在他后背轻轻摩挲。

周坚突然将头埋在余丽的双乳之间，呜呜咽咽地哭起来。他口齿不清地反复嘟囔着一句话，余丽双手捧住他的头，仔细分辨了一会儿，才听清了对方说的话："你为什么不和我商量一下。"

余丽轻轻说了一句，商量有什么用，这是命。

周坚平静之后，两只手不停地在余丽身上乱摸，好像在寻找什么东西。最终，他的一只手抚在了余丽的下身。捂着不动。周坚问，现在还痛吗？

余丽无力地瘫软在周坚的怀里，神色黯然地说：我再也不要那样了，就像死过一回一样。

以后我们严格采取措施。周坚说。

余丽从他怀里挣扎出来，说：我们还是分开吧，我会想着你的，你也会想着我吗？

周坚很冷淡地掏出香烟，点上一支。

你是不是很快就会忘了我？余丽很愚蠢地问。

周坚不接她的茬，说：我哪里做错了，你这么对待我。

余丽想拥抱他一下，被他冷冷推开了。

余丽说：不早了，我要回去了。

周坚闷头抽烟。余丽绕开他往回走。周坚突然叫了一声：余丽！余丽回头望着他，口气很平缓地说：早点回去吧。说完就上了楼。

八

周坚一夜无眠,到凌晨四点钟左右才迷迷糊糊进入梦乡。

醒来时满屋阳光,已经是十点钟了。周坚呆呆地看着写字台上的几只空啤酒罐,心头同样空空如也。

他想到了汪洁,就给宾馆打了个电话。

汪洁拿起电话就问,是周坚吗?我刚要出门。

周坚问她打算上哪。汪洁说上街逛逛,你要有事就别过来了。周坚想了一会儿说,这样吧,十一点半我在宾馆餐厅等你,一起吃午饭。汪洁说就这样吧,中午见。周坚听她的口气挺爽快,才算放了心。

周坚靠在床上想给余丽打电话,但不知说些什么,愣了半天还是没想好,只好作罢。

汪洁快到十二点才出现在餐厅,她看上去气色好多了,一点心思也没有的样子。

周坚问她都逛了哪些商店。汪洁举起手中的一只坤包,问他好不好看。周坚凑过去看,是鳄鱼牌的,就问她花了多少钱。汪洁笑而不答,打开坤包,从里面拿出一只男式钱包,递给周坚。周坚不解地望着对方。汪洁说商店里买一赠一,赠的就送给您吧。周坚双手把玩着钱包,连说不好不好,怎么好意思收你的礼,到现在还没陪你出去玩呢,我这个地主没当好。

汪洁来了劲,说:您就收着吧,今天下午我可要您陪着啦,我想去南郊看看,听宾馆小姐说那里特安静,我不喜欢太闹腾的地方,您看去南郊行不行?

你还真选对了地方。周坚颇有同感地说:很多景点吹得如何如何,去看了不过如此,大部分时间都是人挤人人看人,不如找一个优雅的环境坐一坐,也好清静清静想一想心思。

周坚的话似乎触到了汪洁敏感的神经,她的情绪一落千丈,弄得他怪难受的。周坚故意东扯西拉地讲一些本地的典故，还说了几个笑话，才算把气氛拉回来一点。周坚想，我干吗遭这个罪呢？莫非我前世欠你汪洁的不成。想想好笑，脸上就露出了破绽。

汪洁看出了点苗头，说：您是不是笑我，有话可别藏着掖着，我挺讨厌那种人。

反正我是不讨人喜欢的人。周坚一下子收不住脸上的笑容，继续说道，就让你讨厌一回吧，你要是到了北京还讨厌我，不是说明你记住我了吗？

您倒是会说话。汪洁说：神色逐渐恢复到最初的状态。

两个人潦草地吃了午饭。周坚的意思是让汪洁上去收拾一下，他在大厅等她，然后直接去南郊。他告诉汪洁，那里是休息最好的去处，"比待在房间里强百倍。"

两年前，周坚就是在南郊认识余丽的。那时候，仲磊和余丽认识不久，算是刚有点意思，几个朋友相约一起去南郊游玩，仲磊就把她带上了。其他人多数没有女朋友，因此只去了她一个女孩。大家像对待公主似的围着她说些赞美或者自以为调皮的话，唯有周坚稍稍和她隔开了一段距离，始终没和她搭茬。他们后来在追忆那次初遇经历时，彼此都认为对方给自己留下的印象很一般，周坚甚至认为她是一个长相不错但内心空虚的女孩子。而在仲磊家第二次遇见余丽，他很快改变了自己的看法，因为这次他们有了正面接触，并且没有外部环境的影响，他们的对话越过浮表的寒暄、逗趣，导入了正常意义的交流。这是他们产生友谊和情感的开端。

但是，南郊仍然留给了周坚美好的记忆，这里不仅仅空气清新，还能似有若无地唤起他青春的欲望和遐想。

两个人走在南郊的林荫道上，自然而然并肩而行，视线里突然出现了一对十分缠绵的恋人，正沉浸在幸福生活之中忘我地享受生活。两人相视而笑，感到一丝尴尬，好像他们不该出现在这样的画面里，他们成了画面里的败笔。

周坚提议到茶室里坐坐。

茶室是一条封闭的长廊，墙壁上悬挂着古城历代科学、文化名人的肖像，其中一位风流才子的趣闻轶事，成了他们谈论的中心。

周坚感慨古人活得潇洒无羁，比今人真诚可爱得多。汪洁认为那是后人添油加醋的结果，古人有古人的烦恼，今人有今人的悲哀，说到底只是个性差异而已，男人总可以活得自由一些。

周坚说：不见得，我现在活得就很累，好像还找不到"自由"的途径。

那是你不愿意。汪洁说：你们男人上"歌厅"下"澡堂"，不是名正言顺得很么？伪才子也照样可以风流、潇洒，而女人呢，那可不一样了，必须把自己包装起来，才能卖出个好价钱。

周坚说：我们不谈别人，就谈谈自己好不好？我真想和你……我现在脑子里乱得很，我把很多事情都给弄砸了。

汪洁说：您是指女朋友的事吧，她现在怎样，和您摊牌了，您想退缩？

她已经和男朋友领了结婚证。周坚懊丧地说：就在你离开北京的那天，事先什么都没有告诉我。

汪洁恍然大悟，顿了一会儿说：这是她的选择，不管对不对，她作出了选择，如果告诉你，这个决定就不是她个人的选择了，她害怕改变决定，因此不告诉你。

是怀孕促使她作出了选择。周坚像是找到了答案，又像是在询问对方。

女人用身体思考，而不是用头脑。汪洁的话像针一样扎在周坚头皮上。

汪洁接着说：男人可以和一个自己不爱的女人上床，却不能容忍自己所爱的女人背叛——这就是男人的逻辑。

你怎么像个道学家似的。周坚说。

我像个道学家吗？现实就是这样的。汪洁愤愤不平。

两个人的讨论陷入僵局，因此茶并没有少喝，四周的春色和啁啾的鸟儿为他们的交流鼓噪不止。

返程途中，周坚的一句话打动了汪洁。

周坚说：无论如何，这件事情我是应该受到指责的，我没有理由指责她。

九

事情在晚上发生的变化令人始料不及。

他们刚回到房间不久，一位宾馆商务中心的小姐敲开了房门。她抱歉地告诉汪洁，由于5号6号两天是客运高峰，开往北京的车票已经售完，宾馆商务中心只剩下4号的车票。那位小姐手中拿着车票规规矩矩地站在房门口，等待汪洁的答复。

汪洁犹豫不决。小姐告诉她，这张票是经过协商为她预留的，还有两位客人等着这张票呢。

汪洁接过票看了一下票上的时间，如果决定乘这趟车，还有不到二十个小时，她将离开这座江南古城，回到她熟悉的生活中去。

周坚流露出不好意思的表情，诚恳地责备自己的疏忽，他说他没想到汪洁来之后发生了一连串的事情，他被搞晕了。

汪洁认为她出行的目的已经达到了，原本就打算早点回去的。她用轻松的口吻表示，既然上天这么安排，她服从就是了。

晚餐后，周坚拉着汪洁进了宾馆舞厅，他鼓励汪洁和他一起放松放松。有些事想也没用。周坚说。

舞厅自始至终都在放慢四步舞曲，每支曲子放到十几秒后，灯光就逐渐暗淡下来……如果你此刻在舞厅中，便很难对这一暗示熟视无睹。

第一首曲子时，两人都有点僵持，第二首曲子时，两人便放松了许多，到了第三首曲子，上场前两人就拉上了手，他们的身体贴在了一起，周坚的嘴唇在汪洁的额头上轻轻点了一下，旋即下滑触到了对方湿润的双唇，一场混乱的接吻似乎蓄谋已久，却像暴风雨般仓促降临。

周坚觉得自己的烦恼与此刻的沉醉相比，真是太可笑了，他因此相信，忧愁无处不在，而快乐是要靠人去发现、创造的。他揽着语无伦次的汪洁一路上了六楼（舞厅在三楼），他好像听见汪洁说：谁他妈也不是省油的灯。周坚顾不上这些了，双耳的轰鸣和一阵眩晕，令他像个打家劫舍的匪徒一样，充满了寻找、攫取和破坏的欲望。

床榻像死亡之海上的一艘救生艇，托住了两个泅渡者疲惫的身躯，翻腾的欲念一次次汹涌澎湃，湮没了被称之为"爱"的沙洲。

第二天早晨，阳光唤醒了周坚的视觉。昨晚的一切恍如梦境。他看见着装整齐的汪洁正坐在床边凝视着他。他窜了窜身体一把搂住了汪洁的腰，汪洁挡不住他的力量，一头栽进了他的胸怀。

周坚问，还会再来吗？

汪洁偎在他胸口说：不来了。

周坚用手抚摩她的脸问，为什么不来？

汪洁说：不为什么。

周坚问，什么时候结婚？

汪洁说：和谁结婚啊？金子祥？

周坚说：当然。

汪洁说：他现在正在家做新郎呢。

周坚说：噢。

然后周坚起床，退房。汪洁要周坚带他尝尝当地的小吃，她说正餐吃厌了，想换换口味。周坚就取笑她"换口味"是别有用心，惹得汪洁一通笑骂。

送汪洁上车的时候，周坚很轻松地说了一句"一路平安"，汪洁的红风衣在微风中晃动着，还有微微摇晃的手，代替了她的语言。

十

半年之后，周坚辞职去了上海的一家公司。他给汪洁打电话，但她的手机号码已经停用了。

余丽当然是知道他的去向的。他离开前曾邀请余丽去了一趟南郊。他问余丽是否还记得他们初次相遇的情形。余丽说：上海小姑娘可不吃你这一套，你要换换脑子喽。周坚点点头，算是接受了余丽的忠告。他告诉余丽，他不会长期待在上海，他还要回来，他的家在这里，这里有他的朋友。

爱在歧途

一

晚报记者方克雄早晨刚到报社，屁股还没有焐热椅子，就看到信访部主任艾琳，隔着玻璃墙向他招手，那张精心修饰过的脸让人判断不出她的实际年龄。方克雄心里嘀咕，这个炙手可热的女人，又在搞什么鬼。在方克雄的记忆中，自己从没有跟艾琳有过正面接触，他们偶尔在电梯，或是走道碰见，也只是简单地点个头，有时甚至连招呼都不打。上个月报社实行竞争上岗，鸡争鹅斗了一番，本来极有希望坐上专题部主任交椅的方克雄，在最后一轮摔了跟头，尽管上上下下都知道他是报社专题写得最棒的记者。方克雄的特长是：能够把一件看似稀松平常的事情描述得跌宕起伏，婉转曲折，在不违背新闻事实的前提下催人泪下、感人肺腑。但他最终还是走了麦城。他记得竞争上岗前，有一次在厕所里正好碰到老总，两个人侧着身子撒尿，在哗哗哗的声音中，老总突然问他多大岁数了，他说今年正好30，老总说年轻人好好干吧，有前途啊，嘴里哼哼哈哈挟带着释放后的轻松快感。他是不是在向我暗示什么呢？方克雄后来这么想，随即就打消了这个念头，也许他见了谁都会这么说的吧。结果验证了方克雄的猜测。

倒是艾琳从校对组长提到信访部当主任，既出乎大家的意料，又令人瞩目，连新闻部"小灵通"虞丽都大跌眼镜。有一回，她拉住不怎么开心的方克雄说：你看看人家艾琳，啊，人家多乖巧，你累死累活的又怎么样？我告诉你吧，以后眼睛擦亮点，没有性别优势，你就多端端酒杯，多上上人家门，也不至于关键的时候——嘎。她用手做了一个拉脖子的手势（意思是被别人斩了）。方克雄说：你千万别抬举我，我是谁啊，我就在这儿蹲着挺好，谁她妈也别来惹我，我何必去犯贱呢？他虽然这么说：语气里不免夹杂着酸味。虞丽在他腰间抓一把，笑道，你倒是又臭又硬。

推开信访部半掩着的门，艾琳正笑脸相迎。

方克雄说：艾主任有何贵干啊？

艾琳朝门外瞥了一眼，莞尔笑道，小方，你也拿我开心啊，我这个差事，就是用八抬大轿抬你这个大记者，你也不肯来呀。你看看，整天就是拆信、回信，有时候还有，还有骚扰信呢。说到这里，艾琳的脸上居然飞过一片红云，显出一副娇态。她接着说：不过今天请你来是因为一条很有价值的新闻线索，你瞧，昨天下午收到一封信。她顺手从写字台上拿过一封信递给方克雄。

方克雄抽出信瓤读信，艾琳歪着头，在他侧面做出一起读信的样子，方克雄隐约感到肩臂挨上了软乎乎的东西——是艾琳丰满的胸部。他的肩臂像遭遇电击似的微微一颤，随即就僵住了。

艾琳用手在他肩头轻轻拍了一下，说：你坐下看，慢慢看嘛，我替你泡杯茶，我这儿有最好的碧螺春，要不要拿点去尝尝。

方克雄显得有点心虚地说：不了，我上午还有事，信我先拿过去看，下班前给你回音。他用征询的目光看着艾琳，口气中竟有了几分柔和。

艾琳大方自如地说：那我就等着啦，你可别忘了。又说：不知谁扔了包烟在这儿，你拿去抽吧。她把一包云烟塞进方克雄的口袋，显得亲切而又随意，又在他肩膀上轻轻一推，说：你去忙吧。

方克雄手里捏着信，脑子里一片迷雾，他心里有几分惊讶，好像还有几分惊喜。艾琳毕竟是个有几分姿色的女人。

其实，方克雄最近承受的打击不仅仅是没当上专题部主任，更令他痛苦的是，前些日子他和当幼儿教师的女友朱青分了手。这是他正儿八经的第二次恋爱，谈了三年多，两个人除了偶尔为一些鸡毛蒜皮的小事斗斗嘴以外，感情一直发展得比较平稳。双方的家长也都满意这桩即将到来的婚事，他们不约而同的行为足以证明这一点。那就是：每当朱青到他家中，或是他到朱青家中，饭后，老夫妻俩就会自觉主动地离开一个小时。起先，他们还这个那个的寻找一点外出的理由，后来就逐渐成了惯例，成了两代人之间心照不宣的小秘密。一小时对方克雄和朱青来说虽不宽裕，但够用了。他们会驾轻就熟地打开音响，在缠绵悱恻的音乐声中把这段时间发挥得淋漓尽致。他们的爱情就像一锅已经让人闻到了香味的米饭，十拿九稳。可是，就在两个月前的一个傍晚，动听的旋律突然在快速滑过几个音节之后被休止住了。那天傍晚，朱青顺理成章到他家来，却一反常态没留下来吃饭。她说晚上约了朋友小聚，就匆匆走了。让方克雄感到纳闷的是，她完全可以打个电话来说一声，干嘛自己跑一趟呢？以前也碰到过类似的情况，根本没有这些繁文缛节。她来了又走，证明她在去与不去的问题上犹豫不决，也就排除了她的所谓朋友小聚的托词。她约的人或者说约她的人究竟会是谁呢？方克雄有某种不祥的预感。吃完饭，他给朱青打手机。手机关了。又是一个疑点，加重了预感中的阴影。于是，方克雄徒步30分钟来到朱青家居住的小区。

小区环境很好，种了很多种花草树木。方克雄在草木中缓慢地踱着步子，回想他们相识以来的一些事情，对他们的未来做着各种设想。他想不起来自己最近的言行有过伤害朱青的地方，也难以从朱青近日的举止中推断出不祥的信息。那么，这究竟是怎么回事呢？方克雄想，自己作为一个记者，在社会也算是有脸面的人物，大到市长，小到个体老板，也算见过不少世面，不至于到头来被人涮了吧。他终究想不明白会有什么结果等待在他和朱青之间。他找了一个水泥砌成的凳子坐了下来，这里正好可以透过树木的间隙观察那个他十分熟悉的楼道口，却不易被对方发现。

一直等到12点钟，朱青终于出现了，身边那个角色可疑的男人印证了他的预感。他们似乎并不急着分手，站在离楼道口几米远的一小片阴影中讨论某个问题。方克雄胸中火热，手脚冰凉，他瞪大了眼睛观察着阴影中低语的一对男女，他想他们讨论的问题一定与自己有关，而自己却无法介入他们的讨论，这他妈算怎么回事呢？他从来没觉得自己有这么窝囊，像个傻子似的听别人摆布。

事后，朱青坦诚地告诉了他事实真相。朱青说：你那天看到的那个人是个台湾商人，是我的一个同学介绍认识的。你知道我一直不想在幼儿园工作，我不喜欢整天和一群孩子打交道，但是我的学历太低，没有其他机会，而他能够帮助我实现我的理想。他答应送我去北京的一所名牌大学进修工商管理，然后就在他公司任职。你不要瞎想，到目前为止我和他之间是清白的，就是说我还没有答复他。我现在冷静得很，我知道这可能是一次机会也可能是一个陷阱，它不可预测，但我不能因此而放弃，我想要试试。

在残酷的现实面前方克雄作出了让步。他们的恋情顷刻之间灰飞烟灭。

二

回到新闻部方克雄接到一个线人打来的电话，告诉他郊区某处有一个非法生猪交易市场，他决定下午去进行暗访。部里的记者都在各自忙着自己手里的活。他打开那封信认真读起来，脑子里不时闪过艾琳的影子。信的全部内容如下——

尊敬的记者同志：

你好！

桃源新村管委员每月例会讨论决定，将最近发生在本小区内的一桩感人至深的故事（真人真事），向你作一个详细的报告，希望你能够在百忙之中抽空前来调查采访，将这一社会主义精神文明建设中取得的丰硕成果，公布于众。

上个月末，新村34幢702室举行了一场特殊的婚礼。新郎徐工（大家都这么称呼他）是一位刚退休的电器工程师，新娘武玉珠今年52岁，身边有一个未出嫁的女儿小容。武玉珠的丈夫三年前在一场车祸中不幸丧生，她由于悲痛过度，不久得了中风，数次自寻短见未遂，如果不是半身不遂，行动不便的话，她有可能早已不在人世。是徐工的出现给她带来了新生的勇气和信心，爱情的力量是伟大的。

前年，徐工在一次偶然的机会中认识了武玉珠的女儿小容，得知她家生活中遇到很多麻烦，他主动上门为其免费修理了冰箱、彩电、洗衣机和其他电器的故障。据隔壁邻居说：徐工还经常自己破费为武玉珠母女购买生活用品。总之，在一年多的交往中，徐工和武玉珠之间产生了感情。今年初，徐工向武求婚，却遭到了武的拒绝。武的理由是：她不能连累了徐工。而徐工并没有因此而放弃，他铁了心要和武一起度过晚年，他在遭拒绝后，专门来新村管委会，要求组织上去做武的思想工作。我们被徐工对爱情的执着感动了，数次登门和武交谈，在几方共同努力下，武玉珠终于同意了这桩婚事。婚礼当天，她流着眼泪对我们说：今后一定把日子过好，报答组织上对她的关心。她的女儿小容也哭了，可能是激动的缘故，她有点泣不成声。这是多么感人的一幕啊！记者同志，请原谅我们无法用文字来形容我们的感受，我们觉得在拜金主义盛行的今天，这无疑是一篇奉献自我，助人为乐的生动教材。因此，我们希望通过贵报向全社会报道这一感人的事迹，讴歌高尚的品德，以激励他人。

桃源新村管委会
2001年3月8日

方克雄读完信有点犯愁，他不知道该怎么回答艾琳。事情已经发生了半个月，和新闻靠不上边儿，更何况这类事情没有曲折的背景是抓不住读者的。如今的新闻在不违反政策的前提下，首先要考虑读者，读者是第一位的。艾琳当然不懂得这许多。方克雄抄在口袋里的手摸到了一盒香烟，他想，这好像不仅仅是一篇稿子的事。

中午下班前艾琳的电话来了。

艾琳说：我刚才看见你读信了，不管能不能写成稿子，我都很高兴的。

方克雄说：说不准能不能出稿，明天跑一趟，看看背景再说吧。先谢谢你啦。方克雄试探性地抛出一句。

谢我什么？艾琳明知故问。

方克雄笑了，用世故的口吻说：艾主任给面子嘛，中午我请你吃饭啦。

还是我请你吧。

不不不。半个小时以后，我在雨中轩饭庄等你。方克雄吁出一口气。

雨中轩饭店和报社隔了两道街，并不算远，走过去也就五分钟。那是一个颇有情调的隐秘的处所。大厅里是一溜的封闭式卡座，仅供两人面对而坐，似乎是专为情侣而设。方克雄以前和女友来过好几次，觉得这里环境不错，价格也还算公道。今天一提请客，脑子里立即想到了这里。

下班时，方克雄提前十分钟离开报社，他在雨中轩选了一处可以观察门口的位子坐定，点燃一支早晨艾琳塞给他的云烟。饭店老板见他一个人坐着，过来和他打招呼，问他，今天怎一个人，女朋友没来啊？方克雄搪塞了几句。他忽然觉得约艾琳到这里来吃饭，是一种下意识的行为，里面包含了些什么呢？难道她是个替代品吗？他不禁有点心猿意马起来。

正想着，艾琳进来了，她把上班时盘成发髻的头发放了下来，很自然地披在肩上，不由多出一分妩媚。方克雄说：你还是把头发放下来好看。艾琳脸上一粲，我盘着头是不是很丑啊。

方克雄想了一下，说：好像是生硬了一点，缺少生活气息吧。那我听你的，以后不盘头了。艾琳乖巧地说。

方克雄问她喝点什么，她很爽快地说：就来长城干红吧。两人倒满杯后，艾琳说：先让我借你的酒敬你一杯。方克雄说：哪里话，能请到你是我的荣幸，我敬你。艾琳一仰脖子，将一茶杯酒喝干了。方克雄想说你慢点喝，话到嘴边又咽了回去。他想：既然请人家喝酒，哪有劝人家少喝的道理。其实，干红对方克雄来说：算不上真正的酒，有一次他一个人喝了整整两瓶也没醉倒，只是第二天觉得有点头痛罢了。他跟着艾琳把杯里的酒干了。

艾琳说：我虽然不会写文章，这些年做校对，多少也能识得文章的好坏，不瞒你说：整个报社我最佩服你。每次读你写的文章，都有一种身临其境的感觉。我上中学的时候作文很优秀的，你信不信？老师说我将来一定能当个出色的记者，可惜我没能考上大学。工作以后，我自费读了电大中文专业，后来才发现自己根本没有写作才能，就放弃了。直到那年报社向社会公开招聘校对人员，我想如果能够进报社工作，我这一生也许会过得快活点，我就大胆报考了。

那你有什么不快活的吗？方克雄一针见血地问。

艾琳几乎是不由自主地叹息了一声，她拿起酒瓶为方克雄和自己斟满了杯。方克雄说：别光顾着喝酒，吃菜呀，吃菜，我今天点了这里的几样特色，你先尝尝清蒸鲈鱼，看看味道怎样？

艾琳刚想继续往下说：拂不过方克雄的好意，吃了几口菜。

方克雄说：我看你过得蛮好的，工作上也顺心，比我强啊。

艾琳没吱声，解开套装上衣，紫色的浅口薄羊毛衫使她的身段显得很婀娜。她和方克雄要过一支烟，把头凑过去让对方点燃。

也许是烟熏的作用，艾琳的眼睛里多出了点晶莹的液体。她顺便用手揉了揉，眼睛就有点红了。她干脆丢下筷子，掐了烟，将头埋在了并不很宽的桌子上。她的两只手作为护垫隔在额头和桌子之间。因为看不到对方的表情，方克雄竖起耳朵，分辨声音。

艾琳无声无息。

方克雄很想伸出手去摸一下她的头，再轻轻摇一摇，但是他没有急于出手。他还要再等一等。

艾琳开始出击了。她的一只脱了鞋的脚，向对方的小腿上踢了一下，她的上身还保持着原样。

方克雄不失时机地叫了一声。叫声虽不高，却把艾琳的头惊得抬起来。

你叫什么？她的脸上漾着笑意。

痛嘛。

谁叫你笑话我？她的眼睛里流露出成熟女性的复杂表情。

我……方克雄欲言又止。

我知道你瞧不起我，是不是？艾琳神色黯然地说：所以我要努力，我要改变你对我的看法，从今天开始。她毫不留情地又踢了对方一脚。

这回方克雄没有叫，撇了一下嘴。他说：你不要强奸民意。艾琳被他逗乐了，笑出声来。她说：跟你在一起真的很愉快，如果我想得到你的帮助，你愿意吗？说到这里她突然岔开了话头，问道，你是哪年生的。

1970年。

比我还小两岁。艾琳接着说：我也想写点文章，当然是结合部门的工作。

还是先喝酒吧。方克雄端起装满酒的茶杯。

艾琳举杯和他碰了一下，一仰脖子，眨眼间一茶杯酒又下肚了。方克雄暗想，她倒是个刚烈性子。

艾琳用餐巾纸印一下嘴唇，说：有酒为证，你答应了，不好反悔的。

三

下午，方克雄独自去了一趟郊外。根据线人报称，他暗访的这个非法生猪交易市场，每天的猪肉交易量占全市零售量的十分之一，也就是说：全市的小刀手有十分之一是在这里提的货。大量明令禁止销售的猪肉，如老母猪肉、线虫猪肉、注水猪肉，甚至于死猪肉就是从这里源源不断地、堂而皇之地进入了百姓的厨房、餐桌，因为事关民众百姓，他在暗访前向报社领导作了请示。老总的回答是，先向郊区工商局通报一下，最好等到有关处理决定下来再发稿。这样就不至于让工商部门太被动。

眼前的非法市场一派繁忙景象。方克雄中午多喝了两杯，心情很舒畅，他打着酒嗝和几个猪肉贩子闲聊起来。

他说：我们单位食堂想买几百斤肉，就怕卫生上出问题，职工吃坏了肚子，我这个总务处长是跑不掉的。

一个满脸横肉的家伙，用他那只肮脏的手递给方克雄一支烟，嗓音洪亮地说：没问题，我保证你没问题，肉煮熟了，哪还有什么细菌，都杀死啦。

方克雄说：我想买整片的猪，上面没有那种验收过的戳，我回去不好交代。

一个正在割肉的小刀手上来帮腔说：你想要那戳还不容易，一头猪他可以给你盖三个。

是，盖三个戳都行。猪肉贩子肮脏的手拍了拍胸脯，大声嚷道，客户是上帝嘛，你有什要求都可以提，我们尽量满足。

方克雄在市场里转了一圈。腥味冲得他脑子有点发晕，他平时是从不上市场的，他很不习惯市场里的气味，此刻正是交易高峰期，里面挤满了人，不下百十来号。他走出来，离开有20多米远的样子，拨通了事先准备好的郊区工商局稽查科的电话。电话是一个女孩接的。方克雄说找科长。那女孩说科长不在局里，到市里去开表彰会了。方克雄说那就找副科长或者是随便哪个负责人。他强调说：我要举报。不一会儿，一个中年男子接了电话。方克雄说：我是个普通市民，我向你们举报，然后他就哇啦哇啦说了一通。对方嗯了几声，停住了，好像是捂住话筒和身边的人说话，听筒里传来一声轻轻的笑骂：又一个傻瓜。然后对方就语气正式地对着话筒说：你反映的情况我们知道，不过那里是一个农民自发的小型集市，成交量很小，我们查过几次。农民兄弟嘛，法制意识淡薄,他们也就是糊个口,也不容易啊,工人还下岗呢,不过即使这样我们还是不允许的,我们这就派人过去查,谢谢你谢谢你啦。啪!电话挂了。

方克雄找了块石头坐下来,想了一会心思,抽掉几支烟,他差不多等了两个小时,连个工商局人的影子都没有。他禁不住骂了一句:我真他妈是傻瓜。

正犹豫着是不是再打个电话,手机突然响了。是个陌生的号码。艾琳气息不定的声音传入他的耳朵:我喝多了,我难受死了,你能不能过来一下。

方克雄说:你现在在哪啊?脸上抑不住想笑。

我在家里。艾琳说:我住在桃源新村26幢,你就过来好吗?

桃源新村。方克雄说:就是那个产生动人爱情故事的地方啊。

别贫嘴了,打个的过来,我在楼下等你。

洗去脂粉的艾琳脸色不太好看,有点苍白。她戴了一副墨镜,头发凌乱地披在肩上。方克雄觉得此刻的艾琳更接近本色,弱不禁风,还带着淡淡的忧郁,甚至有点楚楚动人。

她向走过来的方克雄说:我们现在就去武玉珠家看看,好不好?

方克雄看一眼手表,已经是下午4点钟了,就说:你怎么样,好些了吧,要不要我扶着你。

艾琳白了对方一眼,身姿妖娆地在前面带路。

不一会儿他们就找到了34幢。上楼的时候,由于楼层太高,艾琳显得有点力不从心,娇喘吁吁,他们在中途休息了片刻,再上的时候,方克雄用右臂托住了艾琳的腰,艾琳并没有反对,她让自己的左臂垂在方克雄的肩头。右手叉着自己的腰,行动看上去有点像孕妇。

开门的是一个知识分子模样的老头。方克雄问他,您就是徐工吧?艾琳说:我们是晚报记者,来看看您和武玉珠,老头满脸堆着笑,十分恭谦地让他们进屋。然后他向里屋叫了一声,老武,有人来看你。

他们在客厅沙发上坐下来,徐工进了里屋。艾琳小声对方克雄说:今天中午酒真的喝多了。方克雄笑笑,是你自己贪杯。然后他用手摸了摸她的额头,感觉得并不发热,就说:我以为你能喝的,就没有劝你。

不一会,徐工用轮椅车把武玉珠推出来了。徐工像电视里常见的那样,把两只充满爱意的手放在偏瘫妻子的肩头。武玉珠显得神情呆板。

艾琳上前亲热地叫了一声"阿姨",她说:我们是邻居,我就住在26幢,我好像以前还看见过你,眼熟得很。

武玉珠张了张嘴,含糊不清地说了一句:"谢谢你们。"

艾琳说:新村管委会给我们写了信,我们今天是专门来看你们的。艾琳上前抓住武玉珠的一只手,深情地说:你们是不是感到很幸福啊!

武玉珠没有表情地点点头。徐工的手在妻子肩头游动着说:我和她是天赐良缘,如今我们相濡以沫、肝胆相照,注定会白头偕老,相伴余生。

艾琳被徐工接二连三的书面语言逗笑了。

方克雄向徐工提了几个问题,归纳起有三个:一、你们是什么时候、怎么认识的;二、你们从认识到结婚经历了怎样的过程(主要是指武玉珠的思想转变过程);三、你们的婚姻有没有受到来自家庭内部的阻力。

徐工绕过转椅用手替妻子撩了一下头发,说:你先回去歇着,让我来招待客人。

武玉珠点点头。徐工把妻子推回里屋,出来为客人泡了两杯茶。

他告诉两位记者说:

我在一次偶然的机会认识了武玉珠的女儿小容,今天不巧,她替她妈妈到医院取药去了。那是一年半之前的事情,是前年冬天。我从小容那里听说了她母亲的情况,就主动要求过来看望她,那时候她刚得了中风不久,情绪很不稳定。家里没有个男人,很多体力活就落在小容身上,这怎么行啊。后来我就经常来了。我的老伴十年前就去世了,一直没有遇到适合的人,就没有续弦。我有一个儿子,研究生毕业后留在了上海,他的女朋友是上海人,他是回不来了。你们刚才问子女对我们婚姻的态度,这就不言而喻了。我现在就生活在这里,我把自己的房子租出去,贴补这边的生活。我们现在过得很好,武玉珠的病情也得到了有效的控制。

在谈到武玉珠一开始不同意这桩婚事的缘由时,徐工说:我认为她的想法可以理解。你想,她就是心里同意也不会马上答应的,她要看看我是不是一时冲动做出的选择,后来我一再坚持自己的观点,她也就无话可说了。

徐工最后说:记者同志,我们就这点事,很平常的,不值得写成文章。你们为这件事专程来一趟,把时间都浪费了,真是不好意思。

这时,武玉珠突然在里屋咳嗽起来。方克雄和艾琳对望了一眼,两人站起来告辞。临走前艾琳向徐工要了家里的电话,她说:要是有什么情况再和您联系。

下楼的时候艾琳突然说:这个老头子怪怪的,好像有点不对劲似的。

方克雄说:恐怕是你中午酒喝多了,看谁都不顺眼。

艾琳在方克雄膀子上掐了一把,说:都是你害的,你还有脸说。

在楼下两个人迟疑了半天。

艾琳要求方克雄到她家去吃饭。她说:你既然到我家门口了,你不去就是不给我面子。你是不是对我有偏见,吃了我的就觉嘴软,再说中午你请了我的客,我总该回请吧,选日子不如撞日子。你再说不去我可就要生气了。她故意地背过身去。

方克雄期期艾艾地说:撞见你家老公我怎么解释啊,他不会相信我是正巧在这儿遇见你的吧。

你这个人就这么大胆啊。艾琳顿了一会,说:我告诉你,我老公根本不管我的事,你要有他一半的胆量就好了。我看你在报社不是也跟那些小丫头又说又笑的嘛!

方克雄一时找不到恰当的话说:就只好跟了艾琳去。

晚餐用的菜艾琳事先都买好了,桌上放着两瓶红葡萄酒,和一盆颜色红红的盐水基围虾(已经煮好)。

方克雄问她要不要他帮助下厨。

艾琳一边系着一条花围裙,一边说:你到书房去歇着吧,看看我的相册。

不大会工夫酒菜就备齐了。

端起酒杯，方克雄用鼻子嗅了嗅说：这是什么酒啊，闻起来有一股特殊的气味。

艾琳说：我也不知道，好像是中法合资的，说是原料从法国进口的，鬼话吧。

噢，法国人泡妞时喝的酒。方克雄一本正经地说。

艾琳妩媚一笑说：和女朋友吹了，这阵子没闲着吧。

方克雄把喝了一半的酒停下来，瞪大了眼睛望着艾琳，怔了半天，说：我的情况你怎么都知道啊。

喊！我看你前阵子垂头丧气的样子，还用问啊，你们男人都是这样子的，到手的不放在眼里，飞走了就是宝贝，你说我说得对不对？

你要是飞走了，你老公会不会也把你当宝贝啊。

他呀，宝贝多着呢，谈他做什么，扫兴！来，喝酒喝酒。

也许是在家里的缘故，喝酒的气氛就多了一分自在和轻松，再加上艾琳恰到好处地打开音响，放了缠绵的音乐，方克雄顿时感到身上燥热起来。他分两次脱掉了外衣和绒线衫，现在只穿着衬衫和艾琳对饮。

艾琳说：你怎么不吃虾，我来帮你剥。说着就动手剥了两只，把一只递到方克雄嘴边。

方克雄看了看艾琳，捉住了艾琳拿着虾子的手，用嘴叼住虾子，顺便吮了她的手指。艾琳笑着，并没挣脱，她挑衅地看着他。方克雄站起来（仍然没松开对方的手）慢慢移过去，他用另一只手托住艾琳的脖子，把嘴里的半只虾子顶进了对方嘴里。

他们用餐巾纸潦草地擦了擦手和嘴巴，就相拥着倒在了床上。

在脱衣服的时候，艾琳让方克雄帮助她解开胸罩的搭扣，方克雄先是用一只手解，半天没能解开。干脆骑到脸朝下躺着的艾琳身上，用嘴在艾琳后颈蹭着，两只手在下面摸索，这下子打开了。他摸了摸艾琳的后背，说：看不出来你挺胖的啊。

艾琳娇嗔地说：让你做一件事你就要报复人家。

方克雄笑了笑，说：让我看看前面是什么样子。他抱住艾琳帮助她翻过身来，然后倾下身子，在她的耳畔轻声说了一句。艾琳说你说什么。

方克雄说我没说什么。

四

第二天上午，方克雄在办公室赶写了非法生猪市场的稿子，其间，他给武玉珠家打了个电话，电话是小容接的，她说她知道昨天记者来过的事。她警惕地问：你们的目的是什么呢？方克雄告诉她，如果要写，这当然是一篇正面的报道，比如说子女赞同父母的黄昏恋啊，一方甘于向另一方牺牲自己啊等等。小容那头迟疑了半天才说：方先生，能不能不写这篇稿子，有一些事我也不清楚，怎么说呢，总之请你打消写稿的念头，行不行呢？方克雄心头忽然产生了疑问，他想，昨天艾琳的预感是有点道理的，这里面有点蹊跷。他故意绕圈子说：小姐看样子是不肯配合啰。小容说：请你不要叫我小姐，难听死了，我是在酒店工作的，最怕别人叫小姐了。方克雄来了劲，他说：这样吧，我保证你不写稿，你也保证见我一面，咱们好好谈谈，也许你也有话要说吧。小容说：你真的答应不写稿。方克雄果断地说：我要骗你做什么，报社稿子多得用不完，不在乎这一篇稿子的。小容说：那行，我同意见你。方克雄说：我晚上请你吃饭吧，就在桃源新村附近找一家餐馆，我下午给你打电话。

老总看完方克雄有关非法生猪市场的报道后吃了一惊，说：这帮兔崽子胆可真不小啊，你是怎么得到信息的？

方克雄想了想说：信访部接到一个举报电话，我就和艾主任一起去暗访了一趟，结果现场比举报人说的有过之无不及。他就把昨天如何暗访，如何以普通市民给郊区工商局打举报电话的事说了。他接着对老总说：我打算和艾主任再去一趟郊区工商局，看他们怎么处理这件事。

老总突然起了劲，他响亮地拍了一下桌子，说：我们做到仁至义尽，先通报，三日内不见答复，我们就发稿，捅它一把又何妨。说完，老总哈哈大笑起来。

出了老总办公室，方克雄想，如果不是我胡编跟艾琳一起去暗访的，这事恐怕还没这么顺利呢。正想着，艾琳迎面走了过来。方克雄一把拉住她，示意她跟他走。艾琳就乖乖地跟着他进了电梯。

出了报社大门，方克雄拦了一辆的士，方克雄和司机说了一个地方，艾琳说：你搞什么鬼啊，神经兮兮地。

方克雄说：你想不想上本市新闻头条稿，现在就有一个机会。

黄昏恋也能上头条啊。艾琳半惊半喜地抓住方克雄的膀子说：你是骗我吧。

黄昏恋？那稿子早被毙了。方克雄说：昨天中午不是你喝多了，我都不会去的。这是一条大鱼，你跟我去就知道了。方克雄向她简短地说了情况，着重强调了信息是来源于"一个举报电话"。

他们在郊区工商局门口下了车。方克雄毫不犹豫地踏进了局长室。局长不在，一位副局长接待了他们。

方克雄简单说了一下暗访的过程，然后丢下稿子和一张名片就告辞了。临走前他用外交辞令向对方摊牌：希望你们立即拿出处理意见，否则将要曝光。

那位副局长翻了翻稿子，说：走好啊，不送了。

出来的时候，艾琳说：人家好像没当回事，你看他那个样子，都没有正眼瞧我们一下。

方克雄说：要的就是他不买账，他要软下来反而不好办了。你看吧，三天之内，你的大名就会在头条上，这要比黄昏恋热闹多了，你怕不怕？

艾琳抓住方克雄的膀子，娇嗔地说：我现在就怕你一个人，除了你我谁也不怕。

你不怕老总？方克雄似是而非地问，要么就是他怕你。这叫做不是

"人民"怕"美帝",而是"美帝"怕"人民"。

你胡说什么,死东西,他凭什么要怕我?

我今天提到你的时候,嚆,他两眼发亮,快要流口水的样子。

艾琳脸上红了一片,说:时间不早了,我们还是到雨中轩,饿肚子的男人说不出好话来。

到雨中轩还不如到桃源呢。方克雄虎视眈眈地望着艾琳说:我还想吃虾子。

艾琳双目含情地笑道,嘴这么馋啊,真不要脸。

两人上了出租车,直奔桃源新村。

下午,方克雄在手机上接到两只恐吓电话。

先是一个嗓音沙哑的男人打来的。他说:你闲着没事写那破玩意干嘛,你有病啊脑子进水啦,我现在警告你,你他妈的那只拿笔的手先寄存在你膀子上,我随时来取。然后是个中年妇女的谩骂,他只听到一句"老娘淹就把你淹死了"就把电话掐了。他后来干脆把手机关了。

当老总得知方克雄和艾琳在郊区工商局和下午的遭遇(经过方克雄添油加醋)后,表示出不同寻常的愤怒,他立刻在署名克雄、艾灵的稿子上签上"立即发稿"的字样,并打电话通知总编办公室让出明天二版(本市新闻版)头条。老总义愤填膺地反诘道:媒体舆论监督当真对他们没有作用吗?喘了口气又说:这件事我还要向上级党组织反映,要把它搞成一个典型。在方克雄行将退出总编室时,老总突然想起一件事来,他说:你和小艾尽快写一篇详细的调查报告,明天交给我。

回到办公室他给艾琳打了电话,告诉她下午采访小容他一个人去就行了。他的意思是这次采访将会涉及个人隐私,两个人在场不利于和对方交谈。

你不会是想吃人家的虾子吧。艾琳打趣道,接着又说:完事后顺便到我那去坐坐,我也想听听她的故事啊。

五

方克雄和小容在一间名叫"印迹"的咖啡馆里见面。

小容是个很瘦弱的姑娘,要不是她自报家门说自己25岁,谁都会把她的年纪少估计三四岁。但她的忧郁却和她的年龄不太相称,嘴角有点下垂,眼睛大而无神,她用腼腆替代了对别人的尊敬,让你找不到向她进攻的理由。方克雄很快就感到,自己不可能勉强让她说出什么,她自己愿意说多少就多少吧。

方克雄很关注地望着小容,他用吸烟时深沉的吐纳制造着一种他认为十分真诚的气氛,他只能这么做,仅此而已。后来,小容逐渐进入到了她的叙述情绪中,她梦呓般地回忆着往事。

我是在两年前认识老徐(她没有叫徐工)的,那时候我妈妈刚刚中风不久,爸爸也才去世一年,家里经历了两次大的灾难,我的精神快要崩溃了。当时,最主要的困难是经济上的,我们欠了四万多块钱的外债,而且缺口越来越大。我说过我是在酒店工作的,那是曾经,两年前我开始做小姐。你一定知道小姐是做什么的,文雅的说法叫陪侍,陪客人喝酒、跳舞、聊天,出外游玩等等。

我做小姐不久就认识了老徐。那天,有一个单位请他吃饭,因为他是主要客人,吃饭时我就坐在他身边。他这个人很风趣,讲话文绉绉地,一点也不俗气,他劝我喝酒,我就喝了几杯。

方克雄问她,你在外面做事,你母亲一个人在家,你放心吗?我看她好像不能自理似的。

家里当时有个小保姆,妈妈的日常生活由她料理。

那天吃完饭我们又去唱歌。老徐不喜欢唱歌,我们两人就从包厢溜出来,找了一个没人的地方聊天。他很会说话,虽然年龄比较大,我倒是不厌恶他。当然,我也只能敷衍他,奉承他,不会跟他说什么真话的。他用了很多听起来让人不知所措的词语来夸奖我,主要是说我人长得好看。那天晚上他只是摸了我的手,什么事都没干,但他给了我200块小费,在这种情况下,他和我要呼机号码,我是不会拒绝的。就是说:我欢迎这样的客人。

过了大约一个星期左右,他在家里打寻呼给我,说他腰不好,想让我去替他按摩。我一到他家,他就对我说:他每月给我1000块钱,叫我不要再做小姐。我想了想,说:不行。她问为什么。我就告诉他我妈妈有病。我问他家里怎么就一个人。他说:老伴去世多年了,儿子在外地念书。我说:你儿子在外地念书也要花钱的。他告诉我他除了一份工资外,还在外面兼职。我说你不要太辛苦了。他说:还剩不到一年就退休了,单位(他是某研究所的高级工程师)里没人管他。

他后来就把我搂在怀里,他好像有些激动的样子,也许是多年不近女色了吧。那天晚上我到下半夜才回去,他给了我1000块钱,我犹豫不决,但还是收下了。我们就这样维持了半年的关系。他后来提出要到我家看看。我说:我没有骗你,我妈妈真的半身不遂,你要不相信我就别找我好了。我们是有约定的,他不呼我,我是不会到他家去的。

我有时很讨厌自己。不是说我做小姐这件事,我自己选择的,更多是为了家里为了我妈妈,我有什么好讨厌的呢?我的意思说:我根本就不应该来到这个世界,我甚至讨厌自己被别人喜欢,"你自己就不干净,又在不断被更脏的东西贴近",这是一种怎么样的感觉呢?它不是痛苦,它是一种眩晕,痛苦是能把握的,能够清醒意识到的事情,而我却像是被空气分解了一样,肉体、思维、感觉、触觉等等七零八落的,毫无边际,不可捉摸。我没有欢乐,也没有眼泪,甚至行事的时候连快感都消失得无影无踪。

老徐对我说:他已经不能离开我,他因此必须介入我的家庭生活。我告诉她,我是不可能跟他结婚的,只要我妈妈活在世上一天,我是不可能嫁人的。这也许倒是值得你们一写的。没想到老徐很高兴,他说:那咱们三个人一起生活不是很好吗?他为自己产生这样一个大胆而又富于创意的设想兴奋不已。

我臭他说:你是想要母女两个给你做大小老婆啊,你想得倒美。他说：不是，你误解了，我想这样不是可以更好地照顾你母亲吗？我和你母亲可以像兄妹一样相处。我说：我妈妈不会同意你这样一个不相干的人进入我们家庭的。他想了半天，说：我可以娶你母亲，我和她做名义上的夫妻。

你知道，一个家庭也确实少不了一个男人。妈妈、我，加上小保姆三个都是女人，遇到一些事情根本就无法处理。这就为老徐进入我们家庭创造了很好的条件。他第一次到我家是因为家里洗衣机坏了，衣服堆了一个星期，我只好叫他去看看，他不是电气高级工程师嘛。他还真行，查看了一下，上街去买了几个配件就修好了。后来他就经常来了。直到有一天，我发现妈妈很依赖他，才知道事情不可逆转了。我妈妈生病前是个十分讲究条理的人，生活上还喜欢搞点小情调。老徐是个很聪明的人，他从我妈妈过去的生活中很快寻找到了蛛丝马迹，可以讲，他以惊人的速度取得了我妈妈的认同。这为他进入我们家打下了坚实的基础。他给我妈妈读小说：放音乐，他甚至象征性地和坐在轮椅上的妈妈跳舞（转动轮椅）。直到现在我都认为老徐不是个坏人，他是想占有我，可是他付出的也不少。

他进入我家庭一年后，正式向我妈妈求婚，我知道这件事之后很生气，我骂他、打他，我在他家里砸了几件家具。他对我说：他只是不想让我再做小姐，活得轻松一点。我说这不关你屁事。他说他和我妈妈结婚，为的是名正言顺地把他的财产都留给我。我知道他说的是真话，难得他一番苦心。

方克雄打断了小容的叙述，说：我们换一处地方吃点东西，现在都快七点钟了。

在餐桌上，方克雄鼓励小容多吃点。他说：你太瘦了，要多增加营养，像你这样的身材（1.65米左右）至少要长到120斤才行。

小容很天真地笑笑，说：我从来没有超过105斤，120斤，吓死人了。

方克雄问她，你怎么有勇气把这些事告诉我。

小容说：一是我相信你们是真的关心我们这个家（指上次来采

访）；二是我一直想向一个值得信赖的人倾吐自己的遭遇，你是记者，文化人，能够理解我。

方克雄说：如果我把这件事的真相写出来呢？

小容说：你可以写，以你的方式写，我相信你不会用卑劣的手段来伤害我们的。

方克雄笑笑，说：我可以写小说嘛。

小容粲然一笑，没吱声。

晚餐结束前，方克雄还是忍不住问小容道，现在徐工对你怎样？

你是想问我和他的关系？小容从容不迫地说：他和我妈妈结婚以后就把小保姆辞退了，我也不做小姐了，回到服务员的岗位上。我和他个把月有一次吧，是我愿意的。

方克雄说：你不想问我些什么嘛？

小容说：你想说就说点什么吧，你结婚了吗？有情人吗？

这时候，他们已经从餐馆出来了。在春风和煦的傍晚，方克雄忽然觉得身边的这个女孩，有点像自己多年的朋友。他自言自语道：我真想有一个像你这样的情人。

小容把一串悦耳的笑声留在了淡淡的夜色里。

方克雄关掉手机对小容说：你没什么事吧，我们散散步好吗？

小容点点头，脸上露出轻松的笑容。

六

艾琳与老总在一家日本料理店包间里坐定。

老总对她说：叫你来没有什么大事，竞争上岗一段时间以来，我想听听你的感受如何，是不是适应新岗位，过半年报社还要稍微做一些调整。

对于老总的邀请艾琳并不感到惊讶，他们现在是上下级关系，在一起吃顿饭，名正言顺得很。他们甚至可以进行比较深入的交谈，可以敞开心扉、披肝沥胆，共同的事业是他们友谊牢不可破的根基。

在这种情况下，女人表达其思想的方式是独特的。

艾琳说：这阵子我都老多了，你有没有发现，我的眼角起了皱纹。她边说边用手抚摸眼睛的四周。脸上流露出焦虑的神色。

老总说：没有没有，你还是老样子，气色比以前还要好呢。

你骗人也不打草稿。

我说的是真的，你真的比以前更加……

随他去吧，人总要老的。不过，你可别忘了，都是为你卖命的结果噢。

你这是说哪里话。

不爱听啊，事实就是这样的。

行行行……

艾琳突然表现出赌气的样子，侧过脸去，不吱声。过了一会儿，她站起身脱了外套，然后对老总说：你不热啊，还一本正经地扎着领带。

老总说：不知怎么回事，每回脱掉衣服，解开领带，身子就像散了架似的，肩膀就发麻，腰酸背疼的。

我来帮你按摩几下，我手上有点功夫的，你信不信？艾琳脸上多云转晴。

她不由分说：站到老总身后，帮他脱了外套，解开领带，把两手卡在对方的肩头，嘴里轻声念道：放松、放松，闭上眼睛。

随着艾琳手上起伏的旋律，老总有节奏地哼哼着。按了大约有五六分钟，艾琳的手停在了老总的肩头，似乎没有再移动的意思。

老总竖起手臂用右手在艾琳左手上轻轻拍了拍，说：怎么啦？累了吧。

艾琳说：不是，我想问你一件事情。

什么事？老总诧异地扭过头，后颈上出现几道厚厚的裂痕。

艾琳说：非法生猪市场那篇稿子你签发啦。

当然。老总回答十分干脆，今天晚上，现在报纸应该已经上市了。

这篇稿子如果和我没有关系，你会不会签？艾琳问。

你不是一直想当记者写稿子吗，这个机会我当然是要给你的。

那我能不能到专题部去当记者？艾琳笑嬉嬉地说。

小艾啊，你是没当过记者，不知道那个辛苦，你现在做信访工作不是挺好的吗。

不，我想当记者。艾琳双手在老总肩头猛地使了一把劲，对方被她的突然袭击弄得浑身一颤。

好呀，好呀。老总说：下回竞争上岗，你可以竞专题部主任嘛。

你取笑我。艾琳捏起拳头在老总肩头轻轻捶了一下，就坐回到位子上去了。

这个专题部，难弄啊。老总扭着双肩，感受着按摩的余味，小艾，你说说看，专题部谁当主任合适。

当然是方克雄。艾琳脱口而出，听说秦曙光（现任专题部主任）有个哥哥在市纪委当副书记？

老总点点头。

那你们还要搞什么竞争上岗，拿人开心嘛！

不搞竞争上岗，你能到信访部当主任吗？不要一概否认嘛。

那我不干就是了，你明天就撤了我。艾琳双手一摊，做出一脸无所谓的表情。

让你当这个主任，社里也是权衡再三，你不要说风就是雨。老总说：倒是方克雄……你最近和他接触，他的情绪怎样？

你不会自己去问，我哪里晓得他想些什么。

你看……

艾琳自顾埋头吃东西，一会儿又抬头说：你怎么光看我吃，你也吃啊。

两个人不约而同一起笑起来。

这时候方克雄的电话打过来了。通完电话之后，老总问是谁打的。艾琳说是一个朋友。老总说看你挺甜蜜的样子，不是一般朋友吧。

艾琳笑道，你说呢？

那你把他一起叫来，让我见识见识。老总大度得有点夸张。

把他叫过来一起研究工作？艾琳故意逗趣道。

这次老总没有附和艾琳，他看了看表说：我还要回一趟报社，明天一早到市政府开会，有一份材料忘在办公室了。

艾琳便和老总一起站起身，穿上衣服，离开了日本料理店。

出了门，艾琳就拨打方克雄的手机，对方已经关机。艾琳又往他家里打，是他母亲接的电话，说他还没回来，然后就和蔼地问她是谁，艾琳告诉对方说：是方克雄的同事。

艾琳在夜晚的春风中独自行走，忽然产生了一种良好的自我感觉。这种感觉是她从前不曾有过的，即使是在少女时代，身边围着一群追逐者的时候，她也没有过如此的自信。她感到自己拥有了一种完全能够把握方向的力量，一种镇定自若，收放自如，不断地向既定目标靠近的特殊力量。这种力量在她的控制下，章法有序地游动在男人之间，它甚至可以推动某个人向前走，按照她的意图向前走。

艾琳奇怪自己为什么会在依靠男人的同时，有着强烈的左右他们的欲望。她要让他们对自己另眼相看。

她一直被和煦的晚风送到了桃源新村，走了足足有三十多分钟的路。再次拨打方克雄的手机，仍然关机。艾琳毫不留情地骂了一句脏话，声音高得吓了自己一跳。

七

到了8月份，晚报人事上果然做了一些局部的调整。按照老总在班子会议上的话说：民主了半年，有必要集中一下。秦曙光升任总编助理，方克雄自然接替了专题部主任的位置，另外还有两位主任互换了位置，再一次成为人们议论中心的是，艾琳调任办公室副主任（主持工作）。

方克雄婉言谢绝了艾琳的几次邀请，他彻底打消了接近艾琳的念头，只是在艾琳生日那天送了她一束鲜花。他在卡片上留言道：有爱无爱，快乐常在。他自己也说不清想对她说些什么。

当然，他还是接受了艾琳职权范围之内的几次公款请客，在酒意阑珊之际，也学着其他几位部门主任的模样，和艾琳打情骂俏几句，并没有特殊的含义。

有一天，他突然接到女友朱青的电话，约他在本城著名的国际饭店吃晚饭。这是他们分手半年多以来第一次联络。接电话的时候，方克雄突然开了一句玩笑，他说：你那个台湾人干活行不行？我看他样子不太灵光。

你能说这种话我就放心了。朱青说。

可是我不放心啊。方克雄继续道。

晚上见面再说吧。朱青挂了电话。

国际饭店巍然挺立在城市的中心，颇遭市民的非议。在它的建设过程中，曾有不少群众写信到晚报表示抗议。大多数来信认为，在这座已经拥挤不堪的城市里，中心位置应该建造街心花园。一位医生以他的专业知识作了有力的陈述，他在信中说：每个人都有肺叶，它是用来处理净化吸入体内的空气的，城市也一样，需要一个肺叶来做自我调节，否则它迟早会变成一个污浊不堪的场所。有过急者指出，它无非给这座不够现代化的城市添置了几张现代化的藏污纳垢的温床。不过建成后的国际饭店真是挺惹人眼的。

下班后，在去国际饭店的路上，方克雄想起一件事来，他曾经和朱青在国际饭店吃过一个朋友的喜酒。国际饭店有一个大厅，可以摆四十桌酒席，那天，方克雄认真研究了酒席主次席和贵宾席的摆放位置，一一默记于心。散席后，他送朱青回家，朱青向他提出了一个要求，她说：我们的婚礼一定要在国际饭店办。这个要求和方克雄的想法不谋而合。他一把抱住女友，说：莫非你是个妖精。

朱青说：你说什么呢。

方克雄说：我脑子里正想着这件事，就被你说出来了，你说你是不是妖精。

朱青照准对方的脸亲了一口，说：唔，我就是妖精，能洞察你的内心，你当心着点。

刚踏进国际饭店旋转门，方克雄手机准时响了。朱青告诉他，乘电梯上六楼，她在金龙厅等候他。

包房里只有朱青一个人坐着，身边站立着一位服务小姐。方克雄进包房前不由自主地用手抹了一下头发，朱青看着他进来并没有马上站起来，只是用眼睛死死盯住对方。方克雄把手中的皮包往沙发上一扔，神色岸然地坐在朱青对面。

你爸妈身体怎么样？朱青语气很平静。

和以前没什么两样，你怎么不去看看他们？方克雄说。

他们一定很恨我吧。

夸你呢。

…………

有志向呗，不甘人后。

你也这么看我？

我没什么看法，我尊重你的选择。

真的假的。

关键看那个人对你真的还是假的。

谈话停顿了好一会儿。朱青轻声对站在一旁的服务小姐说：上菜吧，来一瓶好点的葡萄酒。

趁服务小姐出去的时候，朱青站起身，从包里取出一样东西放在方克雄面前。是一张 CD 碟片。方克雄最喜欢的凯丽金的萨克斯管碟片。这张碟片是方克雄在朱青家里首选的娱乐节目。

方克雄没有去碰它。

朱青说：我过几天就要走了，你留着它做个纪念吧。

他们开始喝酒。方克雄没有喝葡萄酒，他另外要了一瓶精装泸州老窖。在喝酒的过程中，方克雄告诉朱青，他最近刚认识了一个叫小容的女孩。朱青问是做什么的。方克雄说在一家酒店做服务员，他们是在酒席桌上认识的。

这样的女孩你可要看紧点。朱青警告说。

是。方克雄说：她还总是和我闹着没事去坐坐台呢。

爱在歧途

朱青夹着一只虾的筷子一颤，虾落在转盘上。方克雄重新为她夹起一只放到她碟子中。

你是开玩笑吧。朱青说。

真是，给我骂好几回了，不过她真去坐不一定有人要她。酒过一半，方克雄开始上脸了，脖子上也出现了红色的斑块。

你发酒疯啦。朱青停下了筷子。

信不信由你，方克雄晃着手中的酒杯故意压低了声音说：她怕痒，不让人碰她的胸部，谁碰都不行，你说她怎么能去坐台？服务小姐忍不住噗嗤笑出声，赶紧向后退了两步。

你跟我说这些干吗。

好吧，不说了，那我走了。方克雄一仰头干了杯中酒，摇晃着身子去拿包。

朱青说：等一等。她从坤包里掏出一张金卡交给服务小姐，让她去划账。然后对方克雄说：你到现在都没问问我要到哪里去。

去哪都一样，只要有钱就行，现在交通很发达……方克雄一屁股坐在沙发上，身子不由自主往下滑。

你先跟我上楼坐一会儿，喝杯茶解解酒。

我不去了，我还有事，我，我先走了。方克雄挺起身子，却没能够站起来。

朱青上前架住方克雄离开包房进了电梯。

两人趔趄着走进11楼的一间套房。方克雄一头倒在床上，不一会儿竟发出了轻微的鼾声。朱青在一旁坐着，目不转睛地注视着方克雄因为俯身在床上而被挤压变型的面孔。

两行清泪从朱青眼眶里悄悄地滑落。

朱青泡了一杯浓茶放在床头柜上。

朱青把那张凯丽金的碟片装进了VCD，一股清泉似的凄美的旋律顿时浸满了整个房间。

朱青开始一件件地脱衣服，目光仍然注视着床上的方克雄。

朱青进了洗手间。洗手间里的淋浴器龙头被打开了。朱青裸着身子站在大镜子面前愣了好一会儿。她双手抚摸着自己的脸颊、双乳和臀部，泪水再一次模糊了双眼。

朱青从洗手间出来的时候，屋子里只剩下了她一个人，方克雄已经走了。她拿起电话，只拨了两个号码，手就无力地松下了话筒。

凯丽金正在吹奏他那首著名的萨克斯管《回家》，每一个音符都像细细的针头刺在朱青的肌肤上，她裸着身子跑过去关闭了音响。屋里静了下来，空气中弥漫着一股冲人的酒气，床上的被子像一个痛苦扭曲的人体静卧着，毫无声息。

我们为什么分手

江南的夏季潮湿而闷热，天空像是被一只硕大无比的铁桶罩住了一样，没有一丝轻风。吃晚饭时候赵军流了一身的汗，他于是和妻子商量起买空调的事。

这两天报纸上连篇累牍地报道"空调大战"的消息，各家商场都推出了一些优惠措施，赵军不免心痒痒地，说出了自己的心事。妻子说：眼看夏天都过去一半了，明年再说吧。赵军想想也是，便起身到卫生间洗了把脸，擦了擦汗身子。

不经意之间，赵军在镜子里看到了自己略显臃肿的身体，他用手揪起胸前一大堆赘肉，放下再揪起，无声地笑了起来。结婚才三年，儿子刚两岁，照这样发展下去，情况不妙啊。赵军一边套了件T恤一边对妻子说：你有没有发现我胖了不少。妻子望了他一眼，说：还好，男人过了三十都这样吧。赵军说：看样子要锻炼锻炼了，我才三十二，不该这么早发福的。

妻子笑了起来，说：那你就带儿子到楼下散步吧，待在家里又要长肉了。

夏日天长，一抹浅浅的灰色还没能够遮住闲散的白云。赵军牵着儿子的小手，在小区的水泥路上晃悠着。前面不远处有一个广场，小区的文化中心就设在那里，吸引了三三两两的居民去游玩。

儿子喜欢热闹的地方，两只小脚开始欢腾起来，朝着广场方向，他一定是看到了广场上停着的车辆，眼下小家伙对各式汽车充满了好奇。

为了跟上儿子的节奏，赵军不由加快了步伐。

这时候，一辆大客车从远处开过来，在广场上缓慢停了下来。儿子激动了，"爸爸爸爸"地叫个不停，意思是想马上赶到汽车身旁。赵军以怀抱冲锋枪的姿势，端起儿子冲向大客车。

父子两人赶到时，车子正在下客。赵军将儿子坐在自己的肩头，好让他看到汽车里面。儿子很兴奋地挥动着两只浑圆的胳膊，口中发出咿咿呀呀的欢叫。

赵军好像听见有人叫他名字，声音细细地，被嘈杂的人流淹没了。他把儿子放下来，四处打量着，看见十米开外的地方站着一个女子，正望着他呢。赵军牵着儿子向前走了两步，认出了对方。

赵军说：石小华，怎么是你，你怎么会乘这车的？

石小华没回答赵军，而是弯下腰看了看小孩，说：是你儿子吧？

赵军想让儿子叫对方一声阿姨，儿子扭着头看后面，他的注意力被大客车牢牢吸引住了，对两个大人的交谈毫无兴趣。

赵军重复了一遍刚才说的话。

石小华说：这是我们的厂车啊，我现在也搬到这个小区来了，在那边。她用手指了指小区新开辟的楼群。

你现在怎么样？还好吧？赵军问。

显然，他知道对方明白他话中的含义。

石小华表现得十分大方，丝毫没有掩饰的意思。她说：房子是单位分的，老公和我在同一个单位，我们刚结婚半年。

赵军"噢"了一声，手上一松，儿子挣脱开了，歪歪扭扭地向大客车跑去。

赵军转过身想捉住儿子，这边石小华说声"再见"就走开了，等赵军捉住儿子，发现石小华已经走远。赵军愣在那里，直到石小华的背影消失在远处的暮色中。

看着正在认真触摸客车车门的儿子，赵军突然产生了一个念头，当初要是和石小华结婚的话，儿子大概应该有五岁了吧。

赵军和石小华是在六年前的一个书法培训班认识的。

当时，二十六岁的赵军刚刚从基层调到总公司工会当宣传干事，文字基础不错，就是毛笔拿不上手，一遇到写通知书和海报什么的就犯愁。于是就到文化宫的书法班报名学习书法。而比赵军小三岁的石小华，小时候学过几年书法，后来丢了，但基本功扎实，在厂里的书法比赛中拿过一等奖。她所在的单位是个部属企业，厂里为了拿她的字去参加部里比赛，特地为她在书法培训班报了名。

两个人认识的时候，赵军对石小华佩服得要命，他表示如果自己有石小华一手字的话，肯定不会再到这里来学习。按赵军当时的话说：石小华的字"够吃够用"。

但赵军会写文章，经常在市报上发表一些"豆腐块"。每到培训班开课，赵军就把最新的"豆腐块"拿给石小华看，还让她提"宝贵意见"。

石小华不会像赵军那样夸张地赞扬对方，眼睛里却掩不住流露出喜悦之色。

三个月的培训班结束之后，赵军就拿话试探石小华，赵军说：我的书法水平太差了，能不能拜你为师啊？石小华脸上红红的，并没有拒绝对方，她说：什么师不师的，不要说那么难听好不好。

"培训班"于是转移到了赵军家中，一周一次。两个人的关系好像进了蒸笼的馒头，不知不觉热乎起来。

相隔五年时间再次见到当初的恋人，赵军的心里突然间变得复杂微妙起来。他说不清这是一种什么样的感觉，但有一点他敢肯定，那就是他已经是个已婚男人，而且有儿子，他想知道，以他这样的身份对一个女人来说究竟还有多大的吸引力。这种感觉来得十分强烈，好像一直潜伏在内心，终于等来了机会似的，急匆匆地喷发出来，挡也挡不住。

第二天傍晚，赵军早早吃完饭，换了件崭新的T恤提前来到广场。他告诉妻子去见一位朋友，因此没有带儿子。

大客车准时到达。赵军看见石小华随着人群下车。他并没有急着叫对方，而是跟在石小华后面走了一小段路，直到人流稀疏，确认是石小华一个人时，他才在后面叫了一声。

石小华停住脚步，回过头来，看见了赵军，脸上的表情多少有点惊讶。

赵军感到自己脸上的笑容有点不自然，但既然跟了人家一阵子，已经无退路可退，只能硬着头皮上了。赵军说：昨天见到你，话还没说完呢，所以今天特地来等着的……

石小华微微一笑说：我知道。你儿子蛮可爱的，你们家还住在那里？

石小华说的"那里"曾经留下过他们两人爱的足迹，现在成了赵军的三口之家。

赵军没想到石小华会问起这个，颇为尴尬地答道，是的，还是那间屋子。你的新房什么时候带我参观参观？

石小华说：行啊，哪天去看看罢。

赵军说：选日子不如撞日子，就今天吧。你老公在不在家？

石小华说：他在不在家倒没什么，不过他今天上晚班。他在家你是不是就不去了呢？

赵军不再说什么，和石小华并肩一道往前走。

快到石小华家时，她指着一幢楼说，那，你看就是那幢，三楼。

赵军说：噢，就这儿，离我家也就十来分钟的路嘛，咱们现在也算得上邻居了。

石小华笑笑说：想不到吧？我也没想到。

五年前，二十三四岁的石小华隔三差五总要到这个小区来一趟，尽管他们家离这儿挺远。现在呢，她也是每天都要来了，她把自己的小家安在了这里。难道这是宿命吗？

两个人进了屋子。

新婚的气息仍旧弥漫着，像一张网罩在赵军身上，带给他几分压抑感。客厅墙上挂着一幅36寸的仿油画结婚照，照片上穿着婚纱的新娘和眼前的石小华判若两人，新郎则是个稚气未脱的毛头小伙子。

赵军指着照片，没话找话地说：你老公看上去蛮年轻的嘛。

唔，比我还小两岁呢。石小华说。

赵军笑了，用开玩笑的口吻说：看不出来呀，你还挺有本事的嘛。

石小华也笑，不吱声，从卧室里捧出来一堆相册搁在茶几上给赵军看，自己坐在另一张沙发上，侧着身子。

赵军很随便地翻看着相册，时不时地问石小华一句两句，石小华就向他作些解释。

在翻看石小华婚前的个人相册时，赵军的手突然停在那里。他抬起头怔怔地望着石小华，像陷入了沉思之中。石小华不知道他发现了什么，斜着身子伸出头看他手中的相册。

石小华看出来了，那一页上的几张照片是在西山拍的，摄影者正是赵军。那是他们关系最融洽的一段岁月。

石小华记得，书法培训班的白老师在谈到书法创作的境界时，引用了老子"道法自然"这句话。白老师鼓励他的学生们经常到大自然中去走走，去领悟大自然的博大精深。白老师还说：书法之道当如行云流水，以收放自如为最高境界。

表面上看，西山之行是遵循白老师的教诲，去感受自然，实际上拉开了两人感情的序幕，说白了西山之行使他们成了一对恋人。

那天，他们一大早就踏上去西山的路程。因为天气很热，事先带上了不少干粮和饮料，打算在风景点野餐。在山上的一片小竹林里，石小华鲜嫩光洁的膀子被蚊虫叮了两个包，因此发出了少女常见的大惊小怪的叫声。赵军在帮她涂抹风油精时偷偷地在她面颊上吻了一下。石小华脸红红的，嘴上说着"别这样"，眼睛却放出异样的光彩，半是羞涩半是挑逗。赵军索性扔了手中的风油精，一把抱住石小华，在她的脸上吻起来……天公不作美，一阵乌云卷过，铜钱大的雨点噼噼啪啪落下来。两个人嬉笑着找到一个僻静处躲雨，一边吃干粮喝饮料一边打打闹闹，说些闲话。

相册里有两张照片就是在小竹林外面拍的，石小华的头发上还挂几滴雨珠呢，脸上笑得灿烂无比。

赵军当然不会忘记接下来发生的事情。三天后，石小华晚上下班后到他家里来玩，就是在这个晚上，他们上了床。石小华彻底被他俘获了……

愣了好大一会儿，赵军突然说道，石小华，你还记得我在西山跟你说过的一句话吗？

什么话？石小华声音低低地问。

赵军推开搁在腿上的相册，猛地一把抓住石小华左手手腕，用力将她向自己身边拉。

石小华站起来，另一只手抵住赵军的手臂试图挣脱对方，但没能做到。

赵军不理她，手上再一使劲，石小华就踉跄着跌到了赵军的怀里。赵军却没有碰她，在她耳边轻声说道，我当时说你很漂亮，你不记得了？说完就松开了石小华的手。

你说过吗？不记得了。石小华站起身子，用右手摩挲着左手腕，眉头皱得老高。

赵军笑了，头往沙发背靠过去，仰脸朝着天花板。

赵军自言自语道，西山之后我们就好上了，后来我们为什么分的手呢？

炉上的水壶叫了起来，石小华赶忙去了厨房。

赵军重新开始翻相册，但相册里并没有答案。

赵军想起了与现任妻子的相识过程，那可真是再简单不过了。先是由单位里的一位老大姐牵线，两人见了面，印象不错，然后就是单独见面，一星期一次。看电影。打保龄球。最后就带回家见父母。再去她家见她父母。商定结婚日期。结婚。生孩子……

一切平淡如水，好像从来就没有过，甚至将来也不会有什么波澜。

而石小华呢？当初和自己好了，两人也闹过一些小意见，后来又好了，但最后究竟是为什么分手的呢？赵军百思不得其解。

石小华从厨房出来，站在客厅窗口朝外望了望，说：外面下雨了。

赵军走到窗口向外望。雨下得不算大，因此刚才一点声音也没听见，站在窗口便听见了淅淅沥沥的声音。

赵军说：我一直想不起来，你一定记得的吧。

石小华说：记得什么？

我们分手的原因啊。赵军说着想搂住石小华的肩膀，后者躲开了。

石小华说：现在说这些干吗？都是陈谷子烂芝麻了。

赵军说：你说得不对。这种事情是必须弄个水落石出的，你难道不想弄清楚吗？

我不想。石小华简洁地说。

赵军说：一定是你抛弃了我，所以你不肯说：是吧？

随你怎么说好了。石小华一脸不在乎的样子。

赵军像一只狼似的，在屋子里走了好几圈，仍然不得要领。

石小华说：时候不早了，别让你老婆小孩在家等急了。

赵军说：我们都好好想想，好吗？你不至于忘得一干二净吧。

石小华从客厅的壁橱里拿出一把折叠小花伞递给赵军。赵军接过伞，要了石小华家的电话号码，转身出了门。

赵军花了一个星期的时间做了一件事，他把自己和石小华有关的每一件事写在一张纸上，搜肠刮肚一共写了二十几张纸，有好的也有不好的事。他想从中推断出他们分手的原因。

没有结果。

赵军原来是想再一次到广场去等石小华的，又觉得那样太过分了，况且石小华好像也不愿意回答这个问题，在广场上讨论的话不免有点滑稽。但这毕竟是个事呢……

赵军想到了雨伞，或许这是个不错的借口，去还雨伞给她，不是可以和她好好讨论一番了吗？

赵军来了兴致。那天傍晚，他提出由妻子带儿子下楼散步。估计时间差不多了，他便拨通了石小华家的电话。

电话是石小华接的，赵军问石小华老公在不在家。石小华说有什么话你就说吧。赵军说：我马上过去一趟。石小华问他是不是有事。赵军说：你的伞在我这儿呢，我把它还给你。

不必还了，那把伞本来就是你的。石小华的话像一口热鸡汤烫到了赵军的喉咙，他一时吐不出话来。

过了半天赵军才说：什么？你刚刚说什么？伞是我的，伞怎么会是我的呢？

这把伞是你在西山买的，石小华说：你难道也忘了吗？后来你把它送给了我。

赵军愣在那里。他想起来了，当时在西山的确买过一把伞。赵军看了看搁在桌上的那把略显破旧的小花折叠伞心里紧紧缩缩的，隐隐约约地有点痛。

那么，后来我们为什么分手的呢？赵军的声音里夹杂着一丝哀求。

石小华叹了一口气说：过去的事，还提他干什么呢？我们现在不是都挺好的吗？

不行，我一定要知道！赵军憋足劲叫了一声，却似强弩之末。

好吧，那就告诉你吧，石小华说：有一天晚上，你强行要留我过夜，我没肯，你让我走了就别再来。我就再没去找过你，你也再没找过我。大概是缘分尽了吧……

赵军拿着听筒的手颤动了一下，问道，你说的是真的吗？

我编的，怎么样？

赵军说：究竟真的假的？

石小华说：你相信就是真的，不信就是假的。

…… ……

妻子晚上回来的时候，发现赵军一个人黑灯瞎火地躺在床上，以为他病了。赵军说：没事，我只是有点累了。

妻子看见桌上的那把小花伞，问赵军伞是谁的。赵军说：整理东西时翻出来的，没用了，把它扔到垃圾桶去吧。

一根红头绳

秋日里，女儿闹着要买一件胸口绣着两只小狗熊的羊毛衫，她说班上好几个同学有那样一件衣服，因此她也很想要。庄强没有办法，只好在一个双休日领着女儿去商城。在商城的儿童羊毛衫专柜上，有一个女子手中正拿着那样一件羊毛衫在仔细查看，庄强就凑过身子去，随口说了一句，意思是不知道羊毛衫质量如何。那女子转过脸来望了一眼庄强，笑吟吟地说：啊呀，是你呀。庄强随即也认出了对方。他很有礼节地伸出手说：赵小丽，你好。

赵小丽一把拉过一个虎头虎脑的小男孩，让他叫庄强叔叔，小男孩大大咧咧地叫了一声。庄强还没来得及以同样的方式回报赵小丽，女儿的手已经被赵小丽捉住了。赵小丽说：你女儿都这么大啦。女儿轻声地叫赵小丽阿姨，一只手紧紧拽着庄强的裤子。

赵小丽说：还是女孩好，庄强你好福气。

庄强说：一晃过去六七年，我们还是在九五年毕业十周年时见过一面，现在没人有时间张罗这些事了。

赵小丽说：你现在混得不错吧。

庄强不好意思在老同学面前提及自己刚刚获提升一事，就从钱包里取出一张名片递给赵小丽。

赵小丽看一眼名片，抑制不住地叫出声来，啊呀，当处长啦，想不到想不到……

庄强被她说得挺不好意思，连忙说：这有什么想不到，企业里……

又不是什么官,给老板打工的。

赵小丽小心翼翼地将名片放进口袋,说:有什么事找到你不要搭架子唷。

庄强这才回过神来问了赵小丽的情况。赵小丽保养得依然漂亮的脸蛋上露出了愁容,她告诉庄强,她下岗已经一年多了,现在在股市里做点小额投资,最近看错了一只股票,赔进去两三千块。真是倒霉透了。赵小丽说。

听说你老公混得不错,你不也挺享福嘛。庄强不好直说:就拐了个弯安慰她。

他也是朝不保夕。赵小丽一脸不屑地说:市场早转向了,他们机电公司成了西边的太阳,他现在天天在外面跑销售,连县里的骨头(乡镇小企业)也不肯放过。

噢。庄强做出理解的表情,刚才他不过是随口说说:如今的市场行情,他这个当供应处长的怎么会不知道呢?

趁他们讲话的工夫,庄强的女儿早已相中了一款羊毛衫,紧抓在手中不肯放松,而赵小丽的儿子却溜到玩具柜摆弄起变形金刚。两人于是打了招呼匆匆分手。

过了不到一周,庄强在办公室接到赵小丽的电话,心头不免有点异样的感觉。两人寒暄几句之后,赵小丽半真半假地说要请庄强吃饭。庄强问她是不是有什么事情。赵小丽明摆着用装出来的不高兴的口吻责备他,说非得有事才请得动你啊。庄强哈哈一笑,很豁达地告诉赵小丽,"不是这个意思"。庄强说应该是他请她。这时,赵小丽反而认起真来了,她说是她发出的邀请,他应该充分尊重她的意见。庄强觉得再辩白倒显得自己小气了,便满口答应下来,但是提出来,如果她肯给他面子的话,第一次还是由他安排。赵小丽这才没有坚持自己的观点。

庄强本以为那天在商城遇见赵小丽的事很快会过去的,像这样遇见某个老熟人老同学的经历他曾经有过,通常是不了了之。本来嘛,时间已经冲淡了岁月的痕迹,各自都在按自己的惯性向前行走,不太可能进入对方的生活轨道。但这次似乎有点不太一样，偶然相遇赵小丽在庄强心头激起了几朵浪花，一段尘封在心底的往事，如同一股暗潮悄悄涌动着。他正打算找个适当的机会和她谈一谈这件事，而上天仁慈地作出了安排，他不该失去这个机会。

赴宴那天，庄强穿了一身名牌西服，提前一刻钟站在了酒楼门口，这足以说明作为邀请者的身份。两人见面后礼节性握手时，庄强发现赵小丽脸上竟露出了一丝羞涩。赵小丽的肤色和身材保持得相当不错，看上去比那天邂逅时又年轻了几分。庄强想，怪不得女人热衷于服饰和化妆品，这两样东西在某些时候的确能产生奇特的作用，当然是对那些乐意被迷惑的眼睛而言。

庄强引领着赵小丽进入了事先预订好的小包厢，一路上有好几个小姐和她招呼。点完菜以后，庄强告诉赵小丽，这家酒楼是他们单位的定点饭店。他随后对送菜单的小姐说：今晚这儿不用服务，上了菜忙别的事去吧。服务小姐向二人欠欠身子，退出了包厢。

庄强脱去西服上衣，同时招呼赵小丽脱去风衣，他顺便夸奖赵小丽的"风采不减当年"，根本看不出年龄来，没有人会相信他们是同学。赵小丽笑着回敬庄强，你也学会油腔滑调了，以前你可是正经八百的人，当了官就是不一样。赵小丽一边说着一边从随身带的包里拿出一样东西，是一只很精致的纸盒，她把盒子从桌上推到庄强面前。庄强问她是什么东西。赵小丽说送你一件小礼物。庄强打开盒子，看见一条皮带像蛇似的盘在里面。庄强刚想说什么，被上菜的小姐打断了。庄强只好将盒子重新盖好，放在一张空椅子上。庄强用目光捕捉着赵小丽的表情，试图从中有所发现。服务小姐退出后，庄强说：你这是何必呢，咱们老同学，有什么话直接说嘛，这样就见外啦。赵小丽说：你误会了，今天本来是我请你的，倒让你请了，送个小礼物不过是表示我的一点诚意。两个人搁下此话，举起酒杯。庄强酒量有限，但好喝几口，赵小丽顺着他的意思，倒了点白酒陪着。

酒一下肚，话也就麻溜起来。庄强问赵小丽还保留了多少学生时代的记忆，当年有没有对班上的哪个男生产生过好感。赵小丽说记忆这东西真怪，有几个喜欢捉弄女生的男生至今仍记得他们的模样，尽管当时挺反感他们的，倒是那些规规矩矩的男生记不太清楚了。庄强进一步问她对他的印象，口气中隐隐地带着一丝迷惑。赵小丽歪着头想了一会儿，又摇摇头，她表示想不起具体的事情，只记得他放学回家骑自行车，喜欢将书包挂在脖子上。在去往学校的途中，他们有很长一段同道，两个人都还记得早已被拓宽的那条路的模样。

庄强说：我至今保留着你的一样东西。他不知怎么很轻松地说出了这句话。

赵小丽吃惊地望着庄强，试探着问，你不是拿我开心吧？她不记得自己曾和他有过交往。

庄强说：你不相信就算了，我知道你不会相信，因为你不可能记得那件小事。

赵小丽再三追问，庄强仍然没有一下子揭开谜底，他只是问道：高二上学期，有一次放学回家，你在路上和别人撞车，这件事你还记得吗？赵小丽回答得很干脆：没有印象了。庄强有点失望。赵小丽用焦急的目光催促他讲下去。庄强说你既然记不得，我说出来就没有意义了。庄强突然失去了讲述的兴趣。

两个人相约在赵小丽家中见面。

事先赵小丽在电话里直截了当地告诉庄强，她有事情请他帮忙，是她老公的事情，她希望能够在家里接待他，这样更能体现出老同学之间随和的关系。她还在电话里强调一定不拿他为难，并且让他相信，她需要他帮忙的事对他来讲不过是"小菜一碟"。庄强连推托的念头也没闪过，他爽快地答应下来。

但是，紧接着庄强为准备礼品一事犯起了愁。考虑了半天，他决定送给赵小丽一只发夹。

庄强按照赵小丽给他的地址很快就找到了她的住处。庄强明知她一人在家，还是问了一句，你老公不在家？赵小丽说：他怕见人，带儿子上爷爷家去了。庄强很大度地说：我倒是很想拜会他的。看看他魅力有多大。赵小丽说：他哪有什么魅力。庄强一本正经地说：他没有魅力能娶到你？我不相信。赵小丽被庄强的话逗得咯咯笑个不停，赵小丽给庄强泡了杯茶，坐下来和庄强说了一会闲话。庄强有点耐不住，就问赵小丽找他究竟有什么事。

赵小丽说：我上次不是跟你说起过我老公的事么，他们公司每个人都有销售指标，完不成任务就按比例扣工资。庄强心里有了底，他在沙发里扭了扭身子，开玩笑说：有你这样能干的妻子帮助，他的业绩差不了。

赵小丽苦笑了一下说：你笑话我吧，我哪有什么本事，我要有本事就不会下岗待在家里了。

庄强说：你现在不是在炒股吗，在股市投了多少？

赵小丽捂住嘴笑道，你还当真了，那是闹着玩的……纯粹是闲得无聊，不应该告诉你的……真是不好意思。

庄强也跟着笑起来，说：这有什么不好意思，大小也是个股民嘛，不像我，对股市一窍不通，是个股盲。

你整天到晚忙工作，哪里有闲工夫去泡股市。赵小丽话锋一转回到正题上，说：要是你能给点业务给我老公，我也就用不着去冒股市风险……

赵小丽的语气中禁不住流露出几分酸楚，庄强不想让她再说下去，他轻轻一拍手，说：这样吧，让你老公过两天直接到公司去找我，我尽力而为吧。

赵小丽双眼顿时放出光来，她给庄强茶杯续水时，庄强觉察到她的手战栗着。

庄强于是从口袋里掏出那只装着发夹的礼品盒，说：我也准备了一件小礼品送你。

赵小丽目光暧昧地扫过那只盒子。庄强鼓励她打开看看，赵小丽就把盒子打开了。是一只镶有水钻的银白色蝴蝶发夹，上面缠着一段已经褪色的红头绳。

赵小丽从盒子里拿出发夹，解开缠在上面的红头绳，不解地望着庄强。

庄强说：你还记得这根红头绳吗？

赵小丽摇摇头。

庄强说：这根红头绳是我在路边捡到的。

赵小丽一脸茫然。

庄强说：当时你被别人撞倒在地，我很想上去帮你，但是那时候男女生之间是不说话的；我在你脚边捡到这根红头绳，我看见你的头发乱得像个疯子似的，我没有勇气把它交给你，我一直没这个勇气。

庄强从赵小丽手中拿过红头绳，说：那时候，我就喜欢看你扎着红头绳的模样，能不能再扎上给我看看？

赵小丽用红头绳束住了头发，打了个结，侧过头去给庄强看，没等庄强看仔细，她已经把红头绳解开了。

赵小丽说：丑死了，那个年头也只有这样的红头绳。她说着把那只银白色的发夹夹在头发上，这次她将全身转过去让庄强看。

庄强有点心烦意乱。

庄强说：我今天给你送来这根红头绳，为的是跟你道个歉，这件事在心里搁了十六年，一直没机会说；也不知道该怎么说……

赵小丽露出迷惑的神情，想了一会儿说：你上次说过之后，我想了好半天，怎么也想不起来，十六年前，我可是个小姑娘呢。

庄强说：不管怎么说；我总觉得欠你点什么。

赵小丽说：这么件小事你还挂在心上，你要是帮了我老公的忙，我就真不知该怎么谢你了。

庄强的心头仿佛被一样东西堵住了，说不出话来。一直到他告辞，没有再提过去的事。红头绳和发夹被赵小丽放进了一个抽屉里。

三个月之后，庄强终于找准机会帮了赵小丽老公一把，这一把就让他超额完成了全年任务。赵小丽在事成之后立即打电话来表示谢意，同时要求庄强无论如何给他们一个感谢他的机会。

庄强实在无意去吃一顿饭，但他知道诚意是无法拒绝的，另外，他还隐隐约约期待赵小丽能够给他某种暗示,他不知道自己究竟想得到什么。

赵小丽那天晚上盘了头,特意夹上庄强送给她的发夹。

庄强在和赵小丽老公对饮时说:赵小丽这一头乌发看上去不像是她自己的,有点像假发。

赵小丽老公很开心地打趣道,她还买了这么个显眼的发夹,以为自己是个小姑娘呢。

庄强说:我倒是还记得她小姑娘时的样子呢,头上扎根红头绳……说着庄强冲着赵小丽做了个扎头发的动作。

赵小丽说:那都是过去的事情,我一点都记不起来了。

凡 尘

1

走出民政局的大门,倪锐的身体并未出现预料中的疲惫不堪,在刺目的阳光照射下,他戴上了事先准备好的墨镜,外面的世界立刻黯淡下来,街道上的扬尘不见了踪影,就连穿梭来往的各式车辆好像也放慢了速度。倪锐在心里说:也不过如此。他情不自禁地吹了一声口哨,仿佛是在给历时八年的婚姻生活奏出一个短促的休止符。

江南的四月正是春光宜人的时候,最先耐不住寂寞的是那些刚刚摆脱父母严厉管束的女孩子们,她们稚嫩的脸庞甚至还沾着父母腋下的羽毛,立即就心花怒放地投入了城市污浊不堪的怀抱,像无忧无虑的鸟儿一样在目光形成的森林中游弋。她们穿着薄丝袜的修长的双腿,骄傲地向世人宣告:冬天已经被击退,百花争妍的季节到了!

倪锐清楚地记得,十年前的那个春天,二十五岁的他走在大街上,脑袋眩晕得厉害,身体像蓬松的棉花一样膨胀而无力。他经常煞有介事地站在新华书店或是人民剧院门口东张西望,好像在焦急地等待某个践约的熟人。当然,有时他也会真的碰上一两个熟人,他会和他(她)热情地打招呼,告诉对方他正等一个姓名很古怪的人,并且谴责这个人不守时的坏毛病。事后他惊奇地发现自己有着高超的应变能力,如果不是生不逢时的话，也许会成为一名出色的地下工作者。说到底，倪锐是被街头春风般荡漾生姿的女孩子们迷住了，他就像看风景一样注视过往的女孩子，从发型到身段，然后他的目光便落在了她们纤细、光洁的小腿上。那些可爱的精灵似的小腿每移动一步，他的目光就如同琴弦一般跳动一下。这首没完没了的曲子真不知何时才能收场。

他没想到就在这个春天，就在他稀里糊涂迷惑不解的时候，一双精制的小腿停在了他面前。他一下子开窍似的叫起来：你不是小萝卜么！那个望着他微笑的女孩子，脸红红的（大概是因为被他叫了绰号而不好意思），微微点点头。是的，不错，是小萝卜。倪锐为自己的发现而兴奋得两眼发亮。小萝卜说："以后不许叫我'小萝卜'了，这个名字多难听啊，我叫罗慧。"倪锐说："小萝卜是我帮你起的名字，我享有专利权呢。"罗慧就把一只脚在地上跺了一下，表示一个女孩子的抗议。倪锐笑了，连忙说："开玩笑开玩笑，你让我这么叫我也不会的，坚决不会喽。"

但是，在倪锐承诺不叫"小萝卜"三个月之后，还是压抑不住叫了出来。当时的情况有点特殊，他正在和罗慧接吻，已经含住了对方的嘴唇。因此声音在咽喉部位打着滚，十分含糊不清。罗慧当然没有责怪他。罗慧在事后对他说："这下子你满意了吧。"倪锐说："什么？满意？还早着呢，这才刚刚开始。"罗慧就依在倪锐身上笑，用膝盖轻轻撞击后者的身体。

2

倪锐用手摁了摁搁在制服口袋里的蓝本本，好像摁到了某个开关似的，他收住往家走的步伐，迟疑不决地选择了另一条道路。他已经失去了站在新华书店或是人民剧院门口看风景的兴趣。他走进了一条巷子。如今，城里留有江南古老记忆的巷子越来越少了，鹅卵石被平整的水泥路面取而代之，爬满青藤的斑驳的镂花墙壁，换成了整齐划一的封闭式阳台。倪锐眼下进入的巷子还算保留着一丝昔日的气息。这股气息里似乎藏着魔法，能够令倪锐的身手变得轻捷起来，也就是说：在这里他可以跨出很大的步子，也可以跳得很高。倪锐和罗慧就是在类似的巷子里长大的，尽管他一直觉得自己比罗慧大许多（实际只大三岁），他们对那条早已拆除的巷子，仍然保持着大致相同的记忆。

　　结婚之前，倪锐和罗慧经常在这条巷子里走来走去，当然是在傍晚时分，夜色里的古巷于是变成了时光隧道，通达了他们的少年和童年时代。罗慧指责他当年有不爱理人的臭毛病，拿眼睛看人的时候总是流露出轻蔑的神态，好像自己有多了不起似的。倪锐就拿话堵她，我不理你你还好意思告诉你妈妈？还好意思哭？罗慧就洋洋自得地唱儿歌：

　　　　大欺小不得好，
　　　　小欺大不得话，
　　　　大的（挨）骂，
　　　　小的（受）夸。
　　　　……

　　结婚之后，生活的旋律很快就变得琐碎、仓促起来，古巷在他们的心里不知不觉地被拆除了。而此刻，古巷甚至成了倪锐心里挥之不去的阴影。他催促自己加快步伐，如同一个演出失败的演员谢幕后匆匆逃离舞台……

　　倪锐回到家中的时候，终于感到了一丝疲倦。屋子里依然如故，家具电器坚守着自己的岗位，只是他很少去顾及它们，它们也就不客气地披上了一层灰垢。倪锐一屁股坐在了转椅上，脚习惯地用力一蹬，转椅准确将他送到了电脑面前。这是他自以为最潇洒的动作，也是罗慧恨其入骨的根由。咔兹———转椅摩擦木地板发出的声响，让倪锐一下子进入了美好的梦里，让罗慧一下子坠入了黑暗的冰窖。

　　倪锐打开电脑，点击"相册"，他不由自主地寻找正在一点点远离自身的某些东西，以及这些东西投下的影子。屏幕推给他一张儿子的

"百日裸照"。小家伙当时刚洗完澡，经几个大人折腾了一番大概是有点饿了，而倪锐坚持拍完照再由他妈妈喂奶，小家伙就有点不情愿，胡乱地蹬着腿，嘴里发出咿咿呀呀的抗议。倪锐拿玩具逗他，他似乎要笑，但转瞬间又蹙起了眉头。倪锐慌忙按下快门，拍下了一张似笑欲哭的照片。

儿子的这张照片是倪锐最喜欢的，因为倪锐认为它是真实的。真实的痛苦胜过虚假的幸福。这是倪锐八年婚姻生活的体会和心得。由于人们太渴望获得幸福了，因此甘愿生活在虚假之中，久而久之就习惯了麻木了。

倪锐翻出的第二张照片是他和罗慧的结婚照，他笑得很自然，罗慧却有点拘谨，表情不够舒展。倪锐认为她下意识中存在婚前恐惧症的倾向，他要求罗慧正视这一点，不要为这场婚姻埋下不祥的伏笔。罗慧嘲讽他想象力非凡，能够通过一张照片洞悉人的灵魂深处，嫁给他看样子是高攀了。

接下来翻出的照片，是罗慧在各个季节拍摄的时装照。看看这些照片上罗慧的表情和姿态，你就会明白服装对一个女人来说是多么的重要。就连只有6岁的儿子举举看到这些照片时也说：妈妈比"小燕子"还要漂亮。在儿子的心目中《还珠格格》里的小燕子是世上最漂亮的人。

3

倪锐和罗慧的情感危机出现在一年前。

在此之前，倪锐所在的铝合金加工厂新上马了一个项目，企业里骤然刮起一股学习微机的热潮。作为工会宣传干事，倪锐当然不甘落后他人，他的具体行动便是到电脑公司买回了一台电脑，杂七杂八花了八千多块钱。办这件事倪锐当然是和罗慧商量过的，但商量并不代表就是决定，至少不能等同于立竿见影的行为，而倪锐恰恰是这么认为的，他的主观臆断使罗慧的如意算盘落了空。

罗慧早在几年前就从单位辞职出来了，那时候传销尚未被明令禁止，罗慧一头扎进去，成了铁杆的实践者和传播者。但是，"机遇"加"勤奋"等于成功的古训并没有灵验，惨痛的教训终于使她相信残酷的现实像一只伺机出击的恶狼，令人猝不及防。后来她整整观望了两年，小心翼翼地打听市场上的风吹草动，偶尔和昔日并肩作战的"战友"们吃一顿廉价的火锅，分享各自获得的消息。

后来罗慧看中了一种大城市刚刚走俏的化妆品，最主要的是看中了它的直销方式。这种销售方式巧妙地规避了传销的禁令，但却同样能够发挥她在传销中学来的各种技巧。罗慧决定重振旗鼓，拿下这个牌子的化妆品在本市的直销代理权，当然，第一步是"加盟销售"。

倪锐的草率行动打破了罗慧的梦。

计划中一万块钱的缺口变成了二万块钱，而且她刚刚说服儿子腾出来的半间工作室，也被倪锐堂而皇之地鹊巢鸠占，成为了电脑室。她那个气啊，原以为小心谨慎，步步为营，一定会给倪锐带来不小的惊喜，没想到自己却因此束缚住了手脚，坐失良机。

罗慧"愤怒"地公布了她的计划，她相信倪锐理所应当会感到后悔，甚至会帮助她寻找补救的措施。事实再一次与她的想象出现了差距。正在电脑跟前玩电脑游戏的父子俩，似乎没有听见她说话，他们还沉浸在游戏惊险刺激的场面里呢。直到罗慧摔碎一只碗，骤然爆发的"咣当"声才换来一场严肃认真的对话。讨论的结果对罗慧很不利，因为儿子已经和倪锐站在了同一条战线上，他们对罗慧"理论上的成功"表现出不屑一顾，指责她好了伤疤忘了痛。罗慧被丈夫和儿子的态度激怒了，产生了摔第二只碗的念头，如果不是电话铃响起来的话，局势还不知道会发展到什么程度。

罗慧接电话，态度发生了一百八十度的转变。电话好像是一个很久不见的朋友打来的，她脸上璀璨的笑容竟让倪锐感觉到了手足无措，倪锐有理由相信，就罗慧目前的心态来说：为了实现自己的计划，她不会错过任何一个一试身手的机会，当年令她燃烧的"传销"，此刻又在她身上死灰复燃了。

罗慧用"咱们走着瞧"的目光看了一眼倪锐，丢下一句"我不在家吃饭"，就昂首挺胸地出了门。举举跟在她后面叫着"妈妈妈妈"也没能拽回罗慧匆匆而去的脚步。举举懊丧地对倪锐说："爸爸，今天晚上是不是又要吃面条。"倪锐不知为何心头升起一股豪气，他拍拍儿子的脸，大声宣布："今天咱们去吃麦当劳！"举举一下跳起来，蹦得老高。

倪锐在"相册"里翻了好一阵子，他记得自己曾经为儿子在麦当劳拍过一张相片，儿子坐在小丑腿上，手里拿着冰淇淋，脸上露出兴奋的表情。他还记得，从那天开始，他们平静的家庭生活成为了往事，两个人的战争拉开了序幕。冰淇淋好吃，但有时会让你的牙受不了。倪锐警告儿子的一句话，好像是对生活的某种感悟。他想把这个发现告诉罗慧，但一直没有能够找到恰当的措词，或许是没有适当的时机。罗慧的来去匆匆，证明她已经完全进入了角色，一意孤行地踏上了征程。

4

倪锐没想到厂里引进国外设备竟然会是一场骗局，一场轰轰烈烈的骗局。二千多万买回来的是一堆早已被淘汰的废铜烂铁，这笔款子还是企业向银行贷的款。类似的笑话以前没少在报上看过，一眨眼事情就发生在了眼前，真是到了太空时代，很多东西变化发展的速变接近了光速，一秒钟绕地球好几圈呢。

遭遇这码事，企业领导是当然逃脱不了责任的，据说事情牵涉到市里分管工业的市长，还有外经委主任什么的，但担子还是压在企业身上，实质上也就是压在全体职工身上。裁员和下岗的议论一时间风起云涌。

此刻，倪锐为自己匆忙购买电脑的行为产生了一丝悔意，但转念一想，如果不买电脑这笔钱就会让罗慧拿去搞什么化妆品，肯定是肉包子打狗有去无回,现在还落下个看得见的东西,也不算冤枉。这些话当然只能放在心里头,嘴上是说不出来的。

心头窝火,脸色自然就不太好看,倪锐接连二三和罗慧吵了几架。

首先是接送举举上幼儿园的事。按照以往的分工,每天早晨由倪锐将儿子送去上学,下午则由罗慧接回来。罗慧认为这个规矩必须改,因为这样会影响她的"工作",她说下午四五点钟正是业务高峰期,她脱不开身。罗慧提出和倪锐换班,也就是说儿子上午由她送,下午接的任务则交给倪锐。这就等于让倪锐必须每天提前一个小时下班。倪锐琢磨了半天才吞吞吐吐地答应下来,不料罗慧却颇不以为然地说:"你上班不就是混日子,那么认真做什么,你还想当工会主席啊!"倪锐一时被呛住了,过了半天才回过味来,反击道:"照你这么说我是想当工会主席才去上班的?我不上班家里吃什么用什么?"罗慧说:"你说那些有什么用,现在就这个实际情况,你看着办吧。"倪锐便不再吭声,这等于默认了罗慧提出的方案。

但首先破坏方案的却是罗慧。自从钻进化妆品直销的圈子,罗慧天天晚上都要出去"做",经常是夜里十一二点才能回家,第二天早上根本醒不来。倒是倪锐习惯了起大早,这样一来,举举的接送就由他一个人包了。尽管如此,倪锐并没有听见罗慧说半句抱歉的话。罗慧理所当然地过上了婚内"单身生活",她似乎遗忘了丈夫和儿子的存在。

倪锐终于被她的无动于衷激怒了,心头劈劈啪啪升起一股火焰,他期望这股火焰的热气足够熏醒妻子,而不用他大动肝火。他采取了迂回的方式,将儿子送到了爷爷奶奶家,他以为这样一来就会触动一个女人的心。当晚罗慧回来得比较早,很随便地问了一句:"儿子呢?"倪锐告诉她送爷爷那去了。罗慧表现很平淡,她说早就该这么做了,老两口在家里闲着也是闲着,有个孙子闹闹会开心点。倪锐冷不丁地冒出一句:"这下子你可省心了,彻底解脱了是不是?"罗慧用眼睛瞪着和衣躺在床上的丈夫,毫不示弱地说:"难道我说错啦,家家不都是这样。"倪锐侧过身子,扔给罗慧一个后背。

5

儿子一走家里就清静多了，空间似乎也大出来一块。罗慧便把客户一个二个地往家里带。罗慧认为，她的客户都是些成功的职业女性，层次比较高，带到家里来做她直销产品的试验，并不会降低她的身份。这样一来，家里就有了一点公共场所的味道，有时晚上六七点钟还有主动上门的客户。倪锐感到很不舒服。因此，每每有人来，他总是钻到卧室（半室已被罗慧重新占领）里摆弄他的电脑，他操作电脑的技术有了长足的进步。

这天情况有点特殊，好像是个重要的客户，罗慧下楼等了将近半小时，才把她接到家里。倪锐照例待在卧室里闷不吭声。那边忙到一半的时候，罗慧突然跑进卧室，脸上露出献媚的表情。她想让倪锐下楼去帮助买两块小毛巾，她说客人看她用旧毛巾给她捂脸有点皱眉头。这可是个有来头的客人，得罪不起。罗慧补充道。

倪锐只好按罗慧说的下楼到小超市里买了两块小毛巾。上楼的时候他想，我倒要看看今天来的是何方神圣，值得罗慧如此奉承。倪锐拿着小毛巾直接进了罗慧的工作室。那个女人躺在化妆床上，闭着眼睛，听见倪锐讲话的声音便睁开了眼睛，侧过头来打量倪锐。罗慧接过小毛巾，看了一眼客人，向她介绍道："这是我丈夫，倪锐。"

"倪锐？"女人惊讶地从床上抬起上身，坐了起来。

倪锐也认出了对方。

罗慧没有觉察到双方表情瞬间发生的变化，她还在向倪锐介绍对方："这位是南方集团的丁总……"

倪锐好像是受到了罗慧的启发，才叫出了对方的名字："丁海英。"

这下轮到罗慧张口结舌了，她想说："你们认识啊。"不知为什么没能够说出来。

那个丁海英哧溜下了床，对愣在一旁的罗慧笑道："啊呀，你丈夫可是我老同学呀。"又对倪锐说："一晃十六七年，没想到在这儿见到你，真是太巧啦！"

倪锐有点局促不安，咽了口唾沫，说："是巧，是巧。"他有退出屋子的意思，又不知道这样好不好，因此身体晃来晃去的。

罗慧见此状只好对倪锐说："我先给丁总做美容，你们过会儿再聊吧。"

倪锐连忙点头，说我先出去，不打搅你们。说着已经退出了房间。

倪锐隐约听见丁海英和罗慧在屋里叽里咕噜说些什么，两人不时发出笑声来。倪锐回到卧室如坐针毡。

大约过了半个小时，倪锐终于听到罗慧叫唤他的声音，他知道丁海英要走了，赶紧打起精神去送这位贵客同学。

经过美容的丁海英，脸蛋上透出一层鲜亮的光泽，像刚出炉的糕点，散发着诱人的清香。她用手轻轻扶住罗慧的肩头，意味深长地对倪锐说："啊呀，你真是讨了个能干的老婆，听说你们还是青梅竹马，真是让人羡慕呢。"

"哪里话，马马虎虎过日子呗，比不上你呀，早就听说你发达了……"倪锐支支吾吾地应酬对方，身体不自然地微微弯曲着。

罗慧忍不住插话道："日后还要依仗丁总多多关照，倪锐你说是不是，丁总手下可有上千号职工呢。"

倪锐的脸像是被老婆的话点着了似的，腾地一下热辣辣烫了起来，嘴里如同塞着两根萝卜一般咿咿呀呀说不清话。罗慧紧跟着又说了几句肉麻露骨的奉承话，引得丁海英眼睛里放出光来，倪锐却因为一时的惊慌失措而没能够听见。直到丁海英含笑问他："老同学，你看这样行不行啊？"才恍然大悟道："什么？你说什么行不行？"

罗慧假装不高兴的样子指责倪锐道："你看看，丁总说什么你都没听见，丁总答应先买二十套化妆品……"

丁海英说："先给集团的中层和各公司的经理发一套试试，以后有机会再说嘛。"

轻描淡写一句话，就花了七八千块钱，丁海英的财大气粗如同一根杠子压在倪锐背上,他的头不知不觉又低下了三分,脸上的火则蔓延到了心头。

丁海英刚想说点什么,坤包里的手机鸣叫起来,她侧过身子接电话,不紧不慢地嗯啊着,短促的一二句话,夹带着明显的官腔,说到后来她竟有些不耐烦,一个劲地"再说吧,再说吧"。挂了电话,丁海英的脸上重新浮上笑意,说了两句抱歉话,表示还要赶回单位处理事情。"你这两天去找一下集团办公室的徐主任,我关照他帮你把事情办掉。"丁海英丢给罗慧一句话,又和倪锐礼节性地握个手,才匆匆离去。

6

倪锐下岗了。

这是他始料未及却又无法抗拒的事实。他当时并不是无路可走,厂里还是给他留着一条路的,那就是下到一线去当操作工,不然就回去拿二百八十元。士可杀不可辱,宁可回去拿二百八,也决不下到一线去。关键是丢不起那份脸。再说:三十几岁的人,从头开始学技术,能行吗?倪锐头也不回地离开了工厂,他决定重谋一份职业,俗话说:活人总不会给尿憋死吧。

但是,跑了几趟劳务市场之后,倪锐心里不觉沉重起来,像他这样年龄超过三十五岁又没有专业技术的人,基本上被用人单位打入了另册。

挨了一个月,倪锐终于支撑不住了,将实情告诉了罗慧。罗慧愣住了,她没想到丈夫也成了没公职的人。愣了一会儿,她又笑了。倪锐不明白她笑的意思。罗慧说:"我正好缺一个帮手,现在你闲下来了,就替我送货吧,保证不会比你上班挣得少。"倪锐不吱声,心里想:与其送货跑腿,当个脚夫,还不如回厂里当工人呢。罗慧注意到他脸色不对,知道他心里那股子傲气还没泄尽,不免冷笑一声说:"那好,你就在家待着吧,一天做三顿饭,我养着你。"倪锐用眼睛斜睨着对方,鼻子发出"哼"的一声，算是报以回答。

日子一天天无滋无味地过着。倪锐和罗慧各忙各的，彼此间的言语越来越少，双方都觉得没什么可说的；即使偶尔行房事也是例行公事般地草草收场。

倪锐对现状很不满意，却又找不出事情的症结所在。他凭毅力戒掉抽了十多年的香烟，那阵子，他丢了魂似的满屋子乱转。突然某一天，咔嚓一声，网络吸引住了他，把他从焦躁不安中晕乎乎地带向了虚拟的广阔世界，他还没完全明白过来是怎么回事，已经不可自拔地陷进去了。

罗慧的化妆品生意渐渐有了起色，半年下来，已经还清了当初的借贷，成为代理商的条件趋于成熟。她觉得起飞的时刻愈来愈近了，她就要驾着梦想实现自己人生新的高度了。但就在这节骨眼上，罗慧突然遭遇到了一股强烈的旋风，起飞的梦想转眼就化成了泡影。

罗慧收到了区法院的传票。

法院告知她被诉非法从事美容业，并因此损坏他人容貌，要求她数日后到法庭接受庭审调查。这是她有生从来头一次遇到涉及法律问题的事情，她一下子就懵住了，失去了往日那股子锐气。她想来想去弄不懂那个叫秦玉的女孩，为什么不和她打个招呼就把她推向了被告席。她记得秦玉是主动找上门来的。当时她的面部出现了一些疹状的红色颗粒，她希望罗慧能帮助她消除症状。罗慧劝她最好到医院检查一下。她后来对罗慧说：医生让她去做一做皮肤护理，选择一种合适的化妆品，症状就会慢慢消失的，她还说用了罗慧推荐的化妆品，感觉很不错。她到罗慧家里来过几次，每次罗慧都替她做了美容，最后一次是在一个月前。她从罗慧手中买过两套化妆品，但从未对罗慧的美容有过异议，实际上罗慧替客户美容是不收费的，为的是推销化妆品。但即使是这样，如果损坏了别人的容貌，她也必须承担法律责任，这是再简单不过的道理。

罗慧想到了向律师求援。她的客户中有一位女律师，是个和蔼可亲的老大姐，离了婚，一个人带着读高中的儿子。罗慧翻了一阵，找到了她的名片。方欣，这个名字像一粒镇静片，让罗慧怦然慌乱的心头稍稍平稳下来。

罗慧拨通了方欣单位的电话，接电话的老头说方欣三天前出差去了湖北，办一个案子，今明两天就该回来了。罗慧想了想还是拨通了方欣的手机，她想确认一下方欣何时能够回来，她好在第一时间见到对方。

方欣正在返程的火车上，当晚10点25分到达目的地。罗慧一下子就雀跃起来。她在电话里只字未提案子，只是说有一件重要的事求方欣助一臂之力，"具体情况等到在火车站见面时再说"。

7

方欣提前介入了秦玉诉罗慧案的调查工作。方欣根据经验判断，如果秦玉愿意接受庭外调解，说明她的确是想保护个人的利益；反之，她的诉讼背后一定有猫腻，她是抓住了罗慧的弱点，企图搞臭罗慧的名声。

方欣的意思是，这桩案子极有可能是商业竞争中的伎俩，也就是说，秦玉和罗慧不过是两具木偶，暗地里叫劲的是两家化妆品公司。

方欣说："现在人家在暗处，你在明处，而且人家经过了周密策划，正等着你往圈套里钻呢。"

罗慧说："那我该怎么办呢？"

方欣说："逼她在庭外调解。你现在只能是花钱消灾，因为你手中没有掌握战胜对方的证据。"

罗慧深知上法庭的后果，一旦败诉媒体曝光，她辛辛苦苦创立的事业基础将会崩溃，那是用钱无法买回的东西。

方欣和秦玉的律师进行了接触，对方开出赔偿五万块钱的价格，明显是虚晃一枪，逼罗慧走上法庭。

方欣笑了。方欣说："我知道你们想上法庭解决，但这么做你就是拿自己的职业开玩笑。首先，秦玉能够拿出医院对她面部受损的诊断报告吗？其次，她和我的当事人相识刚刚两个月，如果我能找到人证明她两个月前面部就有红色斑点的话，你们的诉讼还能成立吗？"

对方律师有点迟疑地反驳道："不管怎么说：罗慧非法从事美容业是铁的事实。"

"对，她是没有取得营业资格，"方欣说："顶多是违反了工商行政法规，这和你们诉讼有多大关系呢？我看法庭不会支持你们的诉讼请求，如果庭外调解，可能会对你的当事人有利得多。"

"你的当事人愿意赔偿多少？"对方律师显然有了退却的念头。

"五千。"方欣的话明快简洁，"起诉费用由我方承担，如果你们愿意撤诉的话。"

对方律师说："我和当事人商量一下再给你回话。"

女人心里到底是藏不住话的。罗慧在家憋了一天没出门，倪锐就知道一定是出了什么事。

倪锐问她："怎么啦？有什么话你就说吧。"

罗慧止不住就落下了眼泪，一边说一边放声啼哭起来。

倪锐说："哭有什么用？我看这个生意没啥名堂，不做也罢。"

罗慧泪眼蒙眬大声尖叫："不用你管，我的事不用你管！我非做不可，我一定要做的，一定……"

倪锐不理睬她，独自坐在了电脑面前，眼下他正热衷在聊天室与一些身份不明的人侃他的生活哲理。

方欣对案情的分析判断击中了对方的要害部位，对方律师传过话来，同意庭外调解，但赔偿费不得低于一万块钱。初战告捷，方欣立即将消息转告给罗慧，她还十拿九稳地说："我看五千块钱拿下不是什么大问题，调解协议我都拟好了，你就别太担心这件事啦。"

罗慧长长舒出一口气，心里却有一种想呕吐却又吐不出东西的感觉。

在双方律师的安排下，罗慧与秦玉在一家茶社见了面。见面之前，方欣再三关照罗慧一定要冷静，千万要在心理上战胜对方，最好的办法就是少开口，发挥目光震慑作用。方欣说："今天你就是个演员，必须把自己掩藏起来，扮演好角色。"

谈判从一开始就陷入了僵局，双方为赔偿金额僵持不下。

秦玉指着脸对罗慧说："用了从你那儿买来的化妆品，我脸上的斑点不仅没有消掉，而且比原来更多了。"

罗慧说："我知道你的目的。"

秦玉说："什么目的？"

方欣的手在桌下轻轻捏了一下罗慧的大腿。

罗慧说："我做好了辞职不干的打算，你知道为什么吗？"

秦玉说："为什么？"

罗慧说："为的是集中精力打这场官司！"

对方律师见势不妙，赶紧打起了圆场，说今天大家都是有诚意调解才坐到一起来的，如果你们吵架，我们（他用手指了一下方欣）只好暂时避让了。说着他站起来要走。秦玉也坐不住了，说："你真要走啊。"律师一把拉住秦玉坐到了另一张桌上，同时向方欣微微点个头，表示要和当事人单独商议。

那边谈了足足有十五分钟的话，律师终于抬起头向方欣笑了一下。方欣于是小声对罗慧说："差不多了。"

对方律师重新回到这边，伸出手来对方欣说："我的当事人同意达成协议。"方欣和对方握了握手，报以淡淡一笑，说："谢谢你的合作。"又说："既然这样，干脆把协议签了吧。"

这桩不明不白的事儿，就这么稀里糊涂地过去了。

8

倪锐在网上结交了两个网友。一个是自称"雪山松"的北方小伙，另一个是自称"红袖添香"的南方女孩，倪锐则成了"江南新锐"。三个人经常对生活发表各自的看法。倪锐从交谈中分析出两个网友的年龄不会超过二十五岁，"红袖添香"大概也就二十刚出头。

在谈到爱情和婚姻问题时，三个人的观点产生了分歧。

"雪山松"认为，爱情是对平凡生活的发掘，不是从天而降，而是从心底慢慢抚育滋生出来的。他说他可以用自己的亲身经历来证明这个观点。他说：他和他的女朋友五年前同时应聘到一个单位工作，起初他们对对方的印象很一般，两人在性格上有很大差异，一个内向一个外向，根本谈不到一起去。"雪中松"承认自己是个不善言辞的人，同时也夸耀自己内心世界是丰富的，并不缺少激情。而他的女朋友呢，是个大大咧咧的女孩，工作上经常出现一些不大不小的纰漏，实际上，他想做好分内的事就必须纠正她的失误，因为他们的工作协作性很强。"雪中松"说：帮助她开展工作逐渐就成了一种习惯，丝毫没有感情色彩。但是，后来发生的一件事改变了两个人的关系。

"雪中松"说：人难免是会犯错误的，越是细致的人越容易犯大错误。那一次问题出在他的身上，给单位造成了不小的损失。当时他正处在提拔重用的节骨眼上，眼看功亏一篑，于是产生了远走他乡的念头。他的女朋友二话没说：为他承担了责任……"雪中松"说：她被炒鱿鱼之后还反过来安慰他，说是她早就不想在这儿干了，这样走，算是没白走。他们于是相爱了。

"红袖添香"取笑"雪中松"的爱情太陈旧了，一点也不动人，她期盼闪电一样的爱情，她愿意为爱粉身碎骨。她说她正在勇敢地爱着一个已婚男人，尽管那个男人仍在犹豫，她却是做好了全部付出的准备。

"红袖添香"恬不知耻地说：她现在就像个炸药包，那个男人碰一碰她就会炸起来。她说她才不在乎别人说什么呢，门一关上什么也听不见，再不行干脆换一个城市生活，有什么了不起的。只要能够跟自己喜欢的人在一起……她还说：她现在每天至少给那个男人发三份邮件，她觉得自己生活得很充实。

"雪中松"指出"红袖添香"的行为很危险，他用"玩火"来形容对方的举止，说难道前车之鉴还少吗？最终是落花流水，伤人伤己啊。"雪中松"一副痛心疾首的模样。

于是两个人东一句西一句地争执起来，互不相让，谁也不甘示弱。吵了一阵之后，两个人都来找"一言不发"的"江南新锐""评理"。

倪锐说他们的观点他一个都不赞同，他有自己的看法。

倪锐认为爱情是一场梦，美好得一塌糊涂，所以容易让人上当，什么追求啊渴望啊要死要活啊，都是让梦给闹的。倪锐说：人们企图照着梦的格式建造婚姻，希望婚姻像梦一样如诗如画，呸，那可真是痴人说梦呢。

倪锐进一步解释道，他这么说并不是想亵渎爱情和婚姻，事实就是这样，但是反过来说人们又离不开梦，缺少了梦想，人生才真正变得虚幻而不真实了。人就是在这样的悖论中活得有滋有味。

"雪中松"和"红袖添香"被"江南新锐"的高论弄得一愣一愣地，异口同声问他是不是个离婚男人。

倪锐神秘一笑说：天机不可泄露啊！

"红袖添香"忍不住插嘴道，听说"天下一家"网站刚刚开办了一个情感故事专栏，"江南新锐"何不去一展身手呢？随即留给他一个网址……

9

倪锐在再就业信息网站上读到了一则招聘启事：本市保安总公司招聘员工，年龄放宽至四十岁，优先聘用下岗职工。

倪锐立即打印了一份履历，他相信自己就要开始新的生活了。

保安公司负责招聘的工作人员，用怀疑的目光打量着倪锐，问他知不知道保安公司的工作性质。

倪锐说不太清楚。

那人说："就是给雇请的单位站门岗。"

倪锐说："这个我知道，我们单位原来还雇过保安呢。"

那人说："你是铝合金厂工会的怎么会下岗呢？"

倪锐说："厂子给他们拖垮了呗，让我下到一线去，我没干。"

那人说："你为什么不干呢？"

倪锐说:"我又没犯错误,犯错误的是领导,为什么要我下到一线去。我赌一口气,硬是没肯去。"

那人说:"干保安很辛苦的,八个小时硬碰硬,有时候人手不够还要加班加点。"

倪锐说:"在家闲着也不是事,辛苦就辛苦一点吧。"

那人就拿了一张表格给倪锐填,告诉他公司会在十天以内给他答复。

倪锐不打算再上网了。他觉得自己必须回到现实中来,必须面对自己的软弱。逃避是行不通的。他甚至羡慕起妻子罗慧的敢作敢为,尽管他不赞同她的很多做法,讨厌她身上世俗的气息,但仍然敬佩她直面现实的勇气。倪锐觉得这和他们的婚姻无关,只是他对人的一点认识罢了。

当倪锐终于对罗慧说了一声"谢谢"的时候,他知道他们的婚姻走到了尽头。不知道为什么,这种感觉十分强烈,他相信罗慧也一定觉察到了这一点。但罗慧似乎并没有太大的反应,抬头用古怪的目光扫了一眼倪锐,当时她正在用计算器算账。倪锐没头脑的一句话,仿佛养鱼缸里翻出一个气泡似的,一切依然如旧。

倪锐终于接到了保安总公司打来的电话,通知他第二天去报到。他想打听一下公司对他的安排,对方并没有搭理他,而是挂了电话。

下岗的时候还是夏天,转眼已经进入冬天了。江南的冬天阴冷潮湿,有一股子说不出滋味的逼人的寒气直钻肺腑,让人没有兴趣离开家半步。工作有了定数,倪锐的手又有点痒痒了,他想上网看看,但很快就打消了这个念头,他责备自己毫无克制能力,既然做出了决定,就必须不折不扣地执行。当然,如果工作问题解决得很顺利的话,偶尔突破一下也是可以考虑的。倪锐觉得做任何事都不能太绝对化,只有能够变通的原则才是好的原则。比如说:原则上现在应该躺到温暖的床上去,但是不一定马上入睡,展开一下想象并不违反原则。

倪锐被保安总公司服务公司聘用了。经过十五天的岗前培训,元旦前,他将在市第一人民医院上岗执勤。他觉得公司对他的安排算是比较照顾的，至少没有派他到偏远的开发区外资企业去上岗。第一人民医院地处闹市区，不仅上下班方便，而且上班时也挺热闹，果真有事找个医生护士的，也算得上近水楼台。因此，倪锐二话没说：高兴地接受了公司做出的安排。

保安公司的训练实行的是半军事化，从当地部队请来个班长调教十几个保安员，开始二天训练列队和齐步走还凑合，后来几天训练匍匐前进和简易格斗真是要了倪锐的命。倪锐是这拨人当中年龄最大的一个，好歹在大企业里当过几天干部，公司里就让他做了这拨人的小头头。这样一来，他就有了压力，至少是要以身作则认真上好训练课，其他学员偷懒他还要督促。一天劳累下来，到家倒头便呼呼大睡。

罗慧知道他被保安总公司录用，对他的兴奋劲儿很不理解。罗慧的意思是，你辛辛苦苦站一个月才挣四五百块钱，还抵不上我卖两套高档化妆品呢，你干吗非要死脑筋钻死胡同不可呢？

倪锐说："人各有志，推销化妆品不是我这种人干的活，收入再高我也没福分享受。我宁可干苦差事，我心里踏实呀。"

半个月转眼就过去了。训练结束后公司还安排了二天理论学习课，着重于学员的道德品行教育。这个对于倪锐来说好比小菜一碟，照他的意思，他完全有资格站到讲台上，而不是坐在下面当学员。不过，这正是休息放松难得的机会。二天之后，也就是新年元旦，他就要上岗。

10

罗慧万万没想到倪锐会到第一人民医院去站门岗，这个打击对她来讲实在太大了。

阳历年除夕，夫妻两人为这件事一直争执到新年钟声敲响，也没得出个结论来。

罗慧最终拿出了"离婚"的杀手锏。倪锐的回应是"离就离"，他早就有了心理准备。

罗慧说:"第一人民医院是什么地方啊,我好不容易在那里占领了一块市场,好些医生、护士到我们家来过,你知不知道?明天你往门岗上一站,你叫我怎么去做生意啊!你不把我的脸丢尽了吗?我宁可你到乡镇企业去站岗,或者到马路上帮助交警维持秩序,我就是不同意你站在人民医院门口……"

倪锐也来了劲,好像和罗慧的争吵是上岗前的最后一课似的,他说:"我在第一人民医院站岗光明正大,凭劳动吃饭,有什么见不得人的,难道我当保安就比那些医生护士低一等吗?我又不用求人,只要按制度执勤,谁都得尊重我,不是吗?"

"尊重你?"罗慧气得脸色发白,一口气喝下大半杯白开水,"你不就像是人家雇的一条狗……"

啪!倪锐几乎是条件反射地扬起了手,重重地扇在了罗慧脸上。

罗慧瞪圆了眼睛愣在那好一会儿,一只手捂在火辣辣的面颊上,两串泪珠止不住哗然流淌……

倪锐呆呆地看着罗慧收拾衣服,呆呆地看着罗慧走出家门,他头痛得厉害,像要炸裂一般地痛,钻心刺骨。他忽然间想到了儿子举举,今年夏天儿子就要上小学了,儿子会不会也瞧不起他这个无用的爸爸呢?换句话说:如果是儿子阻止他去当保安站门岗,他会怎么办呢?想到这个,他自己的眼眶也不禁热乎起来。他浑身疲乏地倒在了床上。

倪锐打算先在第一人民医院站一阵门岗,待到适当时机再和公司提出换岗请求,他想如果他主动要求到偏远的单位上岗,公司是不会不同意的。

这不过是安慰自己罢了。当一周后看到压在电脑桌上的离婚协议书时,倪锐这样想。他还想道,一切真的要过去了,像潮水一样不可阻挡,和来时没有什么两样。

倪锐答应了罗慧的离婚协议,一字没有改动就签了字。但他也有一个要求,就是把离婚的日期放在他们邂逅的那一天。他要永远记住那一天。

那一天,他是穿着保安制服去区民政局的(当然没戴帽子,那样太滑稽了),他希望在分手的一刻能获得罗慧的尊重,他是这么想的,而且把这个想法告诉了罗慧。

倪锐说:"保安是一份不错的工作,真的。"

罗慧点点头。

倪锐说:"我会干出点样子来的。"

罗慧还是点点头。

倪锐说:"我不会给儿子丢脸的。"

罗慧看了他一眼,动了动嘴唇,还是没说出话来。

11

现在,倪锐重新坐在了电脑面前,他看完相册里的每一幅照片后,决定上一次网。

倪锐想起了"红袖添香"留给他的"天下一家"网址,他想他应该将自己理解的生活写成一段故事贴到网上去。

倪锐觉得不管遇到什么情况,人应该不断给自己的生活赋予新的意义,因此从中寻找到属于自己的快乐,永远地赋予与永远地寻找,会让一个人充满了活力、不畏艰难,也会让一个人学会遗忘与追溯。

在倪锐看来,坐在电脑前和站在人民医院门口的他,原本并不是同一个人,而是被分割开的、有所区别的两个自我:一个是虚幻的,一个是真实的。现在,这两个人跌跌撞撞地拥抱在了一起,合而为一了。

四月灿烂的天空,映照在保安员倪锐的眼睛里,他比自己想象的还要勤奋地工作着,搀扶老人和小孩上下台阶,帮助急救病人疏通道路,招呼医护人员收信取报,他还主动到门前的车棚去整理扎堆的自行车。

总之,倪锐心里明白,他所做的一切并不能用"乐于助人"来解释,他只是觉得自己突然间充满了欲望,他期待着通过行动来改变自己,重塑自己。

倪锐在《夫子视野》里读到一段这样的文字:

小时候把一次吃上三十个包子当做人生理想时，我很幸福；当月收入五千元之后，我仍然感觉不到快乐。当事业、爱情、家庭、金钱什么都不缺的时候，人们经常还缺一样东西——饥饿感。保有底线的欲望是幸福的。

保有底线的欲望——正是他倪锐眼下的真实写照。

倪锐变成了一个充满激情的人。他就像一只时刻待命下水的饱满的皮筏，面对湍急的生活之流，跃跃欲试。

当然，倪锐也怀疑过自己的状态，是不是过于夸张，而显得外强中干，徒有其表；或者压根儿就是一种虚张声势，欲盖弥彰的假象。很快他就否认了这一点。他从自己正视每一个（包括他似曾相识的医生护士们）进出医院门口的人的目光中找到了答案。

倪锐开始了新的生活。

倪锐对新的生活充满了欲望。

倪锐试图将满溢的欲望通过某种渠道释放出来，他再一次选择了网络。他希望用虚构的方式，讲述一个故事，说白了，他是想编一个能够展现自己未来生活的故事。倪锐在打开电脑，敲击键盘的时候，并不知道这会是怎样的一个故事，他相信一个活生生的人，会自己主动走出来，而不需要他苦思冥想地捏造。

这个叫 N 的人在倪锐手下迟疑了两三天，果真活灵活现地诞生了。倪锐欣赏着他，觉得他比照片上的自己生动，比镜子里的自己有趣。这是个真正全新的倪锐，比倪锐还要真实的倪锐。倪锐立刻将这个故事贴在了"天下一家"网站上。如今，故事中的 N 正在与生活中的倪锐对视着。

12

一觉醒来，恍若隔世。N 一骨碌从床上爬起来，看一眼床头柜上的闹钟，哦，已经快九点了，怎么连闹钟的响铃都没听见，这一觉睡得真香啊。

每天清晨的第一件事是把手机打开。N想，今天比以往迟了一个半小时，这期间不知有多少个电话吃了闭门羹，头大概要被他们骂臭了吧。

这可不能怨我，N自言自语道，谁叫你们非要灌我酒呢？

于是，昨天晚上闹酒的一幕又重现在N眼前。

N是昨晚庆功宴席上的重要角色。用那个白白胖胖的总经理的话来说：N和另外一名销售员是公司的功臣。他们两人的销售额超过了公司总销售额的一半，其他六名销售员相比之下当然就要逊色多了。

另外一名和N旗鼓相当名叫周健的销售员显得很兴奋。公司的员工都知道，他正在追求出纳会计童倩，今天晚上理所当然是他出风头的大好时机。

酒过三巡总经理下达指令：每人再单独各敬两位功臣一杯酒。

两桌酒席设在一个大包厢里，N和周健分坐在总经理的两侧。两人似乎都不善饮，还没到高潮，已是脸红耳热，颇有几分哼哈二将的味道。

过来给总经理敬酒的人，因为总经理不肯端杯子而无法走开。总经理向他们摆动着肉乎乎的两只手说："你们没听见嘛，还不快敬两位功臣。"

轮到童倩过来敬酒，却是绕过周健身旁，站在了N面前。周健的脸比先前更红了，涨得厉害。N也觉得不太自在，他晃悠悠地站起来，打了个酒嗝，结结巴巴地说道："谢、谢谢童小小小姐，往后多关关关照……"童倩显然一直没沾酒，还没开口，眼睛就在说话了。N当然知道她眼睛里藏着些什么话，N就笑了，有点弱智地比划着一只手说："童小姐，今今今天真真真漂亮啊。"

童倩还是没说话，一仰头干了杯中酒，然后向张着嘴巴望着她的N挤了挤眼睛说："我托你的事别一喝酒就忘喽。"

N心头一热，差点没说漏嘴。

童倩喝完酒就打算回到另一张桌子上去，被总经理叫住了。总经理向她瞪着眼睛，嘴向周健坐的方向努了努，示意她过去。童倩只好像谢幕的演员似的重返桌边，自己拿起一瓶葡萄酒往小杯里斟酒。

总经理说："你怎么倒红酒，不行不行，一定来白的来白的，不许作弊噢。"

童倩左右为难地说："老总，我真是……你让我随便点好不好，求你了。"

N跟着插了一句说："小童的确不会喝酒。"

"她不会喝，你替她喝。"总经理原本是想堵N的话，却不想点燃了一桌人的情绪。大伙一起"欧"地起哄，嚷着要N罚酒。

N坐在那儿双手抱拳，向大伙表示谢罪，嘴里不停地嘟噜着："不行了不行了，真的不行了。"

"什么不行了？"总经理说："小童你听着，我多次关照你们，在酒桌上，男的不能说'不行'，女的不能说'随便'。你看，今天你们两个都说了，怎么办？"

"欧——"大伙起哄更来劲了，吵吵嚷嚷地叫喊道："哪里不行了？怎样叫随便？"

大伙似乎忘了童倩敬周健这码事，一致要求N和童倩自罚一杯，有好事者立马倒了两杯白酒。

众人仍在喜笑颜开，前仰后合之际，N以迅雷不及掩耳之势，左右开弓，两小杯白酒转眼间已经下了肚。童倩前去夺酒杯的手僵在半空中，她轻声说了一句只有自己能听见的话："真是要死啦。"

N像真的死过去一般趴在桌子上，任凭别人再唤他，自是一动不动。

N是被公司里的同事抬上出租车送回去的。童倩认为N醉倒她负有一定责任，因此坚持挤上了出租车。N家里窗明几净，面积虽小，却安排得井井有条，不像是离婚单身男子的住所。童倩利用其他人安顿N的片刻空隙，扫视了一遍这个她试图进入的空间，她确信自己对N的判断是准确的。N就是她想象中的富有情趣而又勇于进取的男人；同时，N的成熟还使他的内敛恰如其分地显示出一个男人的修养与沉着。

这一点真是难能可贵啊！好多优秀的男人，通常会不知不觉流露出，以自我为中心的毛病，无视女性情感上的细微变化，而使他们形象大打折扣。

童倩坚定了内心的选择。

13

N 当然没有忘记童倩"托他的事"，他打算上班路上顺道去一下音像制品专卖店。反正今天是迟到了，干脆替她把那盘《云上的日子》一起捎过去。N 想。

云上的日子？这真是个不错的片名，让人想入非非、飘飘欲仙，那谁又是云中仙子呢？是她童倩？果真那样的话，我更加要退避三舍了，云上的日子是不会属于我这样的人了。N 继续想着，一脚跨进店门。

店主是他哥们，前两年倒腾盗版 VCD 挣了不少钱，这两年风声紧了，只能偷偷着做，不见熟人，在他这儿根本拿不到盗版。N 一进门，店主就嚷嚷开了：

"你小子人影都没了，是不是又泡上哪个良家少女，偷着乐呢？提前打个招呼，别在路上撞个跟头我还不认得。我这门可是天天敞着，欢迎光临哪。"

N 说："没那福分，自顾不暇，何必自寻烦恼呢。"

店主说："不扯那个了，弄盘顶级的看看？"

N 说："我想要《云上的日子》，给我弄一盘。"

店主说："你行啊，小火炖着，玩味道呀。这片子可是真功夫，人那叫艺术。"

N 不耐烦了，说："到底有没有哇？"

店主说："谁能没有，也不能没有你的呀。"说着低下身子到柜台下面摸索起来。

N 拿了影碟，看一眼，说了一声"谢谢了"，急转身子就要走。

店主冲他喊道:"过天来喝酒!"

时至年末,大伙都忙着做今年的小结,同时制订明年的工作计划。N一进门,立刻吸引了众人的目光,气氛又回到了昨晚的状态。有人上来拍他的肩膀,有人学着总经理的腔调叫唤他,还有人跟在后面起哄说:"昨天晚上舍身救美,一醉方休啊……"

总经理不在公司,大伙自然就放开来乐了,唯有周健在一旁看一份报纸,目光在报纸上端露了一下,又缩回去。

童倩过来骂了一句刚刚说笑的同事,说:"你们一个个见死不救,还有脸取笑别人。"

"救不动,没那本事哇。"有人笑道。

童倩走道N面前,眼睛闪着异样的光芒,口头却淡淡地道:"你没事吧,昨晚真吓死人了。"

"没事没事,"N敷衍道,眼睛却不敢正视童倩,身边毕竟有七八双眼睛盯着他们呢。

"上午给你打了好几个电话,你没开机,我以为你今天不会来了……"童倩说。

N终于给了童倩一个柔和的眼神,意思是让她放心,他一切好着呢。然后故意大声说:"下次哪个让我逮着,我可饶不了他,非灌他个半死不活。"大伙就跟着一起哈哈大笑。

这时候总经理走进屋里,见大家一个个乐呵呵地,白白胖胖的脸上也露出了喜色。他左右望了望,说:"人差不多都在,我讲一个事啊,我刚刚听说:工商局刚批了两家化妆品销售公司的照,也就是说:明年咱们又多了两个竞争对手,大家要加把油啊!谁有什么想法可以敞开来谈谈,这可直接关系到每个人的利益,也关系到公司发展大计……"

周健的声音率先响起。他说:"我看首先要给他们来个下马威,不能让他们发展起来。"

"你说说看。"总经理说。

"给他们制造点麻烦,让他们代理的品牌在这个城市站不住脚。"周健的语气冷冷地。

大伙都愣住了，猜测着他话中的含义，一时找不到恰当的话说出口。

总经理望了周健一眼，对大伙说："你们先讨论着。"旋即低声对周健说了声"你跟我到办公室来。"

"这小子馊主意不少，"有人望着跟在总经理身后走开的周健背影说："今后可要防着点。"

大伙各自散开。N随童倩进了会计室，从口袋里掏出影碟放在她办公桌上，一句话没说转身就走。童倩叫他一声，N回过身来，用食指压在嘴唇上，示意对方不要出声。N还是没说话。

童倩也采取了无言的方式。半小时之后，她将一张纸条塞到N面前：晚上到你那里看这部片子，我想听你谈谈对片子的看法。好吗？

N不由叹一口气，不知该如何处理这件事，他知道自己无法抗拒正在逼近的现实。现实是多么的有力啊！在它面前人的意志和信念会变得无比脆弱、不堪一击。

N怀着惶惑的心情悄然面对现实，等待命运作出安排。

14

倪锐在写到这里的时候，一度陷入了虚幻之中。他奇怪地发现，N身边的童倩就是他当年邂逅罗慧时的模样。

这是一个无法解释的现象。难道生活就是无休止的重复吗？或者是对以往缺憾的补偿，永无止境的补偿吗？

"不！"倪锐阻止了这个念头，他相信生活每天都是崭新的，不过是某些不切合实际的愿望在作怪罢了。

至于N是否能和童倩走到一起，那是他自己的事。倪锐想，我必须寻找属于自己的生活，我就是一个保安员，一个不算太老的离婚男人。

于是，倪锐给他所有能够记起来的新老朋友打电话，向他们展示保安员倪锐的近况，并且希望有空"经常走动走动，"不要被空洞的占有欲绊住脚。他还给罗慧打过两次电话，建议她不妨试试网上销售，如果她不会操作的话，他可以帮助她做。罗慧不明白他的意思，问他是不是有什么话想说。倪锐说没有。

没有人理会倪锐所说的话，人们都猜测是否因为离婚他的脑子出了毛病。倪锐想：一个人想要被别人认为有毛病，并不是件轻而易举的事，这就好比一个大多数人都认为荒谬的观点，自己却要去坚持一样。

保安员倪锐觉得根本没有必要解释自己的行为，每日堂堂正正地站在人民医院的大门口，已经是最好的说明；太阳明晃晃地照在身上，就是最好的感觉。剩下的时间，他要看看N都做了些什么，这才是他的答案。

儿子举举每周和倪锐在一起生活两天，他喜欢上了爸爸穿着保安制服的工作照，坚持要和爸爸去站一天岗，他说电视上的保安员都是愚蠢的倒霉鬼，他要给这帮笨蛋做一个榜样。倪锐就在休息天带着儿子去看了他上岗的地方，和他倒班的小伙子正在传达室里无精打采地打盹。儿子惊奇地嚷道："这个人真的和电视上的保安员一模一样！"

倪锐想纠正儿子的观点，但考虑了半天也没找着恰当的比喻，只好带着儿子悻悻地去游乐场玩耍。

15

N默许了童倩提出的要求，他不想把事情弄糟，他想让童倩按照他的思路，由浅及深，由近及远，成为一个与他倾心相知的红颜知己。

童倩显然有着她自己的想法，这可以从她进屋后变戏法似的，取出一瓶红葡萄酒这个举止看出端倪，她是有备而来的。N立即有些紧张（并不是针对酒），表示自己无法承受酒力，"咱们还是一起看看影碟吧。"

"影碟？"童倩一脸茫然，"哎呀，我忘带了。"

N说："不会吧，你那么想看，还会忘了，你是不是拿我开涮？"

童倩眨了眨眼睛，说："我还没学会呢，等我学会了一定不客气，好好的涮你一把。"

N被她逗乐了。

那就不看影碟吧。这一代人不喜欢中介物，对他们关注的事物常常是单刀直入，刺刀见红。N想，看来我要调整一下思路，才不至于被对方将住。

N说："咱俩喝酒，你不能再躲躲藏藏地吧，我喝多少你也要喝多少，行不行？"

童倩："行！怎么不行啊，顶多是……"

N说："顶多是什么——？"

"鱼死网破！"

"哈，你这条鱼死了，不代表我这个网会破呀。"N故意露出阴险的坏笑。

"怎么样，死了你能把我怎么样？"童倩毫不示弱，那架势像是要上来揪住对方。

"咔嚓！"N做了个恶狼扑食的姿势。

"咔嚓？"

"把你给办了。"N的脸有点抽搐。

"你直说吧，你要怎么样，看看我能不能承受得住。"童倩一本正经地说。

"这个，这个怎么说：和你开玩笑。"

"我知道你有贼心没贼胆。来来来，还是先喝酒。"童倩边说边忙着开酒瓶盖。

N说："我是为你好，以后你会知道的。"

"你给我上德育课？是不是还要畅谈人生的理想与情操啊？"童倩不屑一顾地转动着眼珠。酒瓶在她胸口转来转去的，她打不开盖。

"我来吧。"N伸手去拿酒瓶，手背无意中碰到了对方高耸的胸脯，像被开水烫了似的倏然缩回。

童倩的脸上微微泛红。

N把话题转移到了工作上。他想这样他就可以尽情地释放自己的激情了，或许还能感染童倩，让酒精产生的能量有个挥发的空间。

童倩对他的谈论表现很冷淡，后来干脆打断了他的话头，说："你不用跟我说这些，我不爱听，公司里的破事儿有什么好说的。"

N愣住了，没想到童倩是这个态度，他想劝两句，忽然想到了周健。N问："你是不是在公司里做得不愉快？"

童倩点点头，说："我正考虑换个单位上班呢，没意思透了。"

N迟疑了片刻，说："因为周健？"

"因为你！"

"我？我怎么啦！"

"你自己心中明白。"绕了一圈，话题又回到两人之间。

"我能怎么样呢？你又不是不明白我的处境，我自由自在，求个清静。"N说。

"你倒是清静了，我怎么办？"童倩啪的一下将玻璃茶杯磴在桌上，酒溢杯而出。

"你不是挺能的，连个周健也对付不了吗？"N语气低沉。

"周健算个屁，还有暗底下的……"

"老肥！"N轻轻叫出总经理的绰号。

童倩没吱声，斜眼扫一下N，一口气喝下大半杯酒。

"我怎么一点也没看出来。"N自言自语，用手支着低垂的额头。

"你只关心自己、关心你的业务，现在你已经做到了第一，我不能再等了，你必须得给我句实话。"童倩的话像一块硬邦邦的石头砸在N胸口。

N还是被将住了。

N说："你不干了，到哪去呢？"

"没想好呢，没处去就在家待着。"

说话间童倩已经喝下去两茶杯酒，又要倒，被N制止了。童倩从N手中夺过酒瓶，杯子却被N拿走了。童倩直接对着瓶口喝了一大口，说："你怕什么？又没让你喝，我的事我心里有数。"

"你不要无理取闹。"N说。

"好啊，你确实害怕啦，害怕就好，你就肯说实话啦。"咕咚咕咚童倩又喝下两大口。

"你这样太不像话了。"N忍不住又去夺酒瓶。酒瓶里的酒已所剩不多。

童倩死死抱住酒瓶不松手，两个人于是缠在了一起。童倩先是发出咯咯的笑声，声音稍稍跳了一下，已经变成了呜咽，进而发出响亮的哭泣。

酒瓶到了N手中。N觉得已经毫无意义了，他想把酒瓶还给童倩，后者却扭动着身体不肯接手。

N说："我说你醉了吧。"说着从桌上拆开一包餐巾纸递给童倩，童倩自顾哭着，并不理他。

N无奈，只好替她擦眼泪鼻涕。童倩顺便侧身倚在N肩头继续哭泣，嘴里含糊不清地说着："不用你管不用你管……"

16

N和童倩之间一直好好坏坏，就像两个斗气的小孩似的，既走不到一起，又无法彻底分开。说到底，N还是不忍心放弃童倩，但他的激情似乎只有在独自一个人时才会澎湃汹涌，更多的是在早晨一觉醒来——他相信这时，如果童倩在身旁，他一定会毫不犹豫地拥她入怀，彻底放逐自我。

到了公司，气氛显然就不对劲了。最明显的是，公司里的职工偶尔看到N和童倩在一起，立即就自动走开了，有时还背着他俩嘀嘀咕咕地说些什么。这一切令N十分恼火，却又无处发泄。

惹不起，还躲不起嘛。N借口外出跑业务，每天到公司点个卯就没了人影。没事在街上闲逛，N想起了音像商店，一口气借回来二三十部片子，然后将自己锁在家里消磨时光。

这样的日子其实并不好过。它几乎瓦解了N的意志，使他成为一个慵懒邋遢的人。开春以来，N的业绩一路下滑，他已经从总经理油光发亮的额头上看到了隆起的眉头，还看到了周健狡诈、冷笑的嘴角。N奇怪自己竟能镇静地面对他们，好像自己有错在先，有欠于他们似的，这是一种微妙而复杂的心态，甚至夹杂着一丝阴暗。N想到了"较量"这个词，也就找到了混日子的最好借口。

N觉得结果就在不远的地方，就在明天，或者干脆就在一小时以后，嘭的一声，一切就会过去了。所有人只是在一瞬间被震动了一下，很快就习以为常了。这年头已经没有天大的事了，谁都像个沉着老练的双面间谍，平静地接受消化着千奇百怪的"信息"。

结果真的出现时，N在家里给童倩打了个电话。N说："我不打算在公司干了，我决定辞职。"童倩被N的话弄糊涂了，有点结巴，其实她只是想问N是不是出了什么事？为什么会突然辞职？N说："就是有点累，想好好休息一阵。"童倩支吾着，表示她连累了N，心里很难受，"这件事太突然了"，她不知道该如何面对。N说："这有什么不好面对的，我辞了职，我们一样可以做朋友的。"话一出口，连N都觉得对方一定听出了他的弦外之音。

童倩果然愣住了，只说了一句"我知道"。

N并没有能够等到童倩来敲他的门，失望的情绪在他心头悄悄燃烧着，令他焦躁不安。他强令自己不再给童倩打电话，免得把事情弄得一团糟。

白白胖胖的总经理，似乎早已洞察了N的心理，因此当他接过N的辞呈时，脸上露出的是经过伪装的惊讶，他用"是不是有高就啦"之类的话掩饰自己的表情，肥硕的手指却在办公桌上悠闲地嘀嘀嗒嗒。"今天晚上我请你吃饭，算是欢送吧。"总经理边说边站起来，有点恕不奉陪的意思。N表示今晚已经有约，无法脱身，给了对方一个小小的反弹。总经理大度地挥挥手，表现出对N的小伎俩十拿九稳。"你到会计室把账结算一下，该你的钱别忘了拿。"总经理胖胖的脸笑得很舒展。

踏进会计室的门，N感到一种异样。童倩正在眉飞色舞地和主办会计谈论着什么事，一见他进来，脸上的表情便急骤往回收，有点跟跟跄跄的味道。

N 说："我来结一下账。"

童倩的目光迅速在 N 的脸上扫了一下，说："你等一下。"她绕过 N 出了办公室。

N 听见童倩和总经理在外面叽里咕噜说着话，像昏暗的灯火一样闪闪灭灭，他的心头忽然亮了一下，他终于领悟到了事情的本来面目。啊，应该是这样的，就是这样的，我怎么会产生那些愚蠢的念头呢！N 没等童倩回到办公室，便抽身退了出来，像风一样旋即离开了公司。在 N 身后，有一阵尖锐的笑声追逐着，跳跃着，缠绕在 N 耳后根。N 摇了摇头粗鲁地骂了一句，将地下一只空易拉罐踢得飞起来。

童倩那天晚上泪水盈盈的样子，不时地在 N 眼前晃动。他记得自己的嘴唇在她的面颊上半部分游弋了很长一段时间，如果不是他嗓子突然发痒，咳嗽像潮水一般袭来的话，事情的结果会是怎样呢？是咳嗽改变了他们的关系。这是个多么荒唐的结论啊！然而，这却是最恰当的，因为 N 无论如何也设想不出比它更合理的理由。

17

三个月后，N 踏上了新的工作岗位。N 成了一名保安员。

N 现在站在大街上协助交警维持交通秩序。保安员的服饰是仿效公安制服制作的，但是款式和面料明显地差两个档次，因此，保安员在制止闯红灯的自行车时，嗓音远没有交警洪亮；碰到违章驾驶的汽车，他们光是凭手势根本解决不了问题，必须吹着哨子一路小跑过去，才足以让犹犹豫豫的汽车在十米开外停下来。

N 是下了工夫训练手势的，而且还戴了白手套，但他的表情却是松软的，没有骨子，再标准的手势也就成了一堆零乱的动作。

做保安员是要守规矩的，既要维护交通法规的严肃性，又不可以和违规驾乘人员争吵，这就等于既要马儿跑又要马儿不吃草。这就是制度，只能理解，没得商量。在这种情况下，根本不存在什么度量问题，即使度量大到没有了边，你也会受一肚子气。N索性就忘了度量，认死理，这总行了吧，谁和认死理的人计较呢。

当然，认死理的前提是别碰上无赖。N正好碰上了一个无赖。在无赖的逻辑里，N就是个"有病"的人。无赖对于"有病"的人是毫不客气的，是要送去三拳两脚的，送完就逃，方能充分显示出无赖的水准。

N的脸上挂了彩，肩头留下了无赖的一对齿痕。保安大队长就让他暂时从岗位上撤下来。N不答应。他的理由是，脸上贴一块膏药并不妨碍上岗，他不需要任何照顾。大队长的脸有点挂不住，他告诉N，这个决定并不是对他的照顾，而是出于对保安公司形象的考虑。大队长认为，脸上打着补丁的人去执行法规，是一件很滑稽的事。他还打了个比方，说烈士的追悼会上为什么不用烈士惨死的照片，而用那些看起来英姿勃发的照片呢，这里有一个形象的问题，他代表的是烈士这个光荣的称号，不仅仅是他自己。说到这里，大队长咧开嘴笑了一下，显然他为自己的比方很得意，得意之下，他的巴掌就重重地落在了N的肩头。

N"哇"地大叫了一声，仿佛是肩头那对齿痕发出的声音。

大队长怔住了，盯着N，说："你这个人脑子是不是有毛病。"

N大口吸着气，脸上的膏药扭动着，他忍不住抽空骂了一句："你……你混蛋！"

在场的保安员都愣住了，他们不明白N为什么对无赖能够忍受，却敢于骂一向牛逼哄哄的大队长。

大队长狠毒地望了N一眼，牙齿缝里蹦出几个字："你。停职。检查。"

N神色自若，嘴角甚至还露出了一丝不易觉察的笑容。

N在会议室里走来走去的，踱着职业化的步子，桌上放着一沓稿纸，等着他写下一些自我谴责的语句。N觉得脑袋嗡嗡作响，一些不连贯的句子，像水潭边肮脏的悬浮物，没法形成集中的思想。他拿起笔，在纸上重重地写了两个字：混蛋！看了一会，他才撕了那张纸，窝成一团扔了。稿纸上仍清晰地留着刚才力透纸背的两个字。

算是某种惩罚，N调了岗。他被安排在一个豪华的别墅小区站门岗。小区进进出出的，不是大腹便便的阔佬，就是妖里妖气的女人，几乎没有人用正眼瞧他。N想，这里倒是清闲了，至少不会有无赖吧。

但是，N忽视了一点，贼的目光总是集中在财富积聚的地方，他是免不了会有麻烦的。N以前是怕麻烦的，自从离开童倩以后，他就爱上了麻烦，麻烦使他的生活不再空洞，使他的生活更像生活了。N觉得这一点是影碟所不能取代的。

N等待着一场麻烦的到来。他等得很心焦。

18

倪锐关于N的故事就写到这儿，他也不知道会有什么结果。

倪锐很快就在网站看到了"雪山松"和"红袖添香"发出的帖子。

他们首先询问倪锐为何不去聊天室，是因为"闹恋爱"无暇顾及，还是厌烦了聊天，从此不再来。然后就叽里呱啦地对倪锐的文章展开了评说。

"雪山松"认为，N很可能就是作者"江南新锐"的化身，他实际上是个内心善良而又懦弱的人，这样的人难以被今天的社会接纳，他的苦闷是必然的。"雪山松"甚至认为，童倩离开N是正确的，任何人都救不了N，只有他自己救自己。

"红袖添香"并不像"雪山松"那么富于理性，她说N是个很可爱的男人，值得人（大概是指女人）的信赖，只是肩膀太单薄了，承受不住情感的重压，而情感偏偏又附带着杂七杂八的什物。"红袖添香"进一步说：如果N在我身边，一定会成为我的异性好友，我会把在情人面前说不出口的话告诉他，但我不会爱他。

除了"雪山松"和"红袖添香"之外，还有十多个网友发了帖子，倪锐在翻看的过程中仿佛真的触摸到了N，他询问自己，N一旦离他而去,将面对怎样的未来呢?这是个无法获得答案的问题。

倪锐仍然没去聊天室,他真的不知道该说些什么,他觉得自己已经不能替代N,N有了自己的生命,那是另一个人的生活,不是他倪锐的。肯定不是。

倪锐还是那个站在人民医院门口的保安员,一个恪尽职守的受雇者。

上岗半年之后,倪锐终于盼来了他期待中的遭遇——一次生命火花的迸发。

那是个临近冬日的夜晚。四五个人拉着一辆平板车从病区出来,一床洁白的医用棉被覆盖在车上。这样的场面倪锐曾不止一次见过,通常是老人临终前希望回到他(她)熟悉的那间屋子里聊度时日,儿女们也好借此尽最后一份孝心。但倪锐发觉这伙人在出门前仍在回头张望,这是不正常的现象。

倪锐于是出了传达室和他们搭话。这伙人神情不安起来,他们根本不理睬倪锐,拉车加速往外走。倪锐发现这伙人中竟然没有一个女眷,四五个人都是二十几岁的模样。倪锐要求他们"停一下",当中有两个人停住了,其余人拉车迅速奔跑起来。错不了,这伙人一定是窃贼。倪锐的血液在血管里急速流动起来。

倪锐扫了一眼两个站住不动的年轻人,跟着平板车向前追,口中大声喊道:"站住!站住!"猛然间,他的腰部遭到了来自身后的巨大的撞击,整个身体像被截断了一样。他的上身飘忽起来,在不停地上升、上升……

倪锐倒在血泊中,腰间插入的一把匕首,在夜色中像是从他身上长出来的一截树枝。

被撤销的凶杀案

2002年的夏天，酷热难耐，大自然似乎把积蓄已久的能量全部倾泻了出来。在我生活的江南小城临江，一向勤劳上进的人们也变得慵懒起来，他们实在是被无所不及的热浪冲昏了头脑，全都流露出无可奈何的神色。在开足了冷气的办公室里，人们总在盘算着如何不出门就能把事情办了，因为一出门，身上的汗腺会立刻活跃起来，三分钟以后，就仿佛刚刚跑完了一万米，浑身透湿。

这样的日子，编辑部的电话当然要更忙些了。这一天下午刚上班，我接到一个奇怪的电话，电话是从省城打来的，对方的口音我一点都不熟悉，他在电话那头急匆匆地对我说，你是赫然吧。我说，是。他说，我是省公安厅的，姓王，我找你有急事呢。公安厅的？姓王？我一下子愣在那里，真的不知出了什么事。那位姓王的警官有些迫不及待，他说，一下子和你说不清，这样吧，我马上就出发，你一小时后在临江市公安局门口等我，好吗？听起来有些半命令的口吻，因为他没等到我回答就已经撂下了电话。我想，他或许真有什么急事吧。

放下电话，我开始盘算这几年我在公安战线上交了哪些朋友。我要理理头绪。市局的，区分局的，派出所的，算起来到有十来个。有时也友情客串式的为他们写一点文章。去年市公安局和广电系统联合搞了一个《我身边的人民警察》征文，约我写一篇稿，我就写了一个普通的民警，后来他们给了我个一等奖，还让我和市局的局长、政委握了手，照了相。那天好像有一个省公安厅来的记者，像是个刚刚大学毕业的小姑娘，我没太在意。

不管怎么说，人民警察的工作还是要配合吧，我这点觉悟还是有的。一个小时以后，我骑车去了市公安局。老远我就看见有两个穿制服的人站在门口东张西望，神色似乎有点严峻，尽管上身汗湿了，精神却十分饱满，我没想到他们这么快就到了，大概是飞车来的吧，也许在交通不畅的路段还拉响了警笛。我心里不禁油然升起一股崇高感，和一种说不清楚的警觉。

我带着询问的神态走近他们，还没有等我开口，年轻一点的警官有力的一巴掌拍在我的肩头，脸上露出了灿烂的笑容。他说，你就是赫然吧。我连连点头，说是是是。他报了自己的姓名。在公安局门口庄严的国徽下，我们算是相识了。他自我介绍，说他是省公安厅宣传处的，身旁的那位当然是司机了。一点不错，正是那个女大学生模样的记者向他推荐了我。他说，我实在是太急了，有个重要的稿子，我不放心让别人写，我想你会写好的。他这是在夸我呢。我连忙谦虚地说，这么热的天，你们还要赶来，有什么事电话约好了我去采访不就行了。他望望我，压低了声音说，这件事可不一般，市局还没有同意公开呢，我们是在一份警情上报材料上发现这个线索的。我连"噢"了两声，弄不清这个葫芦里究竟卖的什么药。

我们三人来到了市局刑侦支队。身量魁梧的刘支队长接待了我们。他是个神色和蔼的老公安，他说，你们真是有眼力，这可是个好材料，我干了二十几年公安，头一次遇到这样的案子。在刘支队长对案情简单的介绍中，我发现了一个十分明显的破绽。我说，案子6月20日就结了，为什么快两个月了（当时是8月16日）一直没有报道过呢。事实上这两个月正是江南最火热的日子，我在编辑部的空调下，几乎读完了报纸上的每一个文字。但我没发现本城出了这么一个惊天大案，也从未听人说起过。后来我才知道我提的问题是多么的愚蠢。刘支队长严肃地说，这件案子侦破前后，局里下了严格的保密指令。停了一会儿，又说，这次是请示了市里有关领导，才同意在公安系统内部公开报道的。不过，这个案子真值得写，太曲折了。他补充了一句。

就这样，我被安排在市局刑侦支队的一间化验室里查阅案卷，案卷有厚厚的三大本，密密匝匝写满了问讯笔录和调查笔录。

刘支队长说，你可以在这里查阅两天。王警官对我说，10天之内请你务必将稿子发给我。

说完他俩都出去了。剩下我一个人在巨大的空调冷风下平静下来，查看案卷。这的的确确是一宗不凡的命案，按照公安权威部门的说法，它最终被认定为"国内首例借助国际互联网侦破的高智能谋杀案"，并把此列入了公安部经典案例档案。结果我花了三整天的时间查阅案卷，做了详细的记录，又埋头写了两天。一个阴险毒辣的凶犯的嘴脸和一个无辜少女脆弱的青春年华，被我实实在在记录在了纸上。当然，这里更多的是凝聚了公安干警的心血，显示了现代科技的无比威力。我，只不过是个记录者而已，尽管我同样在纸上经历了一番惊心动魄。

本案主角：于美美，女，26岁；贺萧的徒弟，一个正在筹备婚礼的被害少女。贺萧，男，61岁，蒙古族，曾任省政协委员，副主任医生，犯罪嫌疑人。

一

事情发生在2002年。于美美26岁，这个年龄在农村早该做母亲了。可美美为了在城里学医，满怀希望将来能够留在城市里工作、生活，因而一再延误了自己的婚事，家里人难免为她着急。2001年10月，姑妈给她介绍了一个对象，小伙子阿涛和小于同是高塘镇人，在临江市某银行当保安。两人见面后挺满意对方，就谈了下去，新年春节一过，已经到了谈婚论嫁的程度。3月20日，美美和阿涛在镇政府办理了结婚登记手续，并定下"五·一"节举行婚礼。幸福之门正在向这对新人缓缓张开……不料，就在这个节骨上，于美美却患上了一种"怪"病，只短短十几天竟已病入膏肓……终究未能挨到披上嫁衣的那一天。准确地说，于美美撒手人寰距婚礼只剩下6天时间。

于美美是2002年4月23日凌晨被她的师傅贺萧及其家人，从贺家中送到临江市第二人民医院（以下简称二院）五病区（消化科）抢救的。贺萧是这家医院的肺科副主任医生，于美美正是在这儿跟师傅学了三年的医术，她大概不会想到自己将会在这里离开人世。

于美美被送到二院时，神志尚清晰，身体已难以动弹，头发严重脱落。经检查病症如下：口唇腔黏膜破溃，全身见散在出血点，白细胞低于1000（正常为4000至10000），粒细胞为0，血压很低，有时测不到。早上7点40分，内科谈主任一上班就碰到贺萧，贺朝谈拱拱手，焦急地说："帮帮忙（指救小于），花多少钱我都出！"谈回道："不谈这个，先救人要紧。"8点左右，床位医生一接班就直奔新来的病人，看到于美美形容枯槁，不由大吃一惊，忙打电话叫来贺，面告：病人情况很严重，已经病危！贺忧郁地点点头，问床位医生："她会不会是脑炎、脑膜炎？"贺似乎是在提醒床位医生，上呼吸道感染重者可导致脑（膜）炎，这是符合医学常理的。

谈主任下令紧急会诊。分管副院长也赶到现场，大内科各分科主任、妇产科主任加上贺萧，一共8个人参加会诊。贺萧先对病人前期病况及治疗情况作了简介：病人从3月28日开始出现轻微感冒，我建议她吃了些复方新诺明，但未见好转，4月4日，她骑车回乡下过清明节，5日返城后，感冒加重，伴咳嗽，我从医院取回挂水器材和药水，在家中每天给她输一小瓶"能量"和一小瓶"小诺霉素"，这样一直挂到10日，她开始拉肚子，我就替她改挂了两天"氯霉素"，后又挂了"庆大"和"丁胺卡那"，其间还加些"能量"、"氨基酸"和"白蛋白"。他顺便介绍说：丫头（指于美美）是我的侄女，最近忙于结婚，这样的身体还要结婚！乡下人迷信，说脱发是鬼剃头，23日凌晨，我看她有点支持不住的样子就叫了救护车。

此时，于美美内脏开始大量出血，人已处于休克状态。会诊结果，排除了宫外孕和消化道系统疾病的可能，基本一致认为：病人系重度感染性休克，不排除再生障硬性贫血症；决定按血液系统疾病立即转入六病区（血液科）治疗。

一位参与会诊的医生后来说："造成白细胞球严重下降一般有两个原因：一是病毒，一是药物，我们当时的思路局限在'氯霉素'上，因为氯霉素能抑制骨髓。"但是该医生又说："照贺医生讲，0.5g/天用了两天，应该不至于造成如此严重的后果。"

23日夜里，天空开始淅淅沥沥落雨，到了下半夜，雨声伴着雷声愈来愈猛烈，24日凌晨时分，已是大雨倾盆。4点50分左右，在哗哗的雨声中，小于走完了她的人生之旅。也许是于美美生前留给内科主任医生们的思考余地实在太小了，实际上她从被抬进病区到被抬进太平间只有短短的24小时。因此，她的死亡仍以正常病故写进了病历。死亡诊断：感染性休克合并DIC（弥散性血管内凝血），急性粒细胞缺乏症。

于美美如此蹊跷的死亡，引起了一个人的怀疑。事实证明，她的怀疑后来成为整个事件的转折点，若没有她站出来提出疑问，尸体一旦按正常死亡火化，整个事件只能是一个无头冤案。

此人是某食品厂金厂医。金厂医为人心胸豁达，是个痛快人。那段时间，她天天陪肿瘤术后的丈夫在二院六病区化疗。她目睹了小于由23日凌晨入院到24日凌晨死亡的全过程。一开始她就在心里打了个问号。金厂医是二院的行风监督员，与贺萧是老相识了，在贺的诊室曾不止一次见过贺的徒弟于美美。古道热肠的金厂医见小于病成这样，不免心痛，一个好端端的姑娘贺至于此呵，23日一整天，金厂医几乎未曾离开过小于，与小于家人谈了好多，又根据自己多年从医的经验判断，小于此"病"生得不同寻常，联系贺萧平时的为人举止，金厂医心里隐隐生出一种不祥之感。

金厂医后来说，那天中午我本想回去休息一会，可怎么也睡不着，眼睛一闭脑子里就出现小于的影子。她听小于妈妈说，乡下有规矩的，未过门的姑娘死了，必须在两天内火化。金厂医似有骨鲠在喉，不吐不快，经过激烈的思想斗争，金厂医于当天下午4点30分跨进了区公安分局平康路派出所的大门。

接待金厂医的民警一开始还觉得有点奇怪，问她，死者家属为什么不来报案？金厂医一听这话心里很不舒服，其实民警这样问是很正常的。大概是因为案子本身不太平常的缘故，才使得报案者竟是一个与本案毫不相关的人。所长倒是很警觉，立即派人做了笔录，同时汇报了分局刑警大队。刑警大队一方面向市局刑侦支队作了汇报，同时立即给殡仪馆打了电话，通知殡仪馆暂缓火化于美美尸体，等待公安部门尸检。

我是在调查记录中知道金厂医这个人的，由于她在本案中的特殊地位，导致我必须去见一见她。一个本来完全可以缄默不语的人，敢于在这种关键时刻挺身而出，我想我见到她一定会有不小的收获，我正是带着这种兴奋不已的心情约见金厂医的。事实证明我的估计是正确的。

我有一个学医的朋友，在事发医院（二院）里有好几个同学，他建议我不妨到医院找几个医生做一些调查。这样，我干脆就把约见金厂医的事和这件事两场麦子一场打了。在一个月黑风高的晚上，我的朋友带我去了二院，他把我引导到一处走廊里灯光昏暗的楼层，有些神秘地对我说，我有个同学在手术室，这里没有闲人来，谈话方便。他讲话的时候，神情活像个白色恐怖年代里的特务。我的内心想笑，但多少又有几分紧张，神态极不自然，我说，金厂医怎么会知道我们在手术室呢？我的朋友笑了笑，雪白的牙齿在昏暗中闪了一下，他说，我的同学可以带她来，要是在白天，谁也不肯这么干。我说，你这话是什么意思，好像我们在干一件见不得人的勾当。他说，你不知道，医院的领导恨死金厂医了，他们要维护医院的声誉啊，医生杀了人，而且用这么阴险的手段，谁还敢来看病？

我突然觉悟一般地点点头，像一个刚刚领悟了革命真理的青年。我说，我们现在偷偷摸摸是为了真理，让一件事情真相大白，是吧？说到这里，我突然感到手术室到了，因为一股浓烈的人的躯体和血液的腥味噎住了我的喉咙。

一个瘦弱的、文质彬彬的青年人从一间屋子里闪了出来，他一定是听到了我们的脚步声。他和我的朋友很热情的握着手，晶亮的金丝边眼睛后面闪烁着精明的带有几分女性化的目光。我的朋友对他说，我们约好了和金厂医在医院门口见面的，你能不能把她接过来，我们不认识她呀。年轻的医生没有答理我们，他在叫一个女孩的名字。我的朋友对我说，是他老婆，在这里做护士。

我们三个人在整个医院最为安全的手术室里喝茶、聊天，由一名最值得信赖的护士帮我们去接头，然后再把我们要见的人带来。这一天衣无缝的安排，使我一开始忐忑不安的心踏实了许多，我甚至提出可不可以抽根烟的要求。年轻的医生迟疑了片刻，说你抽吧。但我还是从他一瞬间皱起的眉头上看到了我的冒失。我只好在令人反胃的气味中耐心等待，毕竟我现在是在麻烦别人。

年轻的医生终于主动把话题引到这件案子上。贺医生真的是杀人了吗？他似乎还有几分怀疑。

我的朋友问，你们医院是怎么看这件案子的？

医疗事故。年轻的医生简洁地答道。

这倒是一个很含糊的概念。医学上对病情、死亡的诊断，常常令不懂医术的人匪夷所思。譬如我从一开始接触这个案子到现在，根本就没有想到过有"医疗事故"这一说，我只是在想"谋杀"和"病故"这两个极端，哪里知道两者之间内容丰富的很呢。一直到后来我才渐渐明白过来。

见到金厂医的时候，我立刻懂得了一个道理：人的行动是受其性格支配的。身宽体胖的金厂医看上去有50岁的样子，嗓音和身材匹配的相当完美。她一口就说感谢你们来采访，说她下定决心要让这件事情水落石出，不惜一切代价。年轻的医生敏捷地起身打开手术室的门向外张望。

我用手示意金厂医，让她放低音量，金厂医于是开始小声叙述，但她很快就觉得嗓子堵得慌，她憋住喉咙干咳了几声，还自觉地到痰盂里吐了一口痰，才接着继续讲述。不一会儿，她的嗓音又恢复到了开始时的分贝。我没有再打断她的叙述。

年轻的医生对他温柔的护士妻子说，你去给金厂医倒杯水。

妻子很快领会到了丈夫话中更深一层的含义。她帮金厂医倒了一杯水，就主动到手术室门外走廊上放哨去了。

手术室里的采访进行得十分顺利。金厂医把我们想知道的，和不想知道的事情一股脑儿和盘托出，而且掺进了她不无见地的分析和归纳。

金厂医说，首先是贺萧这个人品德上有问题，这是大家都知道的；其次是于美美这个丫头太善良，没有一点防人之心；最关键的是，小于的死太突然了，症状更值得人怀疑，我也是学医的出身，怎么能愧对自己的良心呢？

越是不关自己的事越是要主持公道，要不然，这个社会还不乱套了？金厂医最后补充道。

采访完这个有关此案的重要人物，我的心里踏实了许多。在离开二院手术室那个灯光昏暗，散发着异味的楼层后，我的耳畔仍然萦绕着金厂医洪亮的声音。我自始至终相信金厂医的话绝无谎言，我相信她正视着我眼睛说的一句话：你不知道，那个丫头死得多惨呵。这话完全是出自一颗善良而坦荡的心。我更相信，无论在什么时候，金厂医都是敢于就本案出庭作证的人。

二

贺萧和于美美的师徒关系得从三年前说起。

1999年4月初，于美美的大姐脚上生了个瘤，经人介绍找到贺医生，打了个把月针灸，不理想，就由贺帮助联系在二院开刀，开刀期间住贺家半个月，各方面省了不少钱，贺医生十分热情，她于是很感激，认他做了干爸。这期间大姐曾向贺说起过自己小妹于美美，以她高考只差7分落榜至今没有着落，贺医生就安慰道：现在上了大学又咋样？出来还是要自己找工作。得知大姑娘攀上一个身份不凡的人，于家人急忙登门拉关系，并主动提出让小姑娘跟贺学医术。于家共三女一子，小姑娘于美美乃唯一一个高中生，在于家人眼里她是个"有文凭的人"，应该会有出息。贺医生当场欣然认徒。贺后来讲：我第一眼就看出，她蛮有灵气。

从1999年4月8日起，于美美就住进贺家学医。当时贺正与妻子闹不和，分居已久。这是他的第二任妻子，他二十余年前有过一次婚变，两人未留下孩子。贺二婚所生女儿萍萍，当年19岁，一直随父生活。于美美上门学医时，萍萍正念高中，她俩就合睡一室，处得很投，以姐妹相称，萍萍还常下乡到于姐家玩，冬天里合拍过开开心心的雪景照。1999年9月，萍萍去了长沙上大学，房间留给小于，这时偌大个

被撤销的凶杀案 | 155

家里，就只剩了师徒二人，不过萍萍寒暑假自然要回来的。

贺医生对徒弟要求甚严，从不放她晚上出门。他说：外面坏人太多。他对小于家人讲：你们既然把小姑娘放我这，我就要负起这个责任。三年当中贺医生系统地教给于美美大内科、大外科、小儿科、妇产科和针灸科医术。教针灸时，他搬出自己的腿供小于扎试验。小于回家跟家人讲：贺老师待我就像父亲一样。于自己也很刻苦，闷头啃下不少医书。只学了三个多月，就开始跟师傅上门诊，也穿二院的白大褂，不拿工资，院领导对此从未干涉。从2000年2月开始，师傅每月给她100块零用钱。三年学医期间，小于都是每周六回家一趟，骑一个多小时自行车，然后周日下午骑回城。她体质好得很。

贺萧是"文革"前的大学生，1966年从某医学院毕业后分配到江西结核病防治所工作。贺一心想调回临江工作，便娶了一个临江姑娘为妻，不久即分居，到离婚时，贺已辗转调入临江市第二人民医院。1976年，37岁的贺再娶比自己小15岁的妻王某。据王某介绍，贺年轻时蛮活跃，能歌善舞，弹一手好钢琴，婚后感情一度尚好，后来就老吵，他（贺）的脾气越来越古怪，喜欢无端猜疑。一日王某工休在家，贺5点多钟去上班，8点钟冷不丁杀个回马枪，进门就吼"人呢？"他指责妻子把男人放跑了，妻骂他"放屁"，他扑上去一顿乱打。为此，王两次提出离婚，并于1994年搬回娘家。2000年5月，王再次提出离婚，贺答应了，其时，于美美已跟贺学医一年有余。

于美美住贺萧家里，左邻右舍颇有微词，认为两人年龄悬殊太大。有人甚至当面指责小于："你不是学针灸……你想她房子，想他钱！"小于不回嘴。还有人责怪她："人家都闹离婚了，你还蹲在这儿做什么？"小于也一声不吭。认识小于的人都说她是个老实本分的姑娘，少言寡语，在医院里一切看师傅脸色行事，到后来连接电话都受控制。但总的来说，师徒二人日子过得有条不紊，每天早上小于把两人的自行车扛下楼，贺有早起早上班的习惯，上班后两人打扫卫生、冲开水，中午在办公室热一下带来的饭菜吃，晚上一道骑车回家，小于再把两部车子扛上楼。

单位里同事对他的评价是：这人有点说不出的味道。贺萧在二院绰号

"贺神经",见人喜欢打躬作揖,像日本人一样哈腰。由于他常年头一个人上班(二院肺科就他一个医生,似乎是专为他设),对病人又是认真热情,因此年年获评先进,还当过令人刮目相看的省政协委员。不过说到生活作风问题,贺的口碑就欠佳了,有"手脚不规矩"之说,有"变态"之说,早些年,还有一次竟"把针扎到女病人的耻骨上了。"

在查阅案卷的过程中,我看到了贺萧的部分档案,记录了他不同时期的不检点行为,由于涉及的人仍然在世,当然不便于公开。但我实在弄不懂的是,为什么这样一个人,未经认真评议就被选上了省政协委员。正是因为这一点,他可以违反医院的规定,带一个未经院校正式培训的人(于美美)上岗替病人就诊。直至他最终敢于杀人,恐怕也不无他的特殊身份在心理作怪。实际上,他曾有过自己安定的生活,反而是特殊身份害了他。就像很多曾经有作为的人一样,一旦当上官,坐在了一定的位置上,手中有了常人不敢奢望的权力,私欲就禁不住膨胀起来,最终导致了自己的灭亡。同样,贺萧终于没有能按捺住自己的欲望,他心存侥幸地和法律开始了一场生死游戏。

三

4月25日上午,殡仪馆内。市刑侦支队法医对可疑死者于美美进行尸检,一致看法:死者不像个一般的感染性死亡。当即下令暂缓火化,冷冻处理,并请示领导,要求进行尸解。当日下午,在临江医学院病解教研室一位主任的协助下,对死者进行了长达三小时的尸体解剖,及时提取肝、胃、肠等内脏材料和心血,由于死者全身黏膜下、皮下及内脏出血严重,以至刮空整个心脏也只取得余血30ML,正是这宝贵的30ML血,后来在办案中派上了大用场。

5月4日,临江医学院剖验报告出来了,证实死者除咽喉部轻度慢性炎症外,全身未发现其他感染。省公安厅刑事科学技术鉴定:在死者肝、胃组织中,未检出常见安眠镇静药物和砷、汞等金属毒物。结合种种情况，经细致分析，刑侦法医初步断定：死者非感染性休克，中毒休克可能性极大，以化疗类（抗肿瘤）药物可能性最大。

这期间，外围侦查获取了一条重要线索：贺萧曾在二院多次自己开处方，取走一种叫做"氟尿嘧啶"（以下简称"氟"）的药物。

焦点马上形成，即：尽快查出死者血液中是否含有该药物。

这里简要介绍一下"氟"。此为一种常用的抗肿瘤药物（针剂），一般用于肿瘤患者术后的辅助治疗（化疗），但应按疗程严格限量。"氟"说明书上明确标注"本品毒性大，必须在医师指导下使用"及"用药期间应严格检查血象"。使用"氟"最常见的毒副作用是：恶心、呕吐、腹泻、脱发和抑制骨髓造血机能。理论上讲，这种毒副作用严重到一定程度，能送人命，但只是理论而已。正因为此药毒副作用极大，医生不敢轻易多用，每用一定剂量都要反复检查病人的反应，故因"氟"中毒而导致死亡的，国内迄今未见报道。

一个非常棘手的问题跟着出现了：如何对人体血液进行"氟"的检测？

刑侦人员走访了大量专家、学者及有关技术机构，均爱莫能助，向公安部求援，部里亦无能为力。山重水复之际，情况忽然出现重大转机。某医学院一副教授依稀记起她在中国药科大学读博士时，曾在国际互联网上阅读过一份美国一教授 1992 年发表的论文，内容正与此病例相关，并且巧的是她当时还将该论文拷成光盘作为资料保留在手上。

论文很快被翻译出来，译卷长达数十张纸，里面对"氟"的检测方式介绍得备细无遗。

办案人员携死者于美美的血样迅速赶赴南京中国药科大学……

侦查中，二院西药房的一位年轻小姐回忆说："4 月初一那天早上 7 点 30 分左右，我快要下夜班，贺医生拿一张处方来取了两种药，一种我记不太清了，一种叫氟尿嘧啶。"她说，她工作以来就发过一次这种药，所以记得很清楚。侦查结果表明，贺萧自 4 月 2 日至 4 月 15 日间，分 6 张处方，共开取"氟"80 支。贺有不少老病号，专找他看病，平时连医保卡都搁他处，贺萧就是利用这些医保卡穿插开的药。经查，这些医保卡的主人无一患肿瘤，且无一人接手该药，他们当中有人甚至都没听说过该药。80支"氟"去向不明,办案人员心中这就有数了。

5月15日,焦盼之中的中国药科大学检测报告传来:根据国际互联网下载医学报告的检测方法,在死者于美美的心血中,检出氟尿嘧啶,含量为2.5mg/ml。据此保守估算,于美美死时体内已蓄积该药约12.5g,相当于50支"氟"的含量,尚不包括于死前一个阶段被代谢掉的部分,当然,用贺萧后来交代的话讲:她那时代谢功能已经越来越差了。

5月16号早晨6点15分,犯罪嫌疑人贺萧被依法传讯。

当我积累的一堆疑问必须得到解答的时候,我敲开了刘支队长办公室的门。

刘支队长笑笑对我说,这几天很辛苦吧,慢慢写,不要太着急。他的随意而和蔼的态度,倒让我觉得自己有几分孩子气,我有点不好意思。

因为刘支队长从头到尾亲历了此案,扮演的是一个主审官的角色,我相信他对案子一定有着比别人更深刻的认识。我的问题就是从这里切入的。

刘支队长眉头一紧,立刻严肃了几分,似乎重新进入了角色。

你不知道,和罪犯分子打交道,最重要的是在心理上击垮他。像贺萧这种狡猾而且老于世故的人,必须从多个方面入手,让他站不住脚,让他慌起来乱起来,就会露出马脚来了。

刘支队长接着说,击垮犯罪嫌疑人的心理要讲究章法、顺序,但根本上还是要依靠确凿的证据,依靠严密的逻辑推理。我们同贺萧的斗争经历了几个层次,他是一个层次一个层次逐渐垮下来的。

说到这里,刘支队长欲言又止。看到我紧追不放的眼神,他略微思考了一番才说,他这个人有点背景,担任过上一届省政协委员,因此他一开始不买账,开口闭口让我们到谁谁谁那里去打听打听他的情况,嚣张得很呢。刘支队长很沉稳的点燃一支烟,继续说道,我告诉他了,你谁也别指望,只有老老实实原原本本把你干的事情说出来,才能得到政府的宽大。我还提醒他,不掌握了一定证据,我们会随便传你来吗?你也不想想看,这不是件小事,人命关天的事,谁帮得了你?

刘支队长开始有了几分激动，完全进入了角色。

有一件事情最让我生气了。刘支队长死劲掐灭了烟头，霍一下站起身来，我也跟着站了起来。他示意我坐下来，自己也重新坐了下来。

他问道，你有没有在案卷里发现一张纸条，是贺萧写的，欠于美美母亲8000元人民币？

我说看见了，我今天来正要问这是怎么回事呢，贺萧怎么会欠于家钱呢？

刘支队长重新燃起一支烟，说道，你们不知道啊，我们办案子遇到的人真是各式各样，遇到的事也是千奇百怪，从执法的角度看，我们对待所有犯罪嫌疑人的态度应该是一致的，但是，有的犯罪嫌疑人，在问讯过程中我们会对他（她）产生一种同情心理，有的则会产生一种厌恶心理，贺萧就属于后者。

……

贺萧写这张欠条是想堵住于母的嘴，企图和法律做游戏。刘支队长大声说道，当我从于母手中得到这张欠条时，真恨不能给贺萧两个耳光，真是太卑鄙无耻了。

……

这张欠条是于美美死亡的当天早晨贺萧写给于母的。刘支队长语气深沉地说道，当时于母和二姐缠住贺萧哭得死去活来，她们不明白美美二十天前还是一个好好的大活人，为什么说走就走了，他们甚至善良的认为，是贺误了她的病，没有及时送他去医院治疗，她们绝没有想到是贺下的毒手。贺当然是做贼心虚，他摆出一本正经的架势严厉地警告于母，人死不能复生，美美之死是天意，你们要是不闹，我愿出8000元赔偿，尸体一旦火化立刻兑现，你们要是硬要闹，一个子儿也别想得到。贺随即给于母写了欠条。

欲盖弥彰，贺萧的丑恶嘴脸从这一细节上可以说是暴露无遗，但善良的于家人却没有丝毫觉察。

刘支队长愤愤地说，后来公安人员在清查贺萧居所时，在贺的床下搜出了一堆壮阳药物，在他的书橱里搜出了几万块钱……但这些钱物司法部门有权查封无权支配。于美美一个大姑娘就值8000元吗？刘支长突然发问，就算她只值8000元，你贺萧当时就应该赔给人家呀，你又不是没有钱，还打什么欠条，你说人家养大一个孩子容易吗？又是在农村，生活并不富裕，你贺萧损不损啊！我们拿到这张欠条，只能把它当做是一件物证收入案卷，我们没有权力兑现这8000元钱。

刘支队长的一席话充满了人情味，更是拨开迷雾，看到了事物的本质，令我对公安干警的冷静、客观充满了敬意。

我问了刘支队长最后一个问题：对贺萧采取措施时是怎样的情况？

刘支队长笑了，似乎一下子看透了我的言外之意。

他说，于美美4月24日死亡，金厂医当天报案，这一天就算发案了，我们一直到5月16日才对贺依法传讯，期间经历了大量的取证和调查过程，足见公安部门对这次行动的重视程度，这一点当然和贺萧曾经有过的特殊身份不无关系。

刘支队长回忆了传讯贺萧时的情形。公安部门得到于美美血液检测报告是在5月15日的下午，局里专案组紧急结合研究方案，决定当晚即对贺实施监控。由于贺家住三楼，又配有防盗门，一旦警觉，很有可能跳楼自杀。于是决定第二天上午再对贺采取行动，很不凑巧的是，第二天是双休日，贺不用上班，只好又准备了一套由二院领导打电话给贺"调虎离山"的计划，待贺一旦下楼立即当场传讯。实际上贺第二天一大早就出门了，他有早锻炼的习惯，双休日也不间断。当贺下得楼来，第一眼看到警车时，他心里"咯噔"了一下，完了。这当然是他后来自己说出来的。

在当晚对贺实施监控时，市局领导两次请示市委领导，均得到"慎重行事、依法办案"的指示，这给公安人员执法增强了信心，当然，贺萧是不会知道这些的。

四

市局刑侦支队及时向有关领导作了汇报，并认定此案为"罕见的高智能犯罪典型案例"。干警们一开始就在心理上做好了充分的准备，看来与这样的犯罪嫌疑人较量，不会是件轻松的事。在大量的调查和对问讯笔录的反复推敲、研究中，干警们渐渐理清了贺萧的杀人动机和目的。

在5月16日的首次审讯中，做贼心虚的贺即承认自己开过60支"氟"，但药全部送给了一个朋友，朋友的名字记不清了，他家里穷，又患了食道癌，所以没收他一分钱。当天下午，贺又改口说给于用过10支"氟"，其余50支送给了朋友，问他为何要给于用"氟"治感冒时，贺突然称去年10月份于美美告诉她乳房有肿块，说是左边一个，右边二个，穿衣服擦着都疼。刑侦人员问贺，你说于乳房上有肿块，你看见了吗？贺说没看见。又问，你摸过吗？贺说没摸过。既没看见，又没有摸过，你作为一个经验丰富的副主任医生，在这种情况下给"病人"使用有毒副作用的药正常吗？刑侦人员的提问丝丝入扣。贺狡辩道：你们不知道哎，小于一直瞒着我在服用一种药，今年1月份告诉我乳肿消了不少，我问她用了什么药，她说是禁用药。我一听气得要吐血，警告她不能用，但她不听，仍继续服用，3月28日我们还为此事吵了一架。

贺企图用这个谎迷惑侦查人员。3月28日他们的确是吵了一架，而且吵过后，小于就骑车回乡下去了。吵架的原因是贺竭力反对小于"五·一"节结婚，并说：你再提结婚的事，就不要再跟我学医了。小于此番回家实际上已不打算再回来的，婚期临近，她还一点没准备呢。

然而，贺萧又要了一幕"精彩"的表演。他于3月29日上午骑车赶到高塘镇小于二姐店里，把春节于家"进贡"给他剩下的东西退了回去。贺对小于二姐说："你妹妹没有志气，吃不了苦……我把个底给你，我就是帮她找到工作了，也会推掉的。"小于二姐留她吃午饭，他坚决不肯，走了一刻钟后又返回，说："工作我是会替他找的，刚才说的是气话。"当天晚上7点多钟，贺从临江给小于二姐打电话说："你妹妹的工作已找好，我和某领导打了招呼，同意她在二院做临时工，每月300元，一年后转正。明早院长要看她上班，你晚上回个电话给我。"于家哪里知道这是贺设的一个陷阱。晚上小于二姐来电话告诉贺："我妹妹明天来上班。"贺就势问道："她来的话，结婚的事就要推迟了，5

月1日是不是还要结婚?"对方回答:"是的,日子已经定好,不能改。"只有贺玲一人心中有数,于美美此刻已是大难临头。

贺萧自认为能够自圆其说。在讯问中贺说:因为她5月1日要办大事,又不想让男方知道自己乳房有肿块,所以我就在征得于本人同意的基础上,给她用"氟",考虑时间不多了,改用针剂效果会更好些。贺始终咬定自己没有超剂量使用"氟",并且说,"只能用15支,多一支都会死人。"然而于美美尸体已火化,至于她乳房上是否有肿块,根本无法确认。公安人员知道他想钻这个空子,但一时却无法戳穿他的谎言,看起来他似乎为自己建造了一个壁垒。

侦查人员并没有就此罢手,为了取得第一手资料,他们首先调查了就在贺萧办公室楼上的放射科,这里的几个护士和小于挺熟,平时见面都要亲热的打个招呼,但没有一个护士听小于提过这件事,说于从来没有打听过和肿瘤有关的任何情况。紧接着他们又走访了于的家人和亲戚朋友。一位和于十分要好的朋友,曾在春节期间陪于去洗过澡,于母和于的两个姐姐也都同于有过身体接触,但无一人听说过于乳房上有肿块。如果说这些证明材料还不能构成人证的话,那么有一个人的证词不得不使贺萧低下罪恶的头颅。那就是于美美的未婚夫,严格意义上讲应该说是于美美的丈夫。

在贺萧的严格看管下,阿涛和小于相识7个月,总共见过7次面,尽管他俩同在一座并不大的城市里。阿涛证明他们第5次见面是3月20日,这天两人喜滋滋的到镇政府领了结婚证,当晚,按照当地的风俗于即留宿于男方家中,并且同了床,这是小两口唯一一次同床。阿涛说:"我摸她乳房,她同意,没喊疼,一点硬的东西都不曾摸到。"阿涛的证词彻底击穿了贺萧关于"小于乳房有肿块"的谎言。

贺萧在最初得知于美美将于"五·一"节结婚的消息时,曾经大发雷霆,竭力阻止,后来听说于家连"喜帖"都发出去了,才死了心。后来他又和于美美商量,说既然你们俩都在临江工作,就一起住在我家算了,何必再去租房子呢?美美说,这件事我做不了主。阿涛及其家人自然是没有接受贺医生的"美意",男方家打算把新房安在老家高塘镇上,他们没有让儿子和未来的媳妇在临江继续打工的打算。

贺萧的屁股因此坐不住了。

悲惨的结果原本是有一线希望避免发生的。但由于家人过于信任贺医生,而贺医生又采取了一般人难以想象的高智能手段,使于美美最终没能逃过这一劫。

4月17日,于美美大姐打电话到二院,是贺萧过去接的,嚷道:"什么事啊,什么事啊,哪块我不能接?"后来于美美接了电话,她告诉姐姐:"我没得劲哎,车子骑不动,明天坐车回去。"很显然,此时的于美美已中毒到了一定程度。

4月18日,于母早早守在23路郊线公交车终点站,她知道女儿最近患感冒在挂水,可婚期已临近了,娘俩总得商量一下办嫁妆的事。但于母未能接到女儿,谁曾想一礼拜后她带回的竟是女儿的骨灰。

于母随即给贺家打电话,电话被切断了。当天上午,于母率大姑娘、大女婿一行赶到二院,见美美不在班上,便责问贺:为什么把电话关掉?贺抗议:我家电话我有权利,与你无关。娘仨又赶到贺家,见美美躺在床上,嘴上打起了水泡。于母惦着女儿婚事,急问买家具的事怎么办?小于说没力气去,让打个电话给阿涛,结果阿涛也抽不出身,请岳母做主买。这时贺医生回来了,手里托着药水瓶,一进门就发脾气,责怪于家人不懂道理,他好心不得好报,然后便去给于美美挂水,于母等提出要不要让美美住院,贺开导道:"查过了,没什么大问题。在家里治比去医院治好,又不要这个费那个费。你们农村苦钱不容易,我是替你们着想。"当晚于母和大女婿购回一批家具,大姐则留下来照看妹妹。大姐后来说:美美一直很清爽的,特别爱干净,那几天不知为什么一点都不讲究了,她实在是一点力气都没有了。晚上睡觉前,我替她用毛巾擦脸,还帮她梳头,一梳子下去,我的眼泪就止不住流下来了,我不敢告诉她哎,她脑后的头发掉得都看得见头皮了。她还惦记着结婚呢,这个样子怎么结婚呀。19日星期天,于母又去电话,听大女儿说美美情况越发不好,连路都走不稳,上厕所时摔了一跤,到医院缝了三针。于母哭着由二女儿陪同再次进城,赶到贺家提出送美美住院,贺一声不吭就跑了,到医院过了一夜,20日晨,娘仨决定非带美美走不可,趁贺不在家,收拾好东西,留张条子,刚要出门,贺正好迎面进来,手上又托着两瓶药水。

含有大剂量"氟"的药水，就这样当着亲人的面一次又一次地流进了于美美的体内，于家人眼睁睁看着死神步步逼近，却无力改变美美的命运。据有关专家分析：于美美若在4月20日前送往医院，并及时弄清是哪种药物中毒的话，仍有望生还。然而事实并非如此。

是什么原因导致于家人对贺"百依百顺"呢？根据问讯记录，我得出了这样的答案：于家人被贺的政治外衣迷惑住了。据于母说，贺用替于解决工作这一招博得了于家所有人的认同。事实上贺也确实有两手，他毕竟担任过省政协委员，与市里不少领导打过交道，加上他医生的身份，在很多人心目中，他是有一定分量的。贺曾带徒弟（于）去一些领导家拜过年，然后又指着某一日的电视荧屏对于说，他是××领导，我没有骗你吧，只要他开口说一句话，你的工作马上就能解决。在这种情形下，一个天真善良的少女还能有什么怀疑的呢？

五

狡猾的贺萧，直到5月22日第十二次审讯时，才承认自己的确开了80支"氟"而非60支。但是在究竟给于美美用了多少支这个关键问题上，却耍尽了花招。他先交代只用了10支，继而死守15支防线，接着又退到36支，最后咬定45支，这个数字与检测结果仍有较大出入，但已足够致人死亡，再增加只是个残忍程度而已，对此，贺萧心中一本账清清楚楚。于美美的30ML血样，在经过中国药科大学检测后，可以说是证据确凿了。然而，临江市公安局为了确保证据万无一失，在传讯贺萧的同时，又委派侦查人员，将血样送到上海医科大学，中国人民解放军第二军医大学和公安部检测中心进行复检，复检结果一致，且得到了国内几个一流专家的签字认同。望着检测报告，和这些自己并不陌生的专家的亲笔签名，一度振振有词的贺萧终于哑口无言了。

在被问及为何想到要用"氟"毒害于美美时，贺萧交代说：这种药溶于水，毒性较温和，不像氰化钾等毒药，吃下去马上死。他说：我想霸占她，不想她离开我，我的目的达不到了，也不想让她达到目的，于是，她的生命就被我剥夺了。贺还交代：事后我也想过投案自首，但一想到这种药很难检测出来，就产生了侥幸心理。他怎么也不会想到，国际互联网让他栽了个大跟头。

6月9日，犯罪嫌疑人贺萧被依法逮捕。

办案人员依照大量事实，对贺进行了层层深入的审讯，直逼得贺无处藏身，最终将自己肮脏的心态和盘托出。通过讯问记录，可以看出，贺萧之所以毒杀于美美，是自私的占有欲得不到满足的变态发泄，他早已单方面把于看成自己不可或缺的精神依托和生活伴侣，甚至把于看成了私有财产。

在审讯后期，贺萧产生了强烈的自责感，他甚至向公安人员提出"让我出去挣钱补偿于家"的可笑建议。他说："美美死后的那段日子，我在家到处看到她的影子，我心里愧呢，我心里讲：美美啊，我今生今世也还不了你的情，欠你的情，只好等来世了，我总有一天要被抓住，只好一命抵一命了。"

6月17日，国内罕见的高智能杀人案宣告侦查结束，临江市公安机关奋战了近两个月，终于运用高科技圆满地完成了一项史无前例的刑侦课题，值得一提的是，此案的独特性，将为今后侦破同类案件提供宝贵的刑侦经验。当天，犯罪嫌疑人贺萧被移交临江市润州区人民检察院等待提起公诉。

内心极度恐慌的贺萧，终于意识到自己的末日到了，施出了最后的绝招。他开始在拘留所里装神弄鬼，又蹦又跳，一会儿面壁嘴里叽里咕噜，一会儿又跪下来求饶，要于美美放过他……善良的人们并不知道，他的装疯卖傻大有文章。他连续几日不吃不喝，剧烈运动，体能和身体内部的水水消耗殆尽，这正是他需要的。他阴暗的心里此刻正发出令人意想不到的垂死的狂欢，他就要成功了，他终于逃脱了法律对他的严惩。

6月19日，贺萧突然昏迷，急送医院抢救。医生替他做完检查后告诉公安人员，贺其实是在自杀。因为他患有糖尿病，这种病一旦过度缺水，体内就会产生大量的"酮"，而体内酮一旦过量，则会导致肝昏迷，加上贺是一个长期肺病患者，体能的大量消耗引起了肺部感染和冠心病的发作……

贺萧终因抢救无效而亡。根据1997年新颁布的《中华人民共和国刑事诉讼法》第15条规定，不予追究贺萧刑事责任，决定撤销此案。在三本厚厚的案卷的最后一页，最后一句话就是"撤销此案"。贺萧的突然死亡，为这个惊心动魄的案子画上了句号。

本案两名主角一个被杀，一个自杀，很多事情查无对证。但很多不知情者在道听途说之后，总要追问一个令人最敏感最难回答的问题：贺和于究竟有没有两性关系？公安人员的回答是，贺萧至死都没有承认与于美美发生过关系，只说是在精神上和生活上对她有依赖。法医在为于美美尸解时确认她已不是处女，好在她和未婚夫有过同床的经历，这对于美美来说也许是最好的解脱吧。

贺萧死了。贺萧死在法院正式开庭判决之前。由于司法程序尚未结束，因此严格意义上讲，我们不能将贺萧称为罪犯，只能称其为犯罪嫌疑人，这是法律明确规定了的。法律还明确规定，犯罪嫌疑人在司法程序结束以前死亡，属于正常死亡。而对于正常死亡的人，单位不仅要替他付丧葬费，而且要付给他亲属一笔数额不算小的抚恤金（贺是副主任医生，副教授级专家）。这也许是医院里很多人认为何没有杀人，这只是一起"医疗事故"的原因所在吧。最令人难以接受的是，由于此案被撤销，原本可以一并追究的民事赔偿也变得扑朔迷离起来。法律尚未最终判定贺萧有罪，赔偿又从贺说起呢？加上于家的悲愤心理，早已脆弱得再也经不住折腾了，一切就这样莫名其妙的平静了下来。难怪刘支队长对贺萧8000元欠条一事，耿耿于怀，十分恼火。

然而，贺萧从杀人到自杀均采取的高智能手段，倒是很值得人们去深思，试想如果没有国际互联网这一先进科技手段，此案能侦破吗？或许贺萧今天还逍遥法外呢。

完稿之前，我终于了却了最后一桩心愿：去高塘镇看望于家人。

于家住在离镇上十里路左右的一个村庄。当于母知道我是为美美

"申冤"的记者时,泪水顿时模糊了双眼。她几乎是从于美美出生开始说起,一直讲到她长大成人。于的两个姐姐也止不住泪水涟涟,她们拿来了美美的影集给我看,还带我上楼看了家里给美美准备好的嫁妆。一套崭新的家具,一台25寸彩电和一大堆床上用品,被乱七八糟堆在一间落满了灰尘的屋子里,屋子沉默得像一个失语症患者。

我不忍心再继续待下去了。因为老实巴交的于父,已经开始忙着为客人做饭了。我不知道如何才能咽下这口饭,赶紧走出了于家院落。

于母和两位姐姐出门送我,我对他们讲,你们好安心了,这件事已经真相大白,美美死也瞑目了。

于母把我引到一个土坡上,指着不远处的一个山丘说,美美就葬在那里,永远陪在最喜欢她的奶奶身边,说着,于母再次禁不住潸然泪下。

一个月后,公安厅的一份报纸刊出了我的采访文章。我实在不忍心再打搅于家,就给她的二姐打了个电话,让她到临江来取报纸。她二姐第二天就来了,我给了她几张报纸,说,别再惊动你母亲了,你和大姐两人上一趟坟,烧给美美吧。

从灵魂里射出的子弹

如果说乔治·华盛顿背后那一粒没有射出的子弹书写了美国独立战争胜利的历史的话，又有多少颗射出的子弹在不经意间改变了历史。狙击手的枪里往往射出的是最重要的弹头，因为他们瞄准的是最重要的头颅或心脏。

美国独立战争时期，英军上尉、神枪手、新型来复枪的发明者佛格森于1777年率部队首次上阵，在白兰地酒之役中旗开得胜。在此役中佛格森瞄准了125码外一个正骑马离去的美军军官，出于绅士风度，他没有朝那位军官的背后开枪，殊不知那军官正是乔治·华盛顿！这就是历史上最著名的"未开的一枪"。

佛格森的英国绅士风度使留在他枪管里那一颗曾瞄准华盛顿的子弹至今被人感叹；而具有讽刺意味的是，另一颗子弹却没有放过他——佛格森在1780年10月被大陆军的肯塔基步枪手在450码距离上打死，他的部队投降后，英军将领康华利将军被迫放弃了对北卡罗来纳州的进攻。又一粒子弹使一位可谓狙击天才的绅士上尉与他的新型来复枪一起被历史的巨浪吞噬。

1777年10月7日，美国独立战争萨拉托加战役中，北美大陆军肯塔基步枪队中的一名狙击手墨菲的子弹于300码外射杀了英军著名将领西蒙·福雷瑟将军，福雷瑟的死直接影响了战局，导致英军统帅约翰·博格因的突围计划破产，萨拉托加战役由此成为独立战争的转折点。从某种意义上来说，狙击手墨菲射出了也许是人类历史上最有分量的一颗子弹。

而另一颗二战中来自苏军狙击手的达姆弹同样重如千钧,它射中了当之无愧的狙击之王、542名狙杀记录的荷兰狙击手、"冰原死神"西蒙·海耶的下颚,葬送了一个杰出狙击手的未来,救了不知多少个苏联士兵的命。

论战绩,苏联英雄、功勋狙击手瓦西里·扎伊采夫并不是十分了得,为什么他成为狙击手的代名词?为什么他被全世界记得并歌颂?为什么他在军史学家眼中有着特殊的地位?因为他的一粒子弹经受住了致命诱骗,穿越了几乎完美的伪装,射进了德军最著名的狙击手之王柯尼格的额头,间接拯救了斯大林格勒的战局。

我们绝对可以这样说:普通的狙击手用手指射击,杰出的狙击手用灵魂射击!

一、朝鲜战场上的狙击神话

1950年,远东朝鲜半岛,战火硝烟笼罩在北纬38度线上空。

活跃在这里的中国人民志愿军狙击手,并非人们想像中的那样神秘高深,他们当中很多只是刚刚踏入战场的新兵,几乎都不曾接受过任何正规的战术训练,但是,那并不能使他们避免经历和所有战争中一样的生死搏杀。

经过五次战役的激烈拼杀,交战双方都开始认识到,他们遇上了从未经历过的强劲对手。这场战争的结局,注定不可能在短期内见分晓。

战争开始后的第二个夏天,朝鲜中部城市开城郊外来凤庄。在这座战前曾经的小茶馆中,交战双方第一次坐到了一起,旷日持久的停战谈判就此拉开帷幕。然而战事并没有就此消停下来,在三八线附近,双方仍然壁垒森严,近百万军队剑拔弩张,大战随时一触即发。朝鲜战场上的客观形势要求双方在三八线地区,以三八线为界转入阵地防御阵地对峙之势。此时,前线每一个特定地点,甚至每一个小山头的得失,都直接关系到谈判桌上的气势与得失。在这样一种情况之下，要求志愿军必须转入阵地作战，而且要逐步地改善自己的阵地设施，同时采取积极的行动，夺取战场的主动权。

1951年夏季，志愿军第六十军奉命进入朝鲜东部鱼隐山防线。此时此刻，志愿军的阵地基本上还是野战工事，简陋的防御设施在对方密集炮火往复轰击下显得不堪重负。而在大多数志愿军战士手中，武器装备还是以步枪、冲锋枪等轻武器为主，射程小、火力弱，根本无法对对手造成有效杀伤。同时联合国军阵地所在位置的平均高度要比志愿军阵地高出一两百米，对手居高临下，志愿军的一切地表活动完全暴露在对方视线当中。在密集火力的掩护下，对面的联合国军不断向中间地带扩展阵地。两方的阵地距离越逼越近，几乎要像牙齿一样相互咬合在一起，最远的地方不超过一千米，最近的地方只有百米之遥。一位志愿军战士在日记中这样写道："对面阵地上的人，他的眼睛是黄色还是蓝色，我已经看得清清楚楚。当时的情况是，敌军稍微弯腰，就可以在他们的阵地上行走，我们却几乎一动不敢动。"

尽管不得随意开枪的军令在先，然而每一个士兵都不愿意在这种气氛下永远被动下去，终于，这条军规被一个名叫徐世祯的人打破了。为了避免暴露目标，徐世祯脱下上衣，用泥土涂满脸部和全身。然后，一个人提着一支水连珠步枪，悄悄潜入到阵地前沿。这是一个废弃的临时掩体，距离对面的阵地大概在200米左右，对面阵地上的士兵，浑然不知自己已经成了别人的靶子。徐世祯打一枪换一个位置，一天之内，击杀七名敌军。徐世祯在无意中扮演了一个狙击手的角色，他并没有想到，自己的"鲁莽"行为不仅没有招来军事处罚，反而从此为处在被动中的中国军队开辟出一条新的战法。

1952年1月29号，志愿军指挥部专门发出了一个指示：对敌人阵地上的单个目标和小群目标，要组织轻重机枪和步枪予以歼灭，组织特等射手展开狙击作战。其中有一句话非常重要：我们坚决反对认为在现代战争中，步枪已经是落伍武器的说法。当年徐世祯所使用的狙击武器——德国产毛瑟1898k式步枪，志愿军中俗称为"水连珠"，口径7.

92毫米，弹头初速745米每秒，有效射程600米，由5发固定弹仓供弹，枪长1103毫米，枪重3.89千克。相对于军中其他武器装备而言，毛瑟步枪射击准确性能较好，成为志愿军狙击手们最为喜欢的武器。与很多威风凛凛的现代狙击武器相比，这种老旧不堪的毛瑟步枪当然其貌不扬。但是，就是这普普通通、甚至没有任何光学瞄准设备的步枪，却在当年的朝鲜战场上凭空创造出了一个神话，狙击手的神话。

1951年初冬，朝鲜境内的山川大地已经是白雪皑皑。在夏秋两季的持续阵地较量中，具有强大装备和人员优势的联合国军并没有占到任何上风。11月27日，双方谈判代表终于在分界线问题上达成协议。但是，一波未平，一波又起，在遣返战俘问题上，两方针锋相对，各执一词。此刻，每个人心中都很明白，在战争胜负未分之际，停战还言之过早。

五圣山，海拔1061.7米，是志愿军中部防线的制高点。在五圣山的南麓上甘岭，有两个突起的高地，537.7高地北山和597.7高地。这片面积只有3.7平方公里的山坡，组成了整个五圣山防线的最前沿门户。交战双方近在咫尺，最近的地方相隔只有50米！对绝大多数年轻的志愿军士兵而言，他们从未经历过如此近距离的阵地对峙，23岁的高良伦同样也不例外，在来到朝鲜之前，他甚至还从没有体验过真正的战争。

一天，营长对高良伦说："小高，我们打冷枪怎么样？"

高良伦疑惑地问道："打冷枪，什么叫冷枪啊？"

营长让高良伦向前平伸出左臂，竖起拇指，然后闭上一只眼睛，向对面望去。这种方法本来是炮兵缺少必要器材时的目测距离法，现在被活用到步兵狙击中了。志愿军不能使用望远镜，容易被敌人的望远镜观察到，只能用肉眼当望远镜，用大拇指当测量工具侦察敌情。

一个美军士兵出现在视野当中，他的走动速度很慢，看起来似乎很悠闲。高良伦将右眼视线、拇指和目标连成一线，然后睁开左眼，闭上右眼——从左眼和右眼不同的角度观测，拇指和目标之间便会产生横向的误差，根据这个误差的大小，就可以估计出目标的距离远近，以确定射击标尺。一粒子弹从高良伦的步枪里飞了出去，远处的一个敌人像棵被风刮倒的小树一样栽倒了下去。敌人的哨所外一阵混乱，再没有人敢气定神闲地站在那了，全都弯着腰小跑起来。就这样，一天当中营长和高良伦两人干掉了七八个敌人。

单兵步枪尽管不具备重型武器巨大的杀伤力，但是目标单一，命中几率高，而且机动灵活，在这种武器装备对比悬殊的作战中效果尤为显着。由于缺少同对手抗衡的火力，冷枪狙击成为志愿军在这一阶段用以掩护大规模坑道修建的主要作战方式。但是，对手也并不是那么容易对付，志愿军狙击手往往一击成功，随之也就暴露了藏身地点，不到一分钟，铺天盖地的炮火，以及各种轻重武器，就会暴雨一般倾泻到狙击手的射击阵地上。结果常是打倒一个敌人，报复的炮火会死伤好几个志愿军，得不偿失。战争的基本原则就是保存自己消灭敌人，如果连保存自己都做不到，怎么能去消灭敌人呢？如何有效地杀伤敌人而保存自己，面对相隔几百米的对方阵地，每个狙击手都不得不有所思考。

在生死瞬息万变的战场上，作为一名优秀的狙击手，不仅要有出色的枪法，还要必须学会在最危险的环境中隐蔽生存，这是亘古不变的狙击法则。判断狙击位置，一个是通过枪声的方向，第二个是凭借打枪时火药燃烧产生的烟雾，再一个是看地形。要想获得狙击敌人的最佳效果，隐身是最重要的前提。大的隐身就是远离部队，单独行动，这样即使造成伤亡，损失也不会太大；小的隐身就是注意变换阵地，让敌人摸不着头脑。志愿军狙击手很快找到了新的狙击方法。

凌晨三点钟，志愿军战士朱永豪与班长杨宏志悄悄起身，他们必须在天亮之前进入到伏击地点。出发之前，他们做了周密的准备：为了便于食用，压缩饼干被敲成小碎块；水壶里面装的不再是水，而是少量的酒，用来抵御雪地的严寒。为了避免暴露目标，两个人从头到脚都披上了白布，因为在举目皆白的雪地上，任何一点杂色都会显得异常醒目。特别是对枪的伪装，既不能破坏设备，又要不露痕迹。天色还很暗，朱永毫和班长杨宏志悄悄潜入的伏击位置是一个战前的小村庄。这里在敌人炮火的重复扫荡之下只剩下些许断壁残垣，墙很低，必须采用卧姿才能完全隐蔽起来。酒和食物必须放置在身体不用挪动就可以触及的地方。杨宏志把步枪的枪身轻轻压入浮雪当中，枪已经完全用白布包好，只留下准星和标尺在外面。

天色一点点亮起来，一天的等待开始了。这种等待通常十分漫长，漫长得似乎永远没有尽头。目标每一刻都有可能出现在视野内，瞬间的疏忽都可能让机会擦肩而过。朱永毫目不转睛地注视着对面的阵地，不敢有丝毫的懈怠或者急躁，作为狙击手的观察员，他必须代替班长监视敌情，以保证狙击手的视力不受雪光的刺伤。他们伏击的位置距敌人的最前沿阵地不超过 150 米，一旦被对面发现，他们没有任何逃生的机会。

太阳渐渐升起来，雪地上升腾起淡淡的白雾。朱永毫闭了一下被雪光刺得疼痛的眼睛，继续紧盯对面阵地。一个中等高度的人形出现在山坡上，朱永毫仔细辨认了一下，那个人走路的姿势似乎有些奇怪。朱永毫沉住呼吸，他几乎可以听得到自己的心跳，四周异常安静，那个人影一步一步走近。朱永毫见敌人走得很近了，班长的枪还没响，很是焦急。敌人过去了，班长才低声对他讲："那是个假的敌人，活人走路的时候，关节不可能不弯曲。而且如果一个人要是背着东西，腰不可能是直直的，怎么也得有点罗锅。"班长的话刚说完，敌人的侦察机就出现了，在他们周围飞得很低，朱永毫惊出一身冷汗，如果当时他们要是放了一枪，就麻烦了。头上的飞机盘旋了一阵之后终于远去，朱永毫这才明白了，这是对手在试探前沿阵地的安全性。如果侦察机并没有发现目标，那么后面应该很快会有继续的动作。果然，目标再次出现了，从走路的姿势和速度看，朱永毫断定这一次来的是个真正的士兵。他用余光扫了一下班长，他看到，班长一直合着的眼睛慢慢睁开了。杨宏志一看这是个真家伙，迅速地扣动了扳机，敌人应声倒下。微风吹过，枪口喷射出的青烟在雪地上升腾起的白雾中消散得无影无踪。一切又恢复平静，对面阵地没有做出任何反应，看样子，对手并没有发现这突如其来的一枪来自何方。

天色一点点暗淡下去，两名志愿军狙击手继续潜伏在几十厘米厚的雪地里，等待下一个目标的出现。一直要到夜幕再一次降临，天色完全暗下来之后，他们才可以安全撤离。

虽然在1951年1月至2月间，志愿军第六十五军第五八五团第二营的狙击手，曾经创造过750发子弹消灭了83个敌人的纪录。但实际上，大规模开展冷枪杀敌，是在完成第一线坑道防御体系的建设后——1952年5月间——坑道工事的形成为狙击活动提供了可靠的保障，敌人炮火的威胁因而大大得到了缓解。

北纬38度线，横贯整个朝鲜半岛。就在这绵延200多公里的战线上，活跃着成千上万个志愿军狙击手。他们潜伏在任何可以藏身的地方，等待着每一个可能出现的机遇，随时猎杀任何暴露目标的对手，令敌人闻风丧胆。山野，每一刻都有可能被一颗摄魂夺命的子弹划破平静的假象，爆发出突如其来的杀机。

二、森林里闪动的黑影

越南战场是一个很适合进行狙击战的地方，这里，森林为狙击手们提供了天然的射击场所和藏身处，在用特种战不能有效对付越南游击战之后，越来越多的美军狙击手来到了越南。他们单枪匹马穿梭于森林中，神不知鬼不觉地对越共的军队进行着无情的猎杀。

面对由于狙击手造成的越来越严重的伤亡，越共中央坐不住了，他们知道，如果不有效对狙击手进行打击，那么，部队的士气将受到极大的削弱。但是他们手中缺乏对付狙击手的最好武器：狙击手。于是，他们找到了苏联，寻求苏联当局的帮助。

黑黝黝的枪口从一堆落叶中缓缓地伸出来，瞄准镜已经牢牢地套住了目标的身影。屏住呼吸，手指在扳机上一扣，"砰……"清脆的枪声响过以后，目标的头上立即绽开了一朵血花，倒了下去。小心翼翼地退回隐蔽所，威尔长嘘了一口气，从口袋中掏出本子，在上面再画了一条横杠，这已经是他第 58 个战果了……

　　一个黑影在森林里闪动了一下，然后又马上消失不见了，尼古拉知道，他遇见了敌方的狙击手。他悄悄地把经过伪装的枪口伸出来，眼睛靠在瞄准镜上，静静地等待着。

　　20 分钟过去了，没有动静，可是他不敢有丝毫的放松，狙击学校学习的经验告诉他，狙击是一项极富耐性的竞赛，谁的耐性更强，更冷静，谁就是竞赛的生存者！

　　30 分钟过去了，森林里出奇的冷寂，让人不禁感到毛骨悚然。乌鸦不时发出的"啊……啊"的叫声更增加了不少紧张的气氛。

　　尼古拉的额头上已经渗出了丝丝的汗珠，他咬了咬自己的下唇，努力让自己保持清醒和冷静。

　　一只兔子突然受惊从侧面的树丛里蹦了出来，尼古拉知道，他的对手已经转移到侧面了，他缓缓地，极其小心地把枪口转移过来，通过瞄准镜，他看见从树丛中间露出一副望远镜，正在观察着。

　　找到目标了，尼古拉把瞄准镜的中心牢牢地锁定在望远镜的镜片上，击发！枪声划破了森林的寂静，无数的飞鸟冲天而起。

　　目标再也不动了，但是尼古拉还在瞄准着，不敢有丝毫大意。20 分钟后，目标还是一动不动，于是，他小心地从隐蔽处退出来，匍匐着，慢慢地靠了过去。看到子弹精确地穿过望远镜射进了敌人的眼睛，后脑上穿出的弹孔中还流着白的脑浆和红的血。狙杀成功了。苏联狙击手尼古拉在越南战场上杀死了他遇到的第一个对手。

　　由于苏联狙击兵的秘密出现，美国的狙击手们感到了莫大的恐慌，他们更加小心谨慎。为了对付苏联狙击手，他们甚至不惜集群行动，设置各种假目标，在诱使苏联狙击手开枪的同时进行狙杀。而苏联狙击手则以守株待兔的方法，在各个森林入口埋伏着，等候美国狙击手的到来。双方的较量不断升级。

　　威尔呆在营地里，一边静静看着同伴们整理装备，一边喝着啤酒。58 次的狙杀成功记录，使他在狙击手中名声雀起，每个人都想超越他，让自己成为最好的。

"你等着吧,威尔,我一定会超过你的!"说话的是史文森中士,他也是一个狙击手,已经有了 42 次的狙杀记录,是第二号狙击手。

"不要太大意了,最近我们狙击手的伤亡明显上升了,而且从尸体上看都是一枪毙命,这证明是被另一个优秀狙击手狙杀的,你要小心。"

"放心吧,能够射中我的子弹现在还没有造出来呢!"史文森背起枪:"我要打猎去了,我会超越你的!"

"小心为上!"威尔担心地看着战友的背影。

尼古拉靠在自己挖的掩体的墙上,疲倦地闭上了眼睛。已经连续几天没有好好休息过了,他的体力已经透支了。在吃过食物补充了体力以后,他现在最需要的就是休息。狙击所消耗的不单是体力,精神也受到了很大的压迫。远赴越南的苏联狙击手尼古拉沉沉地睡去了。梦中,他又回到了家乡,辽阔的哥萨克草原上,他正与心爱的姑娘一起纵马飞奔,爱人的笑脸像草原上最美的花……

史文森肯定自己遇见了一个敌方的狙击手,因为他的反应太快了,在他刚准备举枪瞄准的时候他就消失了,那是只有狙击手才与生具有的反应。他决定跟这个狙击手玩下去,玩一场只有一个胜利者的游戏。

尼古拉庆幸自己在睡梦中还能对脚步声产生警觉,他下意识地清醒过来,迅速地隐蔽了起来。他从隐蔽处小心地观察周围环境,没有一个人,好像什么也没有发生过,似乎只是因为恶梦而惊醒。可是,作为一个狙击手,尼古拉知道,他是遇到了另外一个同是狙击好手的敌人。

漫长的等待总是让人感到无比烦躁的,特别是高手之间的对峙,一个小时过去了,还是没有任何的动静。

史文森躲在一堆落叶的下面,透过望远镜警觉地观察着一切轻微的异常。对手能在那么长的时间里不暴露行踪,让他感到莫名的激动,已经很久没有遇到过这样的对手了。越是高水平的狙击手,就越能让他斗志旺盛。

Come on,Baby!他在心中默默地呼喊着。

尼古拉也知道自己面对的是个什么样的敌手,他不敢有丝毫的大意,趴在树丛里,一动不动,等待着对方犯下的任何一丝微小的错误。

这时，天气突然变化起来，阴云密布，不一会大雨就倾盆而下。

对两个互相寻找的对手来说，大雨中的树林危机四伏。

双方继续在雨中坚持守侯，都希望这场雨能够帮助自己找到对方。

史文森这时发现雨水已经开始聚集汇流了，可能会把藏身处的树叶冲走而暴露自己。于是，他开始悄悄地移动，每次都很轻微，努力不要暴露自己。终于，他成功地转移到了一堆暴露在地面上的错综复杂的树根后。

他再次用望远镜观察，缓缓地移动着视野，突然，他发现一个钢盔在一个树丛里闪了一下，定住，再观察，没错，是钢盔，露出了一点点，虽然不是很多，但是对于一个像他这样的狙击手来说，已经足够了。于是，他举起枪，瞄准，射击！成功命中！他兴奋了，从掩体里猛地站起来，要去看一下他的对手。

就在这一霎那，"砰……"一颗子弹精确地射中了他的眉心，他身体一颤，整个人倒了下去，鲜血，和着雨水染红了整个地面，所有的骄傲与生命一起被冲得无影无踪。

尼古拉从另一边的树丛中站起来，他刚才也趁着下雨的时机转移了位置，然后用树枝挑起钢盔诱敌，没想到立即奏效了。他抹了一把脸上的雨水，抽出匕首，来到史文森的尸体旁，把他的肩章割了下来，放进了自己的口袋。这是他在越南的第 14 个战果！

狙击手的守则：永远活在清醒中。

狙击成功带给狙击手的喜悦是无尽的，对于尼古拉来说，每次的狙杀都是自己的荣耀，也都是下一次狙杀的开始，丝毫不能大意。今天，他奉命和两个同伴一起去牵制一个营的美军，让越南的部队有足够的时间做好防御的准备。

他们在树林里潜伏起来，静静等待着美军的到来，三个人，三枝黑洞洞的枪口闪着彻人心骨的寒光，从不同的方向瞄向树林惟一的入口。狙击，将要在某一个时刻开始。

透过瞄准镜，他们发现了五个美军大兵出现在了通向树林的路上，还有人背着小电台。他们判断这是美军的先头侦察分队，于是不动声色。

那五个美国大兵以战斗队形搜索前进着,保持着高度的警惕,但是他们没有想到,就在他们眼皮底下埋伏着三个一枪毙命的狙击手正在等候着他们身后的大部队。经过一番仔细搜索,他们确认没有什么敌方军队埋伏,于是用电台告诉身后的部队:可以前进了。

侦察分队的5个人继续前进对下一个地段进行搜索了,狙击手们放过了他们,因为他们等待的是后面一个营的500多名美国兵。

过了10分钟,大队的美军士兵果然出现了,他们排成三列,像长蛇阵一样蜿蜒行进,对于狙击手来说,这是一个再好不过的靶子了。

"砰、砰、砰。"三枝狙击枪几乎同时响了起来,排头的三个美国兵应声而倒,而剩下的美国兵由于还一时搞不清楚发生了什么事,竟然都还没有卧倒。

"砰、砰、砰。"紧接着又是三声枪响,又有三个美国兵倒下了,直到这时美国人才意识到他们遇到了伏击,慌忙全部卧倒,漫无目标地疯狂扫射。

狙击手们停止了射击,在没有把握命中的情况下,狙击手是不会开枪的,因为他们携带的弹药有限,要求尽量地进行精确射击,争取一枪解决掉一个。

在胡乱射击了一阵后,美国人发现他们没有再受到攻击,于是认为已经把埋伏的越南游击队吓跑了,便又站了起来准备继续前进。但是他们没有想到,他们这次面对的并不是越南的游击队,而是三个训练有素的苏联狙击手。重新前进还没有几米,伴随着三声枪响,另外三个美国兵倒了下去。这次,美国人学乖了,立即卧倒,很长时间都没有再起来。

那五个美侦察分队的士兵显然听到了枪声,他们又返回来了,狙击手们当然不会放过这送上门的猎物。于是,卧倒的美国士兵们看到了这样一幕:那五个同胞拼命地奔跑着想要与他们会合,可是,随着枪声,他们一个个先后栽倒在了地上,五个人,五声枪响。现在,美国人终于明白了,他们碰到的不是游击队,而是狙击手。

于是，报复开始了。美国人召唤来了大炮和飞机，对树林进行了长达30分钟的猛烈轰炸，美国兵们也不管是否命中，把枪里的子弹也全部倾泻进了树林。飞机投掷下来的燃烧弹把树林点着了，顿时，树林里浓烟四起。

轰炸结束了，尼古拉悄悄从几乎被炸弹掀翻的掩体中探出身，环顾四周。一个同伴的掩体已经被炸飞了，身体被炸了出来，狙击枪也被抛了出来，尼古拉知道，他已经死了。还有一个同伴似乎没有事，还能跟他打手势示意。把失去伙伴的愤怒与悲痛咽下，尼古拉重新握紧了枪。

美国兵没敢再前进，他们丢下了十几具尸体匆匆退去。尼古拉和另一个同伴从掩体里爬起来，默默挖了一个坑，将牺牲的同伴埋葬了，然后把他的狙击枪插在了坟墓前。

美军的营地里，史文森的尸体被找到并运了回来。威尔看着史文森的尸体：一枪毙命，子弹从眉心打入，从脑后穿出，只有狙击手才有这么好的枪法。他把史文森的狙击步枪拿起来，取出弹夹，发现已经射出一颗子弹了，证明史文森开过枪，但是没有打中。能让一个优秀狙击手子弹虚发，那对方一定是更优秀的狙击手。威尔把枪放回史文森的身边说："伙计，我会为你报仇的！"

苏军狙击手们好像突然遇到了强劲的敌手，四天内已经有三人被击毙了，而且从伤口上看，都是打在要害部位一枪毙命的。苏军狙击手们被迫减少了单独狙击的次数，转而采取双人小组行动。

威尔隐藏在灌木丛的下面，身上披着的迷彩布，使他看上去好像与大地融合在一起了。他已经在这附近活动三天了，发现不断有狙击手出没于这个地区，于是，他把自己伪装了起来，等待。前方是一片与人齐高的蒿草地，很适合狙击手行动。威尔的狙击经验告诉他，今天一定会有所收获。

时间在流逝，突然蒿草一阵晃动，威尔知道有人来了。他把瞄准镜打开，将眼睛靠了上去——两个拿着狙击步枪的狙击手从蒿草里走了出来，有说有笑的，全然不知道死神已经就在附近。

瞄准镜已经套住了其中一个狙击手的头，击发，那个人的头猛地向后一仰，然后整个人就往后倒了下去，喷溅的鲜血，在空中划了一道弧线。

另外一个狙击手立即卧倒，把身体尽量压低慢慢地往后移动着，试图退到草丛中。威尔可不会让猎物这样轻易溜走，他把枪口压低，瞄准了若隐若现的钢盔，他在等待着，等待着一个机会。那个狙击兵一直向后移动着，不时把头稍微抬起一点观察周围的情况。于是威尔在瞄准镜里，看到了钢盔下不时露出的一双眼睛。在那个狙击手再一次抬头查看情况时，威尔扣动了扳机……

掏出本子，再在上面划上了两杠，这是第62、第63个！

作为苏军在越南最优秀的狙击手，尼古拉奉命去狙杀这名让苏军狙击手感到恐惧的人。他不知道对手在哪里，他只知道对方与他同样出色。

他不由想起了狙击学校教官的话：作为一名狙击手，他的荣誉不是来自杀死了多少个敌人，而是看他有没有能力杀死一个和他一样甚至比他更加优秀的狙击手。他握紧了手中的狙击步枪，在森林的每个角落里寻找着对手的痕迹。狙击手彼此搜寻主要靠直觉和敏锐的观察力，不放过任何的蛛丝马迹，靠着高超的狙击素质，尼古拉发现了某个狙击手在这里活动过的痕迹，而且根据这些痕迹可以确定，他，还在附近，尼古拉仔细地查看着周围的环境，然后悄悄地把身体隐藏在一棵矮树旁的草丛里，只露出经过伪装的枪口，等待着对方的出现。

为了等待狙杀成功那一刻的激动，狙击手要付出几倍于成功喜悦的巨大压力。因此，不是每一个神枪手都可以成为狙击手的。一些心理素质不稳定的狙击手，也常常是战场上敌方狙击手的绝佳猎杀对象，只有真正的高手，具备良好心理素质和承受能力的狙击手才能够从容不迫地体味子弹出膛那一瞬间的兴奋与解脱。

屏住呼吸，眼睛紧靠瞄准镜，尼古拉盯上了不远处正在悄悄移动的一个身影。那个人贴着地面，正在缓缓地向他这边移来。射线很低，不一定能打得中，他耐心等待着对方的失误。突然，他发现在那个身影左边不远处的树丛里有一束光线闪了一下，然后又马上消失了。作为狙击手,他知道,自己现在遇到了最具威胁性的敌人——对方的反狙击小组。这个小组通常由2名狙击手组成,先由一人设计诱使敌方狙击手开枪暴露方位,然后由另一人加以狙杀。尼古拉很庆幸自己刚才没有开枪,也很感谢那位隐藏着的狙击手的失误,他不小心发出的那道光束,已经把他自己暴露了。尼古拉怎么会放弃这个可以一石二鸟的机会,他转移了枪口,瞄向了刚才光束传来的方向。在瞄准镜里,他看到的似乎只有树丛,但是他知道,里面有一个隐蔽得极好的敌方狙击手。他仔细地搜索着每一个可疑点,迅速地进行着判断。一块地方比周围的环境黑了那么一点,显得有些不自然,尼古拉推测那是因为用了迷彩布伪装的关系。瞄准,然后凭借自己的经验判断着对方的头部所在的位置,必须要一枪命中,不然他就会因暴露了位置而被另一个敌狙击手狙杀。尼古拉稳住枪口,不再犹豫,击发!第一颗子弹刚刚飞出枪口,第二颗子弹立刻被推入枪膛,枪口调转——那个诱敌的狙击手已经站起来举枪了,来不及精确瞄准了,尼古拉猛地站起来的同时射出了第二发子弹,那个狙击手晚了一步,他的胸口喷射出一片血雾,倒下了。尼古拉顾不上检查他,一边飞奔向树丛,一边从腰间掏出了手枪。树丛里,一个美国狙击手头部中弹,狙击枪歪在一旁,已经死了,尼古拉长嘘了一口气,把手枪放回了枪套内,拿出刺刀,割下了他们的肩章。

　　优秀狙击手的终极梦想就是与最出色的敌方狙击手进行一对一的决战,因为,这不但是狙击手的责任,而且还是一种莫大的光荣,证明自己才是最强者。没有一个狙击手愿意错过这个机会。

　　尼古拉在搜寻着威尔的踪迹,而威尔也在寻找着尼古拉的身影,目前为止,他们还一次都没有相遇过。

　　由苏联狙击手训练的越南狙击手也已经具备相当战斗力了,他们频频出击,给予美军沉重的打击,于是,苏联当局决定把他们的狙击手绝大部分撤回国内,只留下少数几人充当教官。尼古拉作为在越南表现最优秀的狙击手,被当局决定召回国内授勋升级。尼古拉拒绝了,他选择了留下来任教,因为他还没有与美军中最优秀的狙击手较量过。同时,威尔因为在越南战场表现优异而被美国军方赏识,调他回国深造。但是威尔也拒绝了，在他的潜意识里，总觉得还有一项未了的心愿，因为他在期待一场真正的决斗。

两个人都在寻求一战。

尼古拉在训练场上为越共方面精心挑选出来作为狙击手培养的士兵们展示他绝佳的枪法。举枪，瞄准，射击，一气呵成，没有丝毫的拖泥带水，400米外的一个人形靶应声而倒。查看射击情况的士兵跑过去，然后扛着靶子回来了："一枪穿头！"

威尔把自己隐藏在树叶与树根的下面，等待着猎物的到来。几个越共游击队的战士毫无防备地有说有笑地闲聊着走来，全然没有预知死神的降临。

"砰……"第一枪，那个笑得最厉害的游击队员嘴巴都还没有合上，双眉之间便出现了一个弹孔，直挺挺地向后倒下去了。其他几个游击队员纷纷拿起了武器，大叫着！

"砰……"第二枪，又一个人倒了下去，身体在不停地抽搐。

"砰……"第三个目标又倒了。

剩下的两个游击队员见状撒腿就跑，但是他们忘记了，人是跑不过子弹的。

"砰……"第四枪，目标整个身体往前一冲，栽倒了。

"砰……"第五枪响过以后，森林里恢复了宁静，就仿佛什么都没有发生过一样，只留下五具弹孔内还在淌血的尸体。

威尔放下枪，叼起一支雪茄，狠狠地吸了一口，然后把烟雾吐出来，嘴角边流露出了一丝冷酷的微笑。

越军很快发现，他们面对着一个极其出色的狙击手，于是，他们派出了他们最优秀的狙击手去寻找这个人，尼古拉面无表情地看着他的那个被选中的学生出发，心里却是无比担忧。

威尔凭借狙击手灵敏的嗅觉，感觉到了一种不同寻常的气息，这是一种只有狙击手中的优秀分子才具有的气息，他开始兴奋了。他在森林里游荡、隐藏，像个幽灵一样，寻找着那股气息的拥有者。今天，他预感自己会找到的，因为，他已经感觉到了大战来临前的那种渗入骨髓的

从灵魂里射出的子弹 | 183

压抑。找了个掩体把自己隐蔽起来，架起枪，威尔静静地等候着。

一个手里端着一支狙击步枪的人出现在了他的视野里，但是他无动于衷，因为那种水平的狙击手是不可能拥有那种气息的，连隐蔽行踪都做不好的狙击手绝不是一个好狙击手。他放过了这个人。

一小时过去了，没有新的目标出现，但是威尔却能够感觉到那股气息越来越近了，他的肾上腺素开始分泌，他知道，他期待着的决战马上就要开始了！

狙击手的终极宿命就是死在另一个狙击手的枪口上，这是悲壮的结局！

威尔感到那股气息已经就在自己的附近了，他不由握紧了手中的枪，屏住呼吸，努力感觉着这股气息，搜寻着它的来源。正前方，他确定这股气息来自正前方，来自眼前这片森林的某个隐秘角落。他安静地趴在那里，守候着他不知什么时候才会出现的对手。

夜幕已经降临，森林在黑暗中散发着一种诡异的气息，让人不寒而栗。夜行动物也纷纷外出寻找食物，野兽是狙击手的另一个威胁。此时还待在已经失去了阳光的森林里，绝对是一个危险的选择。威尔选择了留下来，尽量压低声音吃完随身携带的野战食品后，他再次潜伏、搜寻。那股气息越来越强，给人的压迫感也越来越强烈。

月光透过层层的树叶洒落下来，幽幽的，柔柔的，点点的白色光斑和在森林中不断飞舞的萤火虫让人仿佛置身梦境。谁能知道，就在这夜间美丽的森林里，居然孕育着一场生死对决。

在依稀月光下，威尔警觉地注意着周围的每一丝动静，一丛草动、一树影摇都可能是对方在活动的证据。不放过任何蛛丝马迹是一个狙击手应该有的基本素质。

前方不远处，一个模糊的黑影出现在了威尔的视线里，他不由睁大了眼睛，全神贯注地观察着。黑影很警惕地向四周张望着，悄然无息地向威尔埋伏的位置靠近。威尔的手指放在了扳机上。更近了，威尔已经可以看见那个黑影手上拿着的是一支加装了瞄准镜的苏联二战时期的莫辛·纳甘步枪，确实是一名苏联狙击手。而此时威尔感觉到的那股气息已经把他笼罩了，是他吗？威尔不敢确定，他觉得那个人应该没有散发这种气息的威慑力，但是，那股气息确实实在压迫着他。

像鲁莽一样，犹豫也是狙击的大忌，要做到冷静、沉着，又要保持绝对旺盛的精力和斗志，不然，丧命的就会是你。威尔想起了出发到越南前，他的指挥官，一个二战时期的优秀狙击手对他说的话。不能再犹豫了，应该动手了……

作为越南军队中最优秀的狙击手，阮明信已经有28人的狙杀成绩，比他的苏联教官尼古拉还多了几人，他不由得有些飘飘然起来。这次接受这样一个重要的狙杀任务，阮明信更加相信自己是最棒的，是不可战胜的，他信心十足地去跟尼古拉告别，尼古拉严肃地提醒他说："一定不能大意，你要面对的这个对手将是十分难以对付的。"他看着尼古拉很不以为然地说："我现在是整个越南军队中最优秀的狙击手，你知道的，我的战果是最高的，我的水平是最好的，我从来不把对手放在眼里，我要做的，只是找出他，然后杀死他，就是这么简单。"他的轻松却让尼古拉更感沉重。

现在已经一个星期过去了，阮明信却连对手的影子都没有看到过，他开始焦急了，因为他此次的任务就是杀死那个美军第一狙击手，在没有完成任务之前，他不能再随意狙杀其他敌人，已经有别的狙击手的狙杀记录快与他持平了，他只求尽快一战。

可以说，现在的阮明信已经丧失了一个优秀狙击手所应该具备的心理素质，他注定要在今天晚上为他的错误付出代价。他小心翼翼地前进着，他突然感到一阵说不清的恐惧，他有理由恐惧，因为威尔的枪口已经对准了他的脑袋。

"砰……"枪声在夜晚的森林里传得特别的远也特别的响亮，尼古拉从潜伏的地方站了起来，辨听着枪声的来源。随着枪声在森林的慢慢消失，他的心变得沉痛起来，他没有行动，继续隐蔽。

第二天清早，尼古拉来到了昨天传出枪声的地方。在确认四周没有敌人的埋伏之后，他走到了阮明信的尸体旁，尼古拉赫然看到了阮明信头部的那一个弹孔，从眼睛旁边射进，鲜血流了一地，已经干涸了。能在黑夜里还能实施如此精确的狙杀，尼古拉明白自己找到了他一直在找寻的那个人。

威尔已经知道了昨晚死在自己手上的狙击手根本就不是他心中的那个目标，因为在他狙杀成功后，那股气息反而更加强烈了。但是，他也知道，对手已经一步一步逼近他了。点上一支雪茄，在背风的地方躺下，威尔尽量舒缓着大战来临前的紧张情绪，他感到了一种深刻的无奈，高手之间的惺惺相惜让他深深体会到这一颗子弹的分量。

再次仔细检查了一下枪弹，尼古拉擦拭着瞄准镜。他感觉到了一种前所未有的兴奋与压抑交织的感觉，他从口袋里拿出爱人的照片，抚摩着照片上美丽的脸庞，心中不禁无限伤感，如果自己输了，他将再也看不到那灿烂的笑容。心爱的姑娘正等着他回去，他忽然想到，他的子弹射中了多少被等待的人，射中了多少装着爱人的心啊，战争啊战争，它让多少房屋成为废墟，让多少生命灰飞烟灭，让多少爱情成了永远的相思。

两个对手在敌对的阵地上暂时忘却了即将到来的你死我亡的战斗，铁血柔情，这是最动人的一刻。但是，现实就是现实，它让寒光再次抹上他们的眼眸，再次冻结他们的心。杀死对方，完成任务而且活着，作为狙击手，这是他们必须要做的。

高手之间的较量往往就在一念之间，一瞬之时。在一条森林小径中，两个人突然相遇了。两个拥有同样魄力的狙击手，在路的两端默默地看着对方，默默地感受着对方身上散发出来的一名真正的狙击手特有的味道。

同时举起手中的步枪，两个人同时把对方纳入了瞄准镜的准心。但是，谁也没有开枪，他们就这样对峙着。5分钟，10分钟……若干年后，当尼古拉回忆起这段经历的时候，他的脸上总是充满了凝重。他说："这是我们共同的的骄傲，这是两个真正的狙击手之间的敬意！"

两个人到最后都没有开过一枪，但是，威尔倒下了，那刻的他们眼里心里都只有对方，完全没有注意到另一个狙击手已经在他们附近举起了枪。而那个狙击手，就是威尔两天前放过的那个人。

"第三者"的枪声想起的时候,尼古拉闭上了眼睛……威尔的头上出现了一个弹孔,子弹穿透了他的头颅,带出了沸腾的鲜血,喷洒在了泥土、落叶和树干上。一个优秀的狙击手就这样倒了下去。

尼古拉告诉自己,一切到此为止了,我要回到我美丽的家乡,迎娶我美丽的姑娘!

不久,美国大举增兵越南,并开始轰炸越南北方,越南战事全面升级,大规模的战役代替了以前的特种战、游击战。

狙击的战争结束了!

三、雪夜出击

2003年10月2日凌晨,阿富汗与巴基斯坦边界的南瓦济里斯坦部落区。

漫天飞舞的雪花静静地飘落在中国狙击手肖克垣和李壑的伪装服上。19个小时,已经潜伏19个小时了,大雪已经把他们完全掩埋,只有黑洞洞的枪口悄悄期待着爆发。目标依然没有出现,肖克垣往后扯了扯88式狙击步枪红外瞄准仪上的伪装布,小心地调整了一下姿势,说实话,他也有些怀疑情报的准确性,据情报提供的时间已经过了7个小时了,还没有任何情况。然而他马上告诉自己:不能有一丝的焦虑和懈怠,直到完成任务或者上级命令取消行动。他凝紧双眉,重新集中了全部的注意力,让自己恢复了时刻准备战斗的紧张状态。

肖克垣的身边,观测手李壑轻微地挪了挪已经快没有知觉的身子,刺眼的白雪和手中的测距观测镜已经让眼睛疲惫不堪。长时间地维持静止姿势,身体已经完全麻木,但大脑却始终保持着高度的清醒和警惕。

清冷的月光使雪地显得更加洁白,静悄悄的雪夜格外寂静……

不远处,两名狙击手枪口下的6座院落就是恐怖组织"东突厥斯坦伊斯兰运动"(简称"东伊运")的一个秘密据点。情报显示罪大恶极的"东伊运"高级头目艾山·买合苏木将来到此据点,他们的任务就是确保射杀他。

"东伊运"是"东突"恐怖势力中最具危害性的恐怖组织之一。其头目艾山·买合苏木——男，维吾尔族，1964年出生，原籍中国新疆喀什地区疏勒县阿拉甫乡12村5组，小学文化，农民。1993年10月，艾山·买合苏木因从事暴力恐怖活动被中国警方抓获，劳动教养3年，1997年逃往境外。自1997年以来，艾山·买合苏木在阿富汗的恐怖训练营地训练恐怖分子，在中国新疆地区策划制造了一系列暴力恐怖事件，给新疆人民造成了很大的恐惧和伤亡。他目前主要活动于南亚一些国家和地区，其恐怖势力也在不断延伸和发展，此人不除，后患无穷。中国警方已提请国际刑警组织对其发布国际刑警红色通缉令。

肖克垣回想着师部命令：一旦目标艾山·买合苏木出现，格杀勿论，此人欠人民的血债太多了。而且此地不是中国境内，任务必须秘密进行，完成任务后必须尽快回到中国境内，不能留下任何痕迹。肖克垣知道如果情报是准备的，他这一枪担负着多么重要的使命，他的表情更凝重了，握紧了手中的枪。

突然，一阵汽车发动机的马达声打破了宁静。

"目标出现，十点钟方向，距离1200米。"肖克垣耳边传来李鏊那熟悉的，轻微却清晰无比的声音。等待的目标终于来了！

一辆俄国制吉普车慢慢地行驶向中间的一个院落，院门打开了，从里里走出8个着便装的手执AK47的阿富汗人。吉普车慢慢地停了下来。

"注意目标，十二点方向，距离750米，射击准备。"李鏊低声报告观测结果。

此时，肖克垣透过红外瞄准镜已经清晰地看见了车中驾驶员的胡子。车门打开，两个人走下来，走在前面的那个人正是艾山·买合苏木！"东突解放组织"哈萨克斯坦分部原负责人阿不力米提·吐尔逊从院中走出，热情地迎过去，艾山·买合苏木也向他走过去，走过去……

"目标确认，射击！"随着李鏊的声音，肖克垣扣动了扳机。什么叫厚积薄发，什么叫养兵千日用兵一时，什么叫台上一分种台下十年功!那看似简单的扣发,背后是多少次艰苦训练的积累,多少次生死较量的磨励啊。

阿不力米提·吐尔逊惊异地看见笑容还没来得及收敛起的艾山?买合苏木的额头上爆出了一个弹孔,一种热热的液体崩溅在自己的脸上。艾山·买合苏木慢慢地倒在地上,阿不力米提·吐尔逊这才突然反映过来——艾山·买合苏木被狙击手射杀了。汽车的马达掩盖了微弱的枪声,没有人发现子弹的方向,阿不力米提·吐尔逊迅速卧在雪地上四处寻找射击的方位。他身后的人和艾山·买合苏木的助手也意识到了危险,俯卧在雪地中紧张地毫无目的地搜寻着。

"确认死亡目标。"李壑报告着观察结果。肖克垣轻声地读出一个数字"第475个",对自己的枪法肖克垣从不怀疑。超人的心理素质和坚韧勇敢的性格再加上硬功夫和绝佳的枪法——肖克垣完美地执行了很多重大任务,是中国特种兵里数一数二的好手。枪已发,人已死,这时的肖克垣却没有感受到完成任务后的喜悦与放松,因为,对手是一群受过训练的亡命之途,在他们的势力范围内安全地撤离也不是一件容易的事。

"好了,我们走。"肖克垣向李壑摆摆手。两个人开始小心地从狙击阵地撤退。现在,他们的对手还摸不清头脑,不敢大张旗鼓地冲过来,这是撤离的最佳时期,像出击一样,撤退也要把握时机、干净利落。5分钟后,肖克垣启动了早已经安放好的声波跳雷(诡雷的一种,可依声波引发,并弹跳爆炸,其威力足以击落低空飞行的直升机)。敌人很快就会追击而来,而在丛林中用动力飞行伞离开是不可能的。他们必须步行撤到10公里外的集结点,师部派来的武装直升机"武直10"将在那里迎接他们。

雪越来越大,肖克垣和李壑缓慢地向东移动,漫天的飞雪不断掩盖着身后的印记。

"轰"地一声巨响从远处传来。跳雷爆炸了,它是声波引爆,说明敌人已经追过来了。

"咦?好快!不过死得更快。"李壑皱了皱眉戏谑地说。

从灵魂里射出的子弹 | 189

肖克垣忽然感觉有种不安，按他的计算，对手找到他们藏身之处的时间不该这么快，可是他们确实很快地找到了，这说明这群恐怖分子也都训练有素，很不好对付。不过跳雷的杀伤力很大，应该足够解决追击者了。肖克垣和李錾来不及多想，继续前进。

数小时后，肖克垣和李錾终于到达了集结地，距飞机到达时间还有2个小时。做好了着陆标记，已经疲惫不堪的李錾坐在地上吃着蛋白质和卡路里含量极高的口粮来补充热量。

"你还是注意隐蔽点好。"肖克垣没有被表面的平静和安全所麻痹，却反而很清楚地感觉到一种杀气，他心中的不安越加浓厚，这是在特种兵生涯中练就的特有的直觉。

"算了吧你，太小心了，是不是心理压力太重了？回去该看心理医生了。"李錾有些不以为然，"一群乌合之众还想追击我们？"

"你太轻敌了，这是战场，稍不小心就会没命的。"

"已经在集结地了，能有什么事？再有两个小时我们就回去喽！"李錾虽然口里这么说，但也突然感到了一种莫名其妙的杀机。他四处张望了一下，没发现什么可疑情况，他晃了晃脑袋，告诉自己可能是神经太紧张了吧。他看了看肖克垣，眼前这位大哥可是身经百战的英雄，能够射杀470多人的骄人战绩可不是吹出来的，跟他一起行动，还从没有失手过，有他在，有什么可怕的呢。李錾这样想着，艰难地咽下了最后一口肥皂似的口粮，站了起来……

"快趴下！"

然而肖克垣话音未落，AK47的枪声骤然响起。

李錾的身躯猛地向后倒去。肖克垣看见李錾的右眼球已经被打飞，左颧骨上另一个弹孔正汩汩地喷溅着鲜血。

"王八蛋！"肖克垣心中顿时充满了欲暴的愤怒和悲痛，他控制过冲出去为战友报仇的冲动，迅速爬到一块岩石后面，在岩石下慢慢地伸出狙击步枪。凭借枪声他能感觉到对方的射击方位，正是他们过来的那片树林的尽头。肖克垣努力稳定住自己的情绪，他知道盲目冲动是不能消灭敌人的。

从枪声判断，对手只有一个人，而且至少是个作战经验十分丰富的老兵。

肖克垣静静地等待，等待对手的下一步。时间在流逝，瞄准镜中没有发现一点动静，更证明了他的判断，绝对不是简单的对手。"无论如何，我会干掉你，来吧。"肖克垣咬住嘴唇，将悲伤与仇恨都凝结在枪口……

僵持30分钟后，传来一声清脆的拍击树干的声音。肖克垣没有动，这是对手在试探，想引诱他射击，暴露自身位置。果然，敌人坚持不住了。过了一会儿，肖克垣发现一棵大树后闪出一个身影，快速地向前面50米处的一个高坡移动。冷静地瞄准他的头部，肖克垣就在对手即将被淹没在高坡后的一瞬间扣动了扳机，瞄准镜中可以清晰地看见一张有胡子的脸，额头炸开一个红花，扑在雪地中。

肖克垣继续搜索，确认危机已经解除后，慢慢地爬到李鏊的身边。紧紧抱着战友的尸体，他冷峻的脸上流下了热泪。

远处传来"武直10"飞行的轰鸣声……

四、必要之恶

"……巷战到了最激烈的程度。面对残存匪徒的狙击，我们不得不靠着墙壁并打碎窗户向外射击，但我们根本不能探出头来，这帮恶棍瞄准的是我们的脑袋！我旁边的弟兄一个个地倒下去，每个人的脑门上都留有小而圆的弹孔……"

——摘自俄军士官赫尔巴德斯基战地日记

隆冬，格罗兹尼。

和煦的阳光驱散了地上的寒气，但薄雾仍依依不舍地弥漫在格罗兹尼市区。晨色朦胧中，普希金和他的战友马卡罗夫迅速从米鲁特卡广场附近的掩体中爬出来，冲到了200米外的路口处，企图抢回一具俄国军官的尸体。突然，从远处的楼群中传来"砰"的一声枪响，一颗7.62毫米的弹头洞穿了普希金的心脏。枪声再次响起，第二颗弹头又准确地射进了马卡罗夫的前额，然后从后脑穿出。在继续飞行了十几米后，它在半空里划了个弧线，然后精疲力尽地跌向地面，滚了几圈，不动了……

俄军战地指挥所内，尼古拉斯中校无奈地注视着一份报告，上面清楚地记载了近一个星期来俄军的伤亡情况。根据统计，有75%的牺牲者是在巷战中被车臣狙击手一枪命中要害，当即丧命的。虽然俄国士兵都很勇敢，但在那些"看不见的魔鬼"的面前，谁也不敢贸然行动。尼古拉斯知道，以"一枪一命"为口号，神出鬼没、杀人于弹指之间的敌狙击手能制造一种莫名的恐惧感和压力。而对付敌方狙击手最有效的武器就是自己的狙击手，这似乎就像真理。士兵普希金和马卡罗夫的死，使尼古拉斯下决心使出自己的杀手锏。

于是，几天后，一个俄军狙击小组秘密潜入了米鲁特卡广场地区。被称为"冷血杀手"的桑卡少尉担任第一射手，奥洛夫上士担任观察手兼第二射手。同其他专业狙击手一样，桑卡体魄强健，不苟言笑，一双蓝眼睛明亮的目光里在执行任务时候掠过的那一丝残忍让人不敢逼视，此外，还有一颗能默默承受孤寂和误解的心。

就在桑卡一行抵达的当天，又有一名俄军士兵被车臣狙击手杀害。

决定生死的较量开始了。在夜幕掩护下，桑卡带领奥洛夫钻进了一处废墟。这是个半地下室，临街的墙壁约有1.5米高，正对着车臣匪徒藏匿的楼区，而与地面平行的窗户早已不知去向，只有一些革制墙纸垂头丧气地耷拉在原来窗户的位置。"这可真是个绝妙的掩蔽所"，桑卡想。

第二天上午，伪装后的桑卡小组开始对敌狙击手出没的地区进行观察。奥洛夫先把变倍望远镜的倍率调小，以获得较大的视界。镜头里呈现出一幅乱糟糟的战地场景：到处都散落着弹壳、空罐头盒、武器零件、浸渍了血污的俄式迷彩服，一辆被焚毁的汽车则四轮朝天地躺在地上，瓦砾成堆的楼群间空无一人，只有几只野狗为抢食而互相撕咬着。

奥洛夫知道，对面楼房的残垣断壁为车臣狙击手提供了无数的掩蔽地点，那些幽灵般的对手很可能就藏匿在某个角落里。突然，他发现瓦砾堆中有个人影一闪而过。那是什么，是车臣平民还是狙击手？奥洛夫将望远镜的倍率调大，希望能发现更多的线索。这时，桑卡忽然产生一种不祥的预感，随即将同伴猛地拽向地面。

就在奥洛夫倒地的瞬间，只听"当"的一声脆响，墙角的花瓶变成了碎片。

"无耻！"险遭暗算的奥洛夫狠狠地啐了一口，低声咒骂着。桑卡察看了敌人的弹着点：垂直射入角几乎为零度，水平射入角约为45度。这说明，敌人刚才就隐蔽在10点钟方向，与地面平行的瓦砾堆中。

早在6个月前，桑卡就听说了关于车臣狙击手的种种传闻，如他们都是装备德制MSG-90狙击步枪、奥地利斯泰尔SSG-86式狙击步枪等精良武器的雇佣兵，且经常活动在建筑物之间的战壕中，或从地下排污管道渗透到俄军阵地内部。根据对方使用的战术，桑卡判定对手不止一人，很可能是一个两人的狙击小组，而那些精心挖掘的战壕则为他们提供了若干个绝佳的掩蔽所。深谙反狙击战术的桑卡知道，真正的狙击手绝对不会轻易暴露自己的射击位置，所以他必须主动诱敌出击，然后才能将其歼灭。

由于原先的掩蔽所过于狭窄，所以桑卡小组决定寻找一个更好的狙击位置。当天夜里，桑卡和奥洛夫悄悄地爬出了掩体。尽管夜空中只有一丝微弱的星光，但桑卡和同伴在移动身体时仍异常谨慎。30分钟后，他和奥洛夫终于爬到了几十米外一个被车臣人遗弃的战壕中，并借助夜幕的掩护对新掩体进行了构筑伪装。远处不时传来一阵阵激烈的枪炮声，偶尔有曳光弹拖着长长的尾巴划过夜空。

翌日清晨，桑卡准备动手了。行动之前，桑卡耐心地将7.62毫米口径"德拉古诺夫"式狙击步枪及PSO-1光学瞄准具伪装成一根枯树枝，然后用精制的细锉将10发子弹的弹头逐一磨尖，以便更准确地击中目标。然后，他匍匐到距奥洛夫6米远的预定狙击点，将狙击枪悄悄地伸出掩体。这个狙击点已经过十分精心仔细的伪装，隐蔽性很强。桑卡做好了一切准备，只等目标出现了，他向奥洛夫打出"可以行动"的手势。奥洛夫小心翼翼地将防寒帽顶在木棍上，稍微向上举起，并轻轻晃动。这边，桑卡正通过瞄准具紧张地观察着远处的楼群，他期待着车臣狙击手有所行动，但40秒后奥洛夫手中这顶倒霉的帽子仍安然无恙。

像狐狸一样狡猾的对手好像猜透了他们的心思，与两位俄罗斯同行玩起了捉迷藏。迫于无奈，狙击小组暂停了诱杀行动。但优秀的"猎手"，不会放弃任何机会，更不会浮躁地轻举妄动。桑卡认为，这些车臣狙击手绝不会容忍俄军在他们的眼皮底下活动，他们迟早会按捺不住。桑卡小组相信只要继续尝试，"猎物"早晚会落入圈套。

夕阳西下，整个战场沐浴在一片色彩诡异的晚霞之中。桑卡决定再试一次，于是他和奥洛夫将白天的把戏重演了一遍，以期对手能够上当出现。黄昏时分暗淡的光线并不妨碍桑卡的行动，因为他使用的PSO—1型瞄准具设有一个内置光源，可在微光环境下照射于刻度板上。

突然，桑卡在1点钟方向发现了可疑物体，看上去就像一大堆没经修剪的杂草。根据两天的观察，桑卡记得那个地方只有几块碎砖头，怎么会突然长出杂草呢？只有一种可能——车臣狙击手！桑卡屏住呼吸，将十字线稳稳地压在目标上。就在敌人对假目标开枪的瞬间，桑卡也扣动了扳机……

经过两天紧张的对峙，俄军狙击小组终于干掉了一个车臣狙击手。但桑卡和奥洛夫知道，还有一只狡猾的狐狸没有落网，而受了惊吓的野兽将变得更加残忍和狡诈。

天色完全暗了下来，两人靠在战壕中商量着下一步的对策。桑卡分析，在目睹同伴丧命后，另一名狙击手肯定就隐匿在附近的掩蔽所中，时刻准备着复仇。那么，他能藏在哪儿呢？废弃的大楼中？不太可能，有经验的狙击手不会在巷战中选择这种狙击位置。如果狙击手这样做，就等于给对方发出信号——"向我开炮！"站在对手的角度考虑，只有瓦砾成堆的废墟才是最佳的狙击位置。晚上，桑卡和奥洛夫再次转移了狙击位置。

第四天。这是一个灰蒙蒙的早晨，战场上弥漫着薄薄的、铅灰色的雾气，使人感到异常的郁闷。远处，俄军与车臣武装的激战仍在继续。在晨雾完全消散之前，炮弹尖锐的啸叫声及AK系列步枪欢快的射击声就已混成了一片。桑卡和奥洛夫静静地守候在掩蔽所中，等待着。

桑卡非常清楚，有过一次教训的对手绝不会再犯同样的错误。因此，他和奥洛夫决定换一种方式诱敌上钩。两人先用粗铁丝弯了一个人形架子，接着把奥洛夫的迷彩上衣和防寒帽套在上面，最后将望远镜放在铁架的"两手"之间。如果从远处看去，这个乔装改扮后"拿"着望远镜的"衣服架子"俨然就是一个正在察看敌情的俄军观察手。奥洛夫小心翼翼地将替身架在一个明显的位置，并调整了一下"手"和"头"的位置，以确保对手只能看到望远镜反光的镜头及略微露出掩体的防寒帽。

最后的决斗开始了。两支"枯树枝"从伪装后的掩体中缓缓伸出，桑卡和奥洛夫同时瞄准了车臣狙击手可能出现的区域。时间一秒一秒地过去了，"猎物"还没出现，但桑卡和奥洛夫仍目不转睛地监视着前方，准备随时采取行动。虽然格罗兹尼的冬天异常寒冷，可是两支狙击步枪的软皮贴腮板仍被汗水浸湿。

这时，桑卡发现了可疑情况：几只在废墟中觅食的小鸟"呼啦"一下飞到空中，好像受到了惊吓。受过情报判读训练的桑卡立刻排除了动物的因素。看来，"猎物"开始上钩了。

"卡基米尔，注意你的11点方向，目标出现。"桑卡低声告诉奥洛夫。奥洛夫立刻将瞄准具的十字线对准了桑卡所说的方向。很快，他就发现在一处瓦砾堆中有个物体在慢慢移动。此时，桑卡枪上瞄准具的十字线已将目标牢牢套住，并随着目标的活动而移动。可当他刚要射击时，目标却一下消失在残垣断壁之中。

难道让他发现了？桑卡默默地思索着。突然，从远处传来一声枪响，"假奥洛夫"的掩体前立刻泥土四溅。紧接着，又是一声枪响。但这颗子弹的弹道还是偏低，没有击中目标。根据枪声，桑卡和奥洛夫判断出目标大概在10点钟方向，并立刻将十字线瞄向这一方向。按照狙击战术，狙击手在发射第二颗子弹后必须立刻撤离，否则就有被歼灭的危险。可是不知什么原因，也许是报仇心切，车臣狙击手没有撤离，仍滞留在原地。

"小乖乖，可逮到你了。"桑卡再次将十字线对准了目标。倒霉的车臣狙击手这时才刚要撤退，可是已经晚了，桑卡的枪响了，7.62毫米的弹头旋而飞出，随即被几百米外的脑袋挡住了去路，尖尖的弹头穿过太阳穴那脆弱的障碍，直接钻了进去。几厘米的穿行之后，弹头猛地破"墙"而出，重见了天日，一些红白相间的液体也随之喷溅出来……结束了，两名俄军狙击手长长地出了一口气。望着趴在瓦砾堆中的对手，桑卡忽然产生了一种奇怪的感觉，开始同情起曾经憎恨过的这位同行。但无论如何，在战争中能够死于一流对手的枪下，恐怕就是狙击手最好的归宿了。

跋

自出了鲁院丛书《恰同学芳华》第一辑后，许多学友便问我，何时也能帮他们出上诸册。但这只是一个同出版方沟通好可遇而不可求的愿望。现鲁院已办至了二十七期，学员也超过了千人，而这众多学员的水平也是参差不齐的。且有写诗的，有搞评论的，也有翻译班。很难集起精锐总体展示一番。这第二辑丛书主要是从鲁8届、15届、19届、21届及鲁22届、23届、24届及27届里爬罗剔抉出来的，还有一些是在鲁院办的地方班及旁听生中遴选加入的。当然亦有鲁2期上辑未能收入的王雁翎、温远辉等学友续作。与第一辑相比，有些零散。但这一辑也收入了葛水平、李浩、张楚等获鲁迅文学奖的作者。

这一辑比较集中的是由山哈同学组织的少数民族班的十多部作品，之前他多次寻问我丛书起承转合的情况。这些个风格迥异的出入文君，也从不同侧面展示了其创作的举手投足。

编辑丛书时，在正常的流程中常会遇到意想不到的困难。许多学员因规定好的字数，常会有多退少补的状况。而那些缺阙的字数又要千催万促的才能迟迟补齐。有些学员虽上了鲁院，但因文字工作的历练未能到家，总要三番五次地才能修成正果。不过总体来看，这仍不失为鲁迅文学院的另一道独特的风景线。

鲁院学员将学习成果浓缩成自己的作品，应是个水到渠成的展示。但这事具体规划起来却很繁琐，从编辑到出版每个流程都要事必躬亲，有时为一张图片一段文字，翻来覆去地推敲更换。这经常会同作者、美编、排版等人说话时不留情面，但事后，文图调整好了又如释重负。这都需要两方面去交涉。最后小到各位学友的地址电话都要一一核实。

大家知道，这几年的出版业很萧条，相应的紧缩政策也给出版业造成了一定的影响。出版文学书籍尤其难。现在这套丛书赶上了机遇，还算顺利。这套丛书共60本，比上一辑多了18本，也是尽其所能容纳一些同学，只是这种苦心不知可有人知？孰是孰非，孰好孰坏也就如此这般了。这套丛书小说集子50本，散文集10本，涵盖了同学们创作的方方面面。编辑丛书的过程中，因出版社的要求，中途有些同学的因涉及到种种原因要换稿、换书名，经交涉，有的保留，有的换掉，也是没办法的事。

在编完上一辑丛书时，我曾说过雄关漫道真如铁，而今迈步从头越。现在这路又向前走了一步，不知以后还能走多远，抑或是就此止步了，也未可知。但身为主编班的一员，主编这样一套丛书也是件很有意义的事。每一届鲁院班都少不了各位老师苦心积虑、精心编排的课程，启发式的指点江山。郭燕、陈涛、孙吉民及诸多导师们的画龙点睛；王琰副院长等人的后勤工作保障。在此特感谢李一鸣常务副院长作序、邱华栋副院长的支持、出版人张海君先生及敦煌文艺出版社再次出手鼎力相助。愿鲁院及其学友们脚踏实地、一步一个脚印地走在文坛的梯田上。

丛书主编王童写于乙未年壬午月小暑日